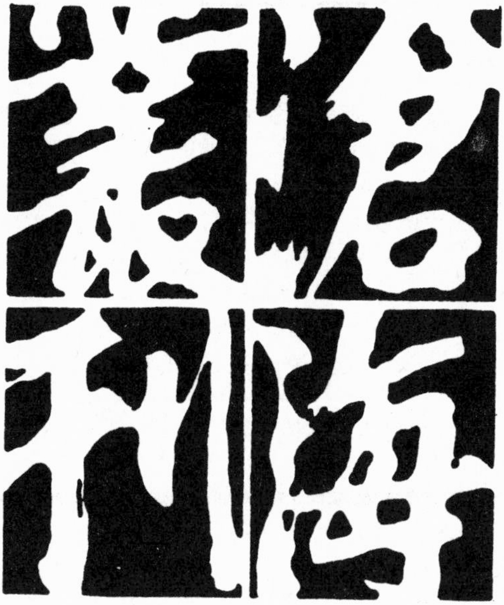

古典今論

唐翼明 著　　東大圖書公司 印行

國立中央圖書館出版品預行編目資料

古典今論／唐翼明著. 初版. --臺北市
：東大出版：三民總經銷，民80
面；　公分. --(滄海叢刊)
ISBN 957-19-1354-5（精裝）
ISBN 957-19-1355-3（平裝）

1.中國文學—論文，講詞等
2.中國文學—批評，解釋等

820.7　　　　　　80003044

著　者　唐翼明
發行人　劉仲文
出版者　東大圖書股份有限公司
總經銷　三民書局股份有限公司
印刷所　東大圖書股份有限公司
地址／臺北市重慶南路一段
六十一號二樓
郵撥／〇一〇七一七五——〇號
初　版　中華民國八十年九月
編　號　E 82058①
基本定價　伍元壹角壹分
行政院新聞局登記證局版臺業字第〇一九七號

ISBN 957-19-1354-5（精裝）

古典今论

唐根楚题

自序

收在這本集子裏的是我批評中國古典文學的十篇舊作，寫於一九七九年至一九八五年間。七篇作於大陸，時在武漢大學，三篇作於美國，時在哥倫比亞大學。其中〈李白的失敗與成功〉與〈讀霍小玉傳，兼論鶯鶯傳及李娃傳〉兩篇曾發表於北京的《文學遺產》雜誌，〈論「通侻」〉發表於上海的《文藝理論研究》，〈別開異徑的杜甫七絕〉發表於廣州的《學術月刊》，〈陶詩「任真」說〉載武漢大學《哲學社會科學論叢》專輯，〈思想解放與唐傳奇的繁榮〉載武漢師範學院（後改為湖北大學）漢口分部《學報》。〈重讀楊家將〉曾經縮寫發表於紐約《華僑日報》書林版。其餘三篇則是未經發表過的。

一九七九年到一九八五年是我自己全面研讀中國古典作品的時期，所以這十篇論文涉及的面很廣，討論的問題也很雜。一九八五年以後，我研究的重點漸漸集中到魏晉，尤其是《世說新語》一書。其成果後來部份地反映在我的博士論文 The Voices of Wei-Jin Scholars: A Study of *Qingtan* 裏。同時，在師友的影響下，我另一部份興趣則轉向當代文學。我和幾個朋友在紐約組織了一個以創作與硏究當代文學為旨趣的「晨邊社」，不務正業地寫了好些批評當代文學的論文——不料此刻倒似乎成了我的正業。

文學批評是對文學作品的一種接受，一種解讀，一種審美再創造。每個閱讀者都同時是一個批評者。作品經過閱讀者的批評，而其中特別是形諸文字的文學批評家的批評，而變為活潑潑的生命。一切文學作品都需要批評。現代作品如此，古代作品更是如此。而且，如果後代子孫甘心丟掉自己的傳統則已，否則這種批評還必須世世代代不斷地做下去。前人的批評只能供我們的參考，而不能代替我們自己的批評。對於古典，一代人有一代人的理解，也就有一代人的批評。這種批評，不是重複，而是更新。古代文學作品的當代生命完全取決於當代對它的批評，批評愈多，生命愈豐富。而徹底地未經當代批評的古代作品，對於當代人而言，就幾乎是沒有意義的，沒有生命的。正是在世世代代，不斷更新的批評中，古代的文學作品，乃像一部管弦樂譜，在其演奏的過程中不斷獲得聽衆—讀者的新的反響，使本文從詞語的物質形態中釋放出來，成為一種當代的存在。

於是，我乃敢於將這些舊作集了起來，名之曰「古典今論」，為這場偉大的演奏增加一分微弱的音色，以獻給那些在這個物質豐盛、人慾橫流的現代工商社會裏仍覺需要精神的滋養、且未能忘情於傳統的乳汁的人們。

一九九一年六月二十四日於臺北

古典今論　目次

論「通倪」
——建安時代的思想解放與文學革新

劉師培在《中國中古文學史講義》第三課〈論漢魏之際文學變遷〉中說：「建安文學，革易前型」，並列舉建安文學四大特點，曰清峻、通倪、騁詞、華靡。其後魯迅先生在〈魏晉風度及文章與藥及酒之關係〉一文中贊同劉師培的意見，僅易數字，使更確切，曰清峻、通倪、華麗、壯大。

建安文學這四大特點中，清峻、華麗、壯大都是好理解的，且為人們所習知。獨「通倪」一詞的內涵不易把握，除建安文學外，似乎也不見此詞用於評論其他時代或作家的風格。因此，弄清「通倪」一詞所包含的思想內容和時代意義，以及它用於文風時究竟指出一種什麼樣的文學現象，這對於我們深入學習和研究建安文學是必要的、有益的。

「通倪」這個詞本來是用來形容一種作風或處世態度的。「通」，《說文》：「達也。」「倪」，《廣韻》：「輕也。」有簡易、疏略等含義。「倪」，有時也寫作「脫」。「通倪」(或「通脫」)作爲連語，就現有資料來看，始見於漢魏之際。如《三國魏志·王粲傳》：

(粲)乃之荆州依劉表，表以粲貌寢而體弱通倪，不甚重也。

《晉書·袁耽傳》：

耽字彥道，少有才氣。俶儻不羈，為士類所稱。桓溫少時游於博徒，資產俱盡，尚有負，進思自振之方，莫知所出，欲求濟於耽，而耽在艱，試以告焉。耽略無難色，遂變服懷布帽，隨溫與債主戲。耽素有藝名，債主聞之而不相識，謂之曰：「卿當不辦作袁彥道也。」遂就局，十萬一擲，直上百萬。耽投馬絕叫，探布帽擲地。曰：「竟識袁彥道不?」其通脫若此。

《北史·盧思道傳》：

思道字子行，聰爽俊辯，通侻不羈。……然不持操行，好輕侮人物。

《北史・文苑李文博傳》：

又有魏郡侯白，字君素，好學有捷才，性滑稽，尤辯俊。……通侻不持威儀，好為俳諧雜說，人多愛狎之。

《南史・任昉傳》：

性通脫，不事儀形。喜慍未嘗形於色，車服亦不鮮明。

皆是其例。

從上面幾個例子來看，「通侻」或表現爲「不事儀形」，或表現爲「倜儻不羈」，或表現爲「滑稽」「俳諧」。它們的共同特點是不講究威重，不拘守禮儀。《左傳》僖公三十二年載王孫滿評論秦師的話，有「無禮則脫」一語，杜注曰：「脫，易也。」又《史記・禮書》云：「凡禮始乎脫，成乎文，終乎稅。」司馬貞《索隱》曰：「脫，猶疏略也。始，初也。言禮之初尚疏略也。」似乎「脫」（或「倪」）這詞從一開始就是同「威重」、「禮儀」對立的。「脫」（或「倪」）就是「無禮」或「疏乎禮」，加上一個「通」字，就更明確了這一詞語擺脫禮儀束縛的含義。

「通倪」作爲一種爲人處世的作風或態度，顯然有背於正統儒家重視禮法的主張。儒家最講「威重」、最重「禮儀」，所謂「君子不重則不威」，「非禮勿視，非禮勿聽，非禮勿言，非禮勿動❶。」要「服有常色，貌有常則，言有常度，行有常式。立則磬折，拱若抱鼓。動靜有節，趨步商羽。進退周旋，咸有規矩❷。」而「通倪」的核心是求簡易、不拘束，正是要打破繁文縟節的束縛，甚至於對這些加以渺視。「禮豈爲我輩設也❸！」阮籍這話很能代表一般通倪之士的態度。

漢朝自武帝以後，儒術獨尊，東漢以還，經學尤甚。儒學從內容到形式，都變得愈來愈煩瑣，愈來愈僵化，愈來愈成爲思想的桎梏。班固指出當時煩瑣的章句竟達到「說五字之文，至於二三萬言」的地步❹。西漢經學家秦延君以十餘萬字釋「堯典」二字，以三萬字釋「曰若稽古」

---

❶ 分別見《論語．學而》、《論語．顏淵》。
❷ 見阮籍〈大人先生傳〉。
❸ 見《世說．任誕》。
❹ 見《漢書．文藝志序》。

四字，即其顯例。豈但章句之學如此，吉凶賓軍嘉各種禮儀也都是煩瑣得叫人難以忍受的。晉葛洪《抱朴子外篇・省煩》追述兩漢禮儀煩碎之病說：「人倫雖以有禮爲貴，但當令足以敍等威而表情敬。何在乎升降揖讓之繁重，拜起俯伏之無已邪？往者天下乂安，四方無事，好古官長，時或修之。至乃講試累月，督以楚撻，晝夜修習，廢寢與食；經時學之，一日試之，執卷從事，案文舉動；黜謫之罰，又在其間，猶有過誤，不得其意。」結果是「五禮混撓，雜飾紛錯，枝分葉散，重出互見，更相貫涉。舊儒尋案，猶多所滯，駁難漸廣，異同無已，殊理兼說，歲增月長。」兩漢儒門禮儀之煩瑣、虛僞於斯可見。

物極則反。東漢末年，大規模的農民起義衝擊了正統的封建秩序，上下顚倒，尊卑混亂，禮法的傳統地位開始動搖。由於天下不安，四方多事，儒生們失去了皓首窮經的條件，煩瑣的章句之學也就行不通了，學術不得不起變化；統治階級也不再有升降揖讓、拜起俯伏的暇閑，煩瑣的禮儀同樣行不通了，習慣不得不起變化。一些有識之士（特別像居於領袖地位的曹氏父子）也看到了儒術的弊病，便有意無意地提倡刑名之學以補救儒術之偏。同時，漢末社會的動亂不安，百姓的流離死亡使許多士人產生了死生無常的感嘆，發出了及時行樂的呼聲。這些人往往到老莊的齊物出世的思想中去尋求寄托。這些條件滙集到一起，終於使儒學衰落，異端興起。老莊玄學、外來佛教，漸煽漸熾，以至盛極一時。當清談、奉佛爲南朝統治階級所崇尚而終於成爲一種時髦的社會風氣的時候，固然是害民誤國，弊病叢生，但是當老莊、釋氏興起的初期，它們無疑地起着動搖儒家正統地位、促進思想解放，在政治上配合着新興的門閥士族階級登上歷史舞臺作用。

對儒門繁瑣虛僞的禮教的厭惡，想要擺脫這種禮教拘束的願望，同老莊的自然無爲、佛家的清靜寡欲的主張結合起來，便很容易形成一種凡事求簡易、不喜拘束、率眞任情、反對矯飾的作風和處世態度，這便是「通侻」。從「通侻」再進一步，加上些及時行樂的成分，便是「放達」。從某種意義上說，在魏晉時代，言行「通侻」就意味着思想解放，它包含着對傳統禮法的輕視，頗有一點要求「個性自由」的味道。

魏晉時代，「通侻」、「放達」的人很不少，其著者如三曹、嵇阮都是。《三國魏志・武帝紀》裴注引《曹瞞傳》曰：「太祖爲人佻易無威重，好音樂，倡優在側，常以日達夕。被服輕綃，身自佩小鞶囊，以盛手中細物，時或冠帢帽以見賓客。每與人談論，戲弄言誦，盡無所隱，及歡悅大笑，至以頭沒杯案中，肴膳皆沾汚巾幘，其輕易如此。」曹植史稱其「性簡易，不治威儀。輿馬服飾，不尙華麗。」又說他「任性而行，不自彫飾」❺，他自己在詩裏也寫道：「滔蕩固大節，時俗多所拘。君子通大道，無願爲世儒。❻」這眞是夠通侻的了，所以吳淇說：「其曰『滔蕩固大節』，晉室放誕之風已肇於此矣❼。」只有曹丕複雜一點。《三國魏志・陳思王傳》

---

❺ 並見《三國魏志・陳思王傳》。
❻ 見曹植〈贈丁翼〉。

中說他「御之以術，矯情自飾」，似乎是並不通侻的。其實這不過是為了政治鬪爭而化了妝，並不是本來面目。試看他在王粲死的時候，竟要送葬者每人學一聲驢鳴來紀念王粲，就可知道他也並不那麼矯情，並不那麼一本正經❽。傅玄在〈舉清遠疏〉裏說：「魏武好法術，而天下貴刑名；魏文慕通達，而天下賤守節。」就明明說他也是尚通侻的。傅玄是西晉人，去建安不遠，我們應該相信他的話吧。至於阮籍，《晉書》說他「任性不羈」，「不拘禮教」，其子阮渾「有父風，少慕通達，不飾小節」❾；嵇康呢，《晉書》說他「土木形骸，不自藻飾」❿，嵇康自己也說他「不涉經學，性復疏懶」，「不堪」「人倫」之「禮」，「朝廷」之「法」⓫，可見嵇阮也是尚通侻，或說放達的。

類似的例子還很多，《世說新語》一書就載有不少。如〈任誕〉篇云：「劉伶恒縱酒放達。」又注引《晉陽秋》曰：「（謝）尚性輕率不拘細行。」又注引《名士傳》曰：「（阮）修性簡任。」又注引《竹林七賢傳》曰：「後（阮）咸兄子簡亦以曠達自居。」又云：「張季鷹縱任不拘，時人號為江東步兵。」又〈德行〉篇云：「王平子、胡毋彥國諸人皆以任放為達，或有

❼ 見吳湛《選詩定論》。
❽ 見《世說・傷逝》。
❾❿ 並見《晉書》本傳。
⓫ 見〈與山巨源絕交書〉。

裸體者。」又〈簡傲〉篇注引鄧粲《晉紀》曰：「（王）澄放蕩不拘，時謂之達。」總之，在魏晉時代，「通侻」，或「放達」，的確是上層人士、尤其是所謂「名士」中的普遍風氣。這風氣是從建安開始的

「通侻」之士除不講究威重、不拘守禮儀之外，還有一個顯著的特點是尙情。因爲厭惡禮教的虛僞矯飾，他們便提倡自然率性、欣賞眞情流露，而不顧忌這種「情」（及表達這種情的方式）是否合於「禮」，或者說不願意用「禮」來規範自己的「情」。他們自認爲「情之所鍾，正在我輩」⑫。《世說・傷逝》載王徽之奔喪，索琴而彈；〈任誕〉篇載阮籍哭鄰家處子，盡哀而去，都是好例。

因爲「通侻」是同禮法名教相對立的，所以通侻之士同正統的儒士便互相瞧不起，在政治上地位也往往站在互相反對的地位。例如劉表是漢末儒門「八及」之一，是正統派人物，在政治上則是豪門世族割據勢力的代表，而被劉表所瞧不起的「通侻」的王粲終於離他而去，依附於新興的曹氏集團，這是意味深長的。又如依附司馬氏集團的何曾很不滿內心忠於曹魏的「通侻」的阮籍，罵他「恣情任性」，是「敗俗之人」⑬，屢次勸司馬昭殺掉他。再如依附司馬氏的嵇喜，儘管是嵇康的哥哥，卻被阮籍加以「白眼」，被呂安目爲「凡鳥」⑭。

⑫《世說・傷逝》載王戎語。
⑬見《世說・傷逝》注引干寶《晉紀》。

當然，「通侻」在不同的人身上有不同的表現，未可一概而論，其動機也很複雜。魏晉以降，上層權力鬪爭愈演愈烈，「通侻」之士其所以表現「通侻」，除反抗禮法名敎之外，常常包含着佯狂遠禍、消極避世的成份，而仿效沽名者亦不乏其人。末流甚至表現爲縱情聲色，那自然更不可取。但就其總的趨向而言，其精神是打破正統敎條的，是解放的，是向前的。

二

劉勰說：「文變染乎世情，與廢係乎時序⑮。」這是一個很卓越的見解。作爲意識形態方面的上層建築之一的文學，不僅在內容上必然反映那個時代的變化及其思潮，而且在形式上，在其自身變化的軌跡上也必然打上那個時代及其社會思潮的深刻的烙印。

兩漢，尤其是東漢的文學，在僵化敎條的儒學、繁瑣章句的經學籠罩之下也同當時的思想界一樣地使人感到窒悶。除了少數傑出的作家如司馬遷等人之外，只有民間文學尙透露出一些新鮮活潑的氣息（這主要表現在漢樂府中）。兩漢的文人們給後人下的作品主要是那些詰屈聱牙、以舖張詞藻爲能事，而內容空洞、思想蒼白的辭賦。所以鍾嶸感嘆說：「自王楊枚馬之徒，詞賦競爽，而吟咏靡聞。」這裏說的是西漢的情況：有賦而無詩。東漢呢？他說：「東京二百載中，惟

⑭「白眼」事見《世說・簡傲》注引《晉百官名》；「凡鳥」事見《世說・簡傲》。
⑮見《文心雕龍・時序》。

有班固〈咏史〉，質木無文。⑯」這話也許說得過分了一點，其時尙有梁鴻的〈五噫〉，張衡的〈四愁〉，秦嘉的〈贈婦〉，趙壹的〈疾邪〉等等；也並不都「質木無文」。但如果不以辭害意的話，鍾嶸的意見大體上還是對的，因爲那畢竟是一個經學盛行的時代，少數幾篇詩歌滙成的潺潺小溪同風靡當時的辭賦以及經師的章句比較起來簡直是微不足道的。所以劉勰也說：「自哀平陵替，光武中興，深懷圖讖，頗略文華。」「磊落鴻儒，才不時乏，而文章之選，存而不論」，「其餘風遺文，蓋蔑如也⑰。」

到漢末魏初，這種情況開始有了變化。一個重要的轉機到來了。社會的變動和進步促進了思想上的解放，這個思想解放運動以「通侻」爲其特徵，已如前節所述。思想界的解放運動不可能不影響到文壇上來，思想解放的結果必然引起文學的解放。同時，急劇變動的現實要求文學更好地反映它，同它一道前進。這就需要一種新的作風，一種自由的作風，一種解放的作風。這種作風就是「通侻」。思想的通侻引起了文風的通侻，文風的通侻也反過來促進思想的通侻；而這兩者，都植根於急劇變動、迅速前進的現實。

這種新的文風，到建安時代，在思想通侻、身居領袖地位而又富於文學才能的曹氏父子的倡

---

⑯ 見〈詩品序〉。
⑰ 見《文心雕龍・時序》。

導之下，終於發展成爲一個普遍的風氣，使建安文學呈現出一個與其他時代文學迥然不同的風貌。

現在我們要問：這種通侻的文風包含着怎樣的內容？它同傳統的文學現象有什麼聯繫，又有什麼區別？它在中國文學的發展史上起着怎樣的作用？

漢魏之際文學的主流是詩歌。那麼，讓我們試從詩歌的發展這個角度來探討上述問題吧。

中國古代詩歌理論中有兩個很重要的概念，一個叫「詩言志」，一個叫「詩緣情」。「詩言志」是一句很古老的話，見於《今文尚書・堯典》。此外，《左傳》襄公二十七年也有「詩以言志」之語。「詩緣情」卻是後起的概念，它的濫觴也許可以追溯到〈詩大序〉的「吟咏情性」，但它正式被鑄成一個詞則是在陸機的〈文賦〉裏。情和志本來是同義詞，「言志」和「緣情」從語義學的觀點來看，它們本當指同一回事。〈詩大序〉說：「詩者，志之所之也。在心爲志，發言爲詩。情動於中而形於言。」「在心」的是什麼東西呢？無非是思想感情，可見，這個「志」指的就是思想感情。也可以說「情」，所以前面講「在心爲志」，後面說「情動於中」。《左傳》昭公二十三年「子太叔見趙簡子」條，孔穎達正義云：「此『六志』《禮記》謂之『六情』在己爲情，情動爲志，情、志一也。」既然「情、志一也」，那麼「言志」與「吟咏情性」即後來所說的「緣情」也應當是同義語，它們的意思都不過是說：「詩歌是用來表達思想感情的。」所以直到李善注〈文賦〉時還說：「詩以言志，故曰緣情。」他就把「言志」與「緣情」看成一事。他用的當是情、志的本來含義。

但是，我們試觀察中國文學史的事實，卻又覺得「言志」與「緣情」並非始終是一個概念，二者的關係是由合而分的。

據近代學者們考證，〈堯典〉是戰國時才有的書，那末「詩言志」這話的出現也當是在「詩三百」編定之後。可以有根據地設想，「詩言志」同「興觀羣怨」、「事父事君」、「多識於鳥獸草木之名」、「思無邪」、「溫柔敦厚」等⑱，都是孔子或孔門弟子對於「三百篇」從各個不同的角度所作的總結性與分析性的按語。而「三百篇半是勞人思婦率意言情之事」⑲，那麼「詩言志」這話最初也應當是包括了「緣情」一層意思的，否則便無以概括「三百篇」。或者說，在那時，「言志」與「緣情」本是一回事，沒有分家，也無需分家。

但這種情況後來顯然有了變化。漸漸地，「詩言志」同「興觀羣怨」、「事父事君」、「溫柔敦厚」、「思無邪」等一道，被儒家信徒們奉為神聖的「詩教」⑳，事情就起了變化了。儒家的整個學說都是重政治教化的，詩教也不例外。「事父事君」自不待說，就是「興觀羣怨」、

---

⑱《論語・陽貨》：「子曰：小子何莫學夫詩？詩，可以興，可以觀，可以群，可以怨。邇之事父，遠之事君，多識於鳥獸草木之名。」又《論語・為政》：「子曰：『詩三百，一言以蔽之，曰：思無邪』。」又《禮記・經解》：「孔子曰：『入其國，其敎可知也，其為人也，溫柔敦厚，詩敎也。……』」

⑲袁枚《隨園詩話》卷一中語。

⑳這裏的「詩教」當然是就廣義而言，狹義地講，則只有「溫柔敦厚」才是詩教。

「溫柔敦厚」、「思無邪」等也都同政治教化有密切的關係。這種情況自然也要影響到「詩言志」的內涵；或者說，使「詩言志」的內涵逐漸起變化。慢慢地，「詩言志」中的「志」不再是本來意義的那個「志」（卽一般的思想感情）了，而變成了帶上儒家色彩的、受禮教所規範的志了。這個「志」是反映儒家理想的志，是士君子之志，是要「表見德性」的，非關修身、卽關治國，總之同政教分不開。而一己的哀樂之情無關乎政教或有背於禮義的便都從這個「志」裏排除了出去。這樣，志的義域就削減了，志和情不再是同義詞了。

既然「言志」的概念已經起了變化，那麼醞釀一個新的概念以代替原始的「言志」就有了必要。這新的概念便是「緣情」，而不自覺地發其端倪的則是〈詩大序〉。〈詩大序〉的作者大概已經感到其時「言志」已經無法概括三百篇了，才不得不用「吟咏情性」一語來取代「詩言志」。不過〈詩大序〉的作者畢竟是儒家信徒，他雖然不直說「言志」，但還是要奉行「言志」的詩敎，所以我們看到，在「吟咏情性」之後，作者立刻加上「以風其上」的尾巴，在「發乎情」之後，趕快加上「止乎禮義」的話。這是因爲「情」的義域必須加上某種限制，才不背於儒家的「志」。但「吟咏情性」一語後來竟成爲「緣情」的濫觴，自然是作者始料所不及的。

觀念的進展要靠現實的推動，在儒術獨尊的兩漢，還沒有產生「詩緣情」的概念的可能。〈詩大序〉雖然提出了「吟咏情性」的話，但是加了那麼些尾巴，還附帶着「明乎得失之跡，傷人倫之廢，哀刑政之苛」之類的條件，自然和「緣情」還差得很遠。那時佔統治地位的觀念仍然是作爲儒家詩教的「詩言志」。

相對穩定的觀念對現實有着巨大的反作用，尤其是屬於佔統治地位的意識形態中的觀念更是如此。在重儒尊經的風氣格外濃厚的兩漢，作爲儒家詩教的「詩言志」在文學領域內不能不產生巨大的影響。在這個思想的熏陶教育之下，文人詩的題材便愈變愈狹窄。他們的詩不再是從生動的現實生活以及自己對這種生活的新鮮活潑的感受出發，而是從觀念的儒家之「志」出發，不離「風上」、「化下」的目的。他們作詩，不是心中有話，非這樣說不可；而是根據「言志」的詩教，應當這樣說才對。他們詩中，自然也有感情，但這種感情都被嚴格地納入了封建倫理的規範，所謂「節之以禮義」，彷彿被統一的模壓機壓過似的，一一失去了自己獨特的模樣；又好比榨乾的水果，那精華的部分果汁——詩人自我的眞實感情——都被擠出去了，必然變成枯燥無味、「質木無文」的東西，顯得既不美也不眞。幾乎全部的漢賦，都是這樣的作品；至於漢詩（漢末的除外）本來就不多，在這爲數不多的漢詩中，佔主要地位的也還是這一類的東西，像唐山夫人〈安世房中歌〉，傳爲武帝時作的〈柏梁詩〉、韋孟的〈諷諫詩〉、東方朔的〈七諫〉、司馬相如的〈封禪頌〉、班固的〈咏史〉等。也有少數幾篇精彩之作，但這少數的例外適足以說明前述規律的普遍。再說此類作品出現的時代已近漢末，社會情況已漸起變化，這點下文還要論及的。而此時的民間文學，如樂府，卻繼承了三百篇的傳統，保留了「緣情」的成分。它們大都是「感於哀樂，緣事而發」，「饑者歌食，勞者歌事」的產物，並不去管言志不言志的那一套，顯得活潑而有生命力。

東漢末年，由於大規模的農民起義所帶來的社會變動，使得許多知識分子接觸到社會的底層，自己也飽嘗了流離之苦，對於社會的黑暗，人生的苦難，普通人民的悲慘遭遇都有了許多痛切的感受。他們要呼號，要表現，於是便顧不得儒家的「溫柔敦厚」之類的詩教了，他們轉而向民歌樂府學習。這種學習的結果，表現在形式上，便開始出現「五言騰踴」的局面；表現在內容上，便是文人詩中出現了大量的「緣情」之作。古詩十九首就是這一時期文人詩的優秀代表。這些詩大半成於漢末桓、靈之世，出於下層知識分子之手。從它們的內容上來看，可以說是「想說什麼便說什麼」㉑，比較無顧忌、無掩飾地抒發了作者個人的哀樂之情。嘆老嗟卑、憤世疾俗、感嘆人生無常、要求及時行樂，乃至赤裸裸地唱出：「蕩滌放情志，何爲自結束？」「何不策高足，先據要路津？」「蕩子行不歸，空床難獨守。」這些，已經遠遠不是「詩言志」的儒家教條所能範圍的了。

這種自由抒寫感情的作風，對於舊的傳統，是一個大膽的突破，而且是一個有深遠意義的突破。它給近於窒息的文壇吹進了一般新鮮的空氣，給僵化蒼白的文人詩注入了年青的血液。古詩十九首在中國詩歌史上的重要地位正是表現在這裏：它突破了「言志」的藩籬，透露了詩歌由

㉑ 魯迅〈魏晉風度及文章與藥及酒之關係〉中語。

「言志」轉向「緣情」的新消息，爲建安風氣開了先河。

前人激賞十九首，許爲「五言之冠冕」㉒，說它「可謂一字千金」㉓，也注意到了它抒情味重的特色㉔，但可惜未能從詩歌發展史的角度給以說明，使人覺得猶有遺憾。而近代某些論者，則似乎只敢從藝術上肯定十九首，說它的「高度藝術成就是五言詩已經達到成熟階段的標志」㉕，「代表漢代五言抒情詩的最高峰」㉖，對它的思想內容則批判多於肯定。誠然，十九首中某些篇章所表現出來的某些具體思想是消極的，但這並不重要，也不難辨別；重要的是它作爲一個整體所具有的打破舊傳統、開創新風氣的意義。不從這個角度來觀察，就無法解釋十九首在中國古代詩歌中何以有這樣高的地位，對後世何以有這樣大的影響。當然，詳細論述這個問題需要另作專文，這裏只是順便提到。

古詩十九首所反映出來的這種擺脫傳統拘束、自由抒寫感情的新風氣，到了建安時代，便大

㉒ 劉勰《文心雕龍．明詩》：「觀其結體散文、直而不野、婉轉附物，怊悵切情，實五言之冠冕也。」

㉓ 鍾嶸《詩品》上：「文溫以麗，意悲而遠，驚心動魄，可謂一字千金。」

㉔ 如劉勰說它「怊悵切情」（見注㉒）；鍾嶸說它「意悲而遠」、「多哀怨」（《詩品》上）；沈德潛說它「反覆低廻，抑揚不盡」，「言情不盡，其性乃長」（《古詩源》卷四）；陸時雍說它「深衷淺貌，短語長情」（《古詩鏡》）；陳祚明說它「能言人同有之情」（《采菽堂古詩選》）等等。

㉕ 見游國恩等主編之《中國文學史》第一冊第一八八頁，人民文學出版社，一九七九年版。

㉖ 見中國社科院文學研究所所編之《中國文學史》第一冊，第一八二頁，人民文學出版社，一九六二年版。

大發揚起來。

劉勰說：「暨建安之初，五言騰踊，文帝陳思，縱轡以騁節；王徐應劉，望路而爭驅。並憐風月，狎池苑，述恩榮、叙酣宴，慷慨以任氣，磊落以使才㉗。」又說三曹七子之輩「傲雅觴豆之前，雍容衽席之上，洒筆以成酣歌，和墨以藉談笑；觀其時文，雅好慷慨，良由世積亂離，風衰俗怨，並志深而筆長，故梗概而多氣也㉘。」

從這些話看來，三曹七子的詩大半是「侈陳哀樂」的「緣情」之作，而不是「表見德性」的「言志」之篇，這是很明顯的了㉙。當然，我們也應當注意到，建安作家生活在一個「世積亂離，風衰俗怨」的時代，他們自己又或是半生戎馬，或是備嘗憂患，對於社會的苦難有着深刻的感受，他們的感情同那個動蕩多事的時代息息相通，因而他們那些「侈陳哀樂」的作品也就不僅僅只是一己感情的宣泄，而是那個風雲變幻的時代的一面鏡子。而且，建安作家幾乎全都處在那個時代旋渦的中心，全都懷着強烈的建功立業、拯世濟物的熱望，因而他們的作品大都充滿積極向上的精神，有一種高昂悲壯的調子，這是古詩十九首所無法比擬的。這些「慷慨任氣」的作品當然也包含着「言志」的成分，但這種「志」帶有強烈的「情」的色彩，具有作家自己的鮮明的

㉗ 見《文心雕龍．明詩》。

㉘ 見《文心雕龍．時序》。

㉙ 至於「志深筆長」的「志」當然是情志的志，也就是下文「梗概多氣」的氣，而不是儒家「詩言志」的志，這是很清楚的。

個性，既不拘說教或諷諫的目的，也沒有「止乎禮義」的框框，同儒家所倡導的「言志」的詩教有着顯著的不同。

例子無需多舉，三曹七子之作具在，可以覆按。我們只來列舉一些突出的「緣情」詩的篇名，以證不誣。曹操：〈短歌行〉、〈氣出唱〉、〈精列〉、〈苦寒行〉、〈塘上行〉；曹丕：〈短歌行〉、〈燕歌行〉、〈秋胡行〉、〈善哉行〉二首（「上山」、「有美」）、〈芙蓉池作〉、〈于玄武陂作〉、〈雜詩二首〉、〈清河作〉；曹植：〈公讌〉、〈七哀〉、〈吁嗟篇〉、〈鬪鷄〉、〈侍太子座〉、〈箜篌引〉、〈棄婦詩〉、〈七步詩〉、〈送應氏〉、〈贈王粲〉、〈贈丁儀〉、〈贈白馬王彪〉；王粲〈七哀詩〉、〈公讌〉；徐幹：〈室思〉；劉楨：〈公讌〉；繁欽：〈定情詩〉。最有味的是曹丕詩中還有這樣一類題目：〈於清河見挽船士新婚與妻別作〉、〈代劉勛出妻王氏作二首〉、〈寡婦詩〉（序云：友人阮元瑜早亡，傷其妻孤寡，爲作此詩），「這都是代別人言情，好像作者凡遇言情的題目都不肯放過似的」（余冠英〈三曹詩選前言〉。他不僅自己作，還命別人同作。潘岳〈寡婦賦〉序曰：「阮瑀既沒，魏文悼之，並命知舊作寡婦之賦。」即指此事。沈約在《宋書・謝靈運傳論》中說：「至於建安，曹氏基命，三祖陳王，咸蓄盛藻，甫乃以情緯文，以文被質。」正是特別看出了建安文學注重「緣情」的特色。

不過，那個時候的詩人多半還沒有「詩緣情」的自覺，「詩緣情」這個新的作爲同儒家詩教的「詩言志」相對立的提法也還沒有出世。「詩緣情」這個意念還在醞釀之中，差不多還要過一百年之後，才正式出現在陸機的〈文賦〉裏。建安詩人只是努力在擺脫「詩言志」的束縛，他們不屑於受那些煩瑣的、鄙陋的禮教的限制，他們要自由地描寫自己的見聞，抒寫自己的懷抱，發舒自己的感情。換言之，他們的寫作是「發乎情」而不要「止乎禮義」，他們的作品是「吟咏情性」的，但不一定有「以風其上」的目的，不像漢代詩賦那樣以頌揚鑒戒爲主。這一時期文人詩的主流正處在由「言志」向「緣情」的轉變之中。

而這，便是「通侻」。

三

「通侻」還表現在形式和體裁上。如果說，在內容上，「通侻」表現爲「想說什麼便說什麼」的話，那麼，在形式上，「通侻」則表現爲「想怎樣說便怎樣說」。文體隨便、造語自然、用字簡易、勇於學習和採取民間新興的文學形式、不避俗語等等，都是「通侻」的文風在形式上的表現。

《文心雕龍・通變》篇說：「魏晉淺而綺。」我以爲，這「淺綺」便是就形式說的。「淺」正是指的上述文體隨便、出語自然、用字簡易、採用民歌、不避俗語等特色。「綺」意爲精美，指的是魏晉以來詩崇藻麗的現象，在建安是「華麗」，晉以後就漸漸發展爲「綺靡」了。這「綺」是同「淺」連繫在一起的，即是作家們從民間文學的語言中提取了大量生動活潑的詞語而加以修飾雅化的結果。正是這「淺而綺」構成了建安文學「清新流麗」的一面，大大不同於漢賦的「深覆典雅」。

魯迅先生說曹操「是一個改造文章的祖師」，「他膽子很大，文章從通脫得力不少，做文章時又沒有顧忌，想寫的便寫出來㉚。」這個，我們只要讀一讀他的〈讓縣自明本志令〉、〈求賢令〉、〈求逸才令〉就很清楚了。當我們讀這些文章的時候，首先感到驚異的自然是作者思想的「通侻」，簡直是毫無顧忌，想說什麼便說什麼，沒有一點條條框框。同時，如果我們拿它們同建安以前的詔令比較着讀，還不能不驚異於它們文體的「通侻」，完全是想怎樣說便怎樣說，簡易淺顯，直截了當，同從前詔令的典雅矜重大不一樣。《文心雕龍・章表》篇說：「昔晉文受册，三辭從命，是以漢末讓表，以之爲斷。曹公稱爲表不必三讓，又勿得浮華。所以魏初表章，指事造實，求其靡麗，則未足美矣。」這種要求表章指事造實、不事浮華、不求靡麗的作風，也正是文體通侻的表現。

建安作家都不鄙視民歌。曹植說：「街談巷議必有可採，擊轅之歌有應風雅㉛。」這很可以代表他們對民歌的一般看法，建安詩人並且善於向民歌學習，在通俗語言的運用上，在把民間語言提煉爲文學語言上，在歌謠各體的仿作上，他們都作了相當的努力，也取得了可觀的成績。

㉚ 魯邊〈魏晉風度與酒的關係〉中語。
㉛ 見曹植〈與楊德祖書〉。

黃侃《詩品講疏》說：「詳建安五言，毗於樂府。魏武諸作，慷慨蒼涼，所以收束漢音，振發魏響。文帝兄弟所撰樂府最多，雖體有所因，而詞貴新創；聲不變古，而采自己舒。……若其述歡宴、愍亂離、敦友朋、篤匹偶，雖篇題雜沓，而同以蘇李古詩爲原；文采繽紛，而不能離閭里歌謠之質。故其稱物則不尚雕縷，敍胸情則唯求誠懇，而又緣以雅詞，振其美響，斯所以兼籠前美，作範後來者也㉜。」這段話很精僻地說明了建安五言詩同樂府民歌的關係，說明了建安詩人善於學習民歌的語言而加以新創、雅化。鍾嶸《詩品》說曹植的詩「其源出於國風」，說曹丕的詩「百餘篇率皆鄙質如偶語」，也是看出了它們同民歌的親緣關係。試讀曹丕的〈釣竿行〉、〈臨高臺〉、〈陌上桑〉、〈大牆上蒿行〉、〈豔歌何嘗行〉、〈上留田行〉；曹植的〈當牆欲高行〉、〈野田黃雀行〉、〈美女篇〉、〈當來日大難〉；陳琳的〈飲馬長城窟行〉；阮瑀的〈駕出郭北門行〉等篇，就會感到詩人們學習民歌的努力。這些詩篇都是出語自然，用字簡易，力求通俗化、口語化，讀起來同民間樂府幾乎沒有什麼差別。建安詩人們的其他作品也都是自然、明白、誠懇的，即使是很雅馴的作品，也沒有艱澀或雕鏤的毛病。《文心雕龍．練字》篇說：「自晉以來，用字率從簡易。」其實，用字簡易、不避俗語是從建安開始的。從這時起，在漢賦中屢見的那種堆砌怪詞僻字、有如類書的惡劣文風逐漸得到徹底的清除。

㉜ 見范文瀾《文心雕龍．明詩》注引，第八七頁。

建安作家思想通俛、大膽學習樂府民歌的另一重要成果，便是使得五言詩這種新的更便於抒情寫物的詩歌形式在文人詩中生下根來，逐漸文人化，逐漸臻於成熟，此後便成爲中國古典詩歌的一種主要形式。而在此以前，中國詩歌的主要形式是四言（中間雖有雜言體的楚辭出現，但卻往賦的方向發展了，沒有成爲詩歌的主要形式），四言的表達力當然不及五言。鍾嶸在〈詩品序〉裏論及此點說：「夫四言文約意廣，取效風騷，便可多得。每苦文繁而意少，故世罕習焉。五言居文詞之要，是衆作之有滋味者也；故云會於流俗。豈不以指事造形、窮情寫物，最爲詳切者耶！」從四言到五言，這是詩歌形式上一大革新，創始之功雖不屬於建安作家，但說他們廣泛地、堅實地奠定了五言詩的基礎，應當是不過分的。

不獨五言如此，在對其他各體歌謠的仿作上建安詩人也作了許多大膽的可貴的嘗試，並且力圖在學習中有所創造。這可以舉曹丕作代表。他的最出名的〈燕歌行〉是現存最古的完整的七言詩。七言詩在漢代謠諺中是普遍的，但出現在文人筆下，除極不可靠的〈柏梁聯句〉和尚有騷體痕跡的張衡的〈四愁〉之外，這似乎是第一次。〈令詩〉和〈黎陽作〉是六言詩，〈陌上桑〉以三三七句式爲主，這些都是新的嘗試。最引人注目的是雜言詩〈大牆上蒿行〉，全篇三百六十四字，句式從三言到十三言，參差變化，形式新穎。王夫之評此詩說：「長句長篇，斯爲開山第一祖。鮑照、李白領此宗風，遂爲樂府獅象。」

在建安詩人所創造的偉大的文學業績中，我們看到有一種極爲可貴的創造革新精神在其中閃爍，也許這種精神比他們的作品本身更值得我們注意和學習。

四

綜上所述，我們可以說，建安文學「通俔」的實質是擺脫舊傳統、舊教條的束縛，是文學從內容到形式的全面解放。以詩而言，「通俔」的核心是把詩歌從儒家的「詩言志」的教條中解放出來，使之變成一個更有生命力的更便於抒發感情即「緣情」的工具。這實在是對中國詩歌發展的一個大貢獻。沈約《宋書・臧燾傳論》說：「自魏氏膺命，主愛雕蟲，家棄章句，人重異術。自黃初至於晉末，百餘年中，儒教盡矣。」他正是看出了從建安開始（他說「自黃初至於晉末」，其實應該說「自建安至於晉末」）的、在思想上、文學上那種反儒家正統的精神。不過他是站在傳統的立場上說話，不免有些感傷和不滿；而我們要說，這實在是一件大好事。試想想，如果中國文學一直在「言志」之類的教條中轉來轉去，那會是一個什麼樣子呢？

由於詩歌擺脫「言志」的束縛走向「緣情」的結果，作家才有可能在詩歌中表現出鮮明的個性，表現出「我」來。大批不同風格的作家、不同風格的作品才有可能蓬蓬勃勃地生長出來。事實也正是如此，在中國詩歌史上，建安以前，可以說是只有詩而沒有詩人（只有屈原是一個例外），民間詩歌發達而文人詩不發達，建安以後，文人詩才繁盛起來，出現了作家輩出的局面。

從這個意義上講，可以說從建安開始，中國詩壇上「才眞有了詩人」㉝。中國詩歌才眞正進入自己的繁榮的青壯年時期。

冲破傳統束縛，補救時弊，可以說是所有進步文學，所有適應歷史變化的詩文革新運動的共同特點。但由於具體的歷史背景的不同，每次詩文革新運動都呈現出不同的風貌，有着自己獨特的旗幟和精神。建安詩文革新運動的旗幟和精神便是「通侻」，這是同別的時代（例如盛唐及北宋中葉以復古爲革新的旗幟）不一樣的。因此，我想說，「通侻」實在是建安文學最重要和最本質的特徵。建安文學之所以能夠「革易原型」，在內容上、形式上都特別富於創造性，其主要原因蓋在於此。正是從這個角度，我們看出建安文學在中國文學史上的崇高地位：它不僅僅是一個「俊才雲蒸」的黃金時代而已，它當之無愧地是中國文學史上一個重要的轉折點、里程碑。

寫於一九八〇年七月載《文藝理論研究》（上海），一九八二年第一期

㉝ 朱自清《詩言志辨》中語，見該書第三五頁，開明書店，一九四七年版。

從建安到太康

——論魏晉文學的演變

引言

在我們面前展開的是整整的一個文學時代，它的起點應在漢季，而終結則在唐初。習慣上稱之爲「魏晉南北朝文學」，或「魏晉六朝文學」❶，或「中古文學」。這一個文學時代以其鮮明的特色區別於它前後的文學時代，並且以它的特定的貢獻在中國文學發展史上占有它自己的地位。然而要對這一文學時代作出科學的、不抱偏見的、令人信服的清理和說明正復不易，隋唐迄

❶ 清焦循《易餘籥錄》：「一代有一代之勝，欲自楚騷以下，撰爲一集，漢則專取其賦，魏晉六朝至隋則專錄五言詩，……」，此「魏晉六朝」猶言「魏晉等六朝」，即魏、晉、宋、齊、梁、陳，與「魏晉南北朝」的概念差不多。但文學方面「六朝」一詞習慣指晉、宋、齊、梁、陳、隋，如明張溥編的《漢魏六朝百三家集》，其中「六朝」即此意。本文合言「魏晉六朝」時與焦循同，單言「六朝」時與張溥同。

於清末，千餘年中，論者甚夥，毀譽不一，但大抵品評的多，說明的少；從主觀好惡出發的多，從客觀情勢出發的少；從思想內容着眼的多，從藝術形式着眼的少；從文學自身觀察的多，從文學和各方面的聯繫來觀察的少，近世學者，如劉師培、魯迅、黃侃、王瑤、余冠英、蕭滌非、胡國瑞等，已在魏晉南北朝文學的各個方面作了許多寶貴的開創性的工作。還有一些學者，例如湯用彤、唐長孺、王仲犖、牟宗三、李澤厚等，則從哲學或歷史的角度進行了開拓，使我們有可能從更廣濶的視野上來觀察和研究這一個文學時代，但是，顯然還不能說問題都已經解決了，例如下面這些問題都還有待進一步探討的：這一代文學的發展同當時的社會變化，階級變動究竟有什麼關係？它的主要思潮是什麼？它經歷了那幾個主要的發展階段？發展的主要脈絡是什麼？引起這些發展的內外因素（社會因素和文學自身的因素）是什麼？其中什麼是最關鍵的？這些因素是必然性的，還是偶然性的？是持久的，還是暫時的？等等。

本文也不敢奢望完全解決這些問題，這是需要許多學者從各方面共同努力，在一個相當長的時間裏才能解決或者基本解決的。但我們總應當有所前進，這也同樣是沒有疑義的。爲此，我認爲可取的方法是把這一個文學時代再劃分成若干段落，抓住其中的重點來開始我們的研究。因爲文學的發展是一個變速曲線運動，我們應當首先把注意力放在加速度最大，曲度最大的點上，其次把注意力放在加速度較大，曲度較大的點上。這樣地做下去，我們就有可能逐漸準確地、客觀地把握整個文學發展史。至於那些接近於停滯的時代或接近於勻速直線發展的段落，即使稍稍馬虎些，也就無傷大雅了。

用這個辦法來考察魏晉南北朝文學的發展狀況，我們不難發現，漢末的建安文學，晉初的太康文學❷和齊梁文學是我們應當注意的三個重點。

歷來論者對慷慨的建安風骨可說是備極讚美，而對艷薄的齊梁文風則一致撻伐，然而無可分辯的歷史事實是，艷薄的齊梁文學正是從慷慨的建安文學發展過來的；在不更動歷史背景的前提下，這甚至是一種必然的發展，顯然，從建安到齊梁，文學所經歷的發展道路也仍然是一個變速曲線運動，那麼我們要問：在這一段變速曲線運動中，那一點加速度最大，曲度最大因而需要我們首先加以注意的呢？我以為就是太康。

從建安到太康這一段文學的發展變化對於整個中古文學史是至關重要的，這一段弄清楚了，整個中古文學的發展趨勢也就「思過半矣」了。因此本文就試圖對這一段文學的發展變化軌跡作一個粗略的探索，而將重點放在太康，這一方面是因為前人對建安論述較多而對太康則注意較少，另一方面也是因為立足於太康更便於瞻前顧後的緣故。

第一章　建安的回顧

❷「太康文學」是一種習慣說法，它實際上指的是從泰始到元康遠將近四十年間的文學，卽晉初的文學。西晉不久卽亡，故「太康文學」又與「西晉文學」差不多也是同義詞。

先讓我們來回顧一下建安。

漢魏之際是中國歷史上極其重要的篇章，這是一個天地翻覆、風雲浩蕩的時代。歷史發展到此刻，有如一個熾熱的煉鋼爐，整個社會從上至下都處在它的痛苦而偉大的鼓盪冶鑄之中，從經濟基礎到上層建築，以至整個意識形態，無不一方面在急速地崩潰、解體，一方面又在急速地融合、重造。待到「曹氏基命」的建安時代，動亂雖然還沒有平息，但是一個新社會的雛型卻已經在血與火中，帶着朦朧的曙色出現在中國的地平線上了。

這個社會就是封建社會❸。

一個相當長的時期以來，戰國秦漢的繁盛城市和奴隸制商品經濟相對萎縮，而東漢以來的莊園經濟則日益鞏固和擴展，大量個體小農和大規模的工商奴隸經由不同渠道，變而爲束縛在領主土地上，人身依附極強的農奴或準農奴。於是以使用奴隸勞動的鹽鐵業、大商業、大農業居支配地位的奴隸制經濟便逐漸讓位於以占有土地，役使農奴勞動的自給自足的莊園經濟居支配地位的封建制經濟。封建地主階級中最先成熟尚帶有奴隸制殘餘的一個階層—門閥士族地主階級經過東

❸ 中國古代何時進入封建社會，史學界一直有爭論。主要約有：一、西周封建說；二、春秋戰國之際封建說；三、秦漢之際封建說；四、魏晉封建說。本文採魏晉封建說。東漢是奴隸社會向封建社會過渡的時期。參閱王仲犖《魏晉南北朝史》，何玆全〈漢魏之際封建說〉（載《歷史研究》一九七九年第一期）及王思治〈中國古代史分期問題分歧的原因何在？〉（載《歷史研究》一九八〇年第五期）。

漢兩百餘年的發展，這時無論在經濟上、政治上都已經足夠強大了，於是起而代替秦漢以來以宮廷貴族為中心的奴隸主階級，佔據了歷史舞臺的中心。漢末的「黨錮之禍」實質上就是這個新興階級同以皇族、外戚、宦官為代表的奴隸主階級矛盾激化的表現。結果引起了一場大規模的農民起義以及由此而來的社會大動亂，表面上看來是較量的雙方面兩敗俱傷，同歸於盡，實質上卻是新興的門閥士族階級從劫灰中站起來，控制了整個社會，在農民起義被鎮壓後建立起來的曹、劉、孫三個割據政權的主要活動家和經濟支持者都是門閥士族的頭面人物❹，那時操縱社會與論，影響社會風氣的也都是出身於世家大族的「名士」，亦即這個新興階級的知識分子領袖。

隨著門閥士族地主階級的登上歷史舞臺，整個社會的意識形態和文化心理都起了變化，這個變化在學術思想上的反映是以儒學正統身份出現的兩漢經學的崩潰和魏晉玄學的勃興；在文學上的反映則是兩漢宮庭文學的沒落和朝氣勃勃的建安文學的出現。

歷來為文學史家所津津樂道，交口稱讚的建安文學究竟有些什麼特色呢？關於這個問題，前人論及者可謂多矣，讓我們先摘引幾段並加簡略的評介吧。

《文心雕龍・明詩》：

---

❹ 參閱王仲犖《魏晉南北朝史》第一版第一四八頁。

暨建安之初，五言騰踊，文帝陳思，縱轡以騁節，王徐應劉，望路而爭驅，並憐風月，狎池苑，述恩榮，敘酣宴，慷慨以任氣，磊落以使才，造懷指事，不求纖密之巧；驅辭逐貌，惟取昭晰之能，此其所同也。

又〈時序〉：

自獻帝播遷，文學蓬轉，建安之末，區宇方輯。魏武以相王之尊，雅愛詩章；文帝以副君之重，妙善辭賦；陳思以公子之豪，下筆琳琅：並體貌英逸，故俊才雲蒸。……傲雅觴豆之前，雍容衽席之上，洒筆以成酣歌，和墨以藉談笑。觀其時文，雅好慷慨，良由世積亂離，風衰俗怨，並志深而筆長，故梗概而多氣也。

〈詩品序〉：

降及建安，曹氏父子，篤好斯文，平原兄弟，鬱為文棟。劉楨王粲。為其羽翼。次有攀龍托鳳，自致於屬車者，蓋將百計，彬彬之盛，大備於時矣。

《宋書．謝靈運傳論》：

至於建安，曹氏基命，二祖陳王，咸蓄盛藻，甫乃以情緯文，以文被質。

《中國中古文學史講義》第三課論漢魏之際文學變遷：

建安文學，革易前型，遷蛻之由，可得而說：兩漢之世，戶習七經，雖及子家，必緣經術，魏武治國，頗雜刑名，文體因之，漸趨清峻，一也；建武以還，士民秉禮，迨及建安，漸尚通脫，脫則侈陳哀樂，通則漸藻玄思，二也；獻帝之初，諸方棋峙，乘時之士，頗慕縱橫，騁詞之風，肇端於此，三也；又漢之靈帝，頗好俳詞，下習其風，益尚華靡，雖迄魏初，其風未革，四也。

「慷慨任氣」、「志深筆長」、「不求纖巧，惟取昭晰」，「以情緯文，以文被質」、「文質彬彬」、「清峻、通脫、騁辭，華靡」，這些便是建安文學的主要特點。因爲出於多人的論述，這些評語自然不無交叉重疊的地方。劉勰的評語偏重於那一時代文學的內涵，主要指建安作家的作品充滿感時傷亂的情懷和拯世濟物的宏願；沈約則偏重於藝術自身，主要指建安作家重視眞實感情的抒發和語言的文采；劉師培則是分別各體並同兩漢相比較來說的：「清峻」指論說奏議各體文字的注重簡約嚴明，「騁辭」指書檄公文的繁富舖張，「華靡」則指詩賦文辭華麗，多慷慨之音。

比較起來，劉師培的四點頗能概括建安文學的全貌，所以後來魯迅先生在〈魏晉風度及文章與藥及酒之關係〉一文中贊同他的提法，僅稍易數字，使更確切，曰清峻、通脫、華麗、壯大。騁詞改爲壯大，便可兼指詩賦，把劉勰說的「志深筆長、梗槪多氣」及「造懷指事，不求纖密之巧；驅辭逐貌，惟取昭晣之能」的特點，都包括進去了。華靡改爲華麗，是因爲崇藻麗固然是建安詩賦的特點，但它恰到好處，「文質彬彬」（包咸《論語》注曰：彬彬，文質相半之貌。）還未至於「靡」，「靡」就文勝於質了。

在前人論述的基礎上，本文想進一步提出兩個問題來加以研究：第一，究竟什麼是建安文學最本質的特徵？或者說，什麼是「建安風力」的核心和靈魂？第二，建安文學中究竟有那些因素是較爲持久的，因而後來的晉宋文學得以在這個基礎上「變其本而加厲」？

這兩個問題都同門閥士族分不開，所以我們得先從門閥士族談起。

本文不同意這樣一種流行觀點，認爲門閥士族地主階級從一開始出現就是一個腐朽的反動的階級。不，筆者認爲恰恰相反，門閥士族地主階級雖然因爲剛剛從奴隸制經濟中脫胎出來因而帶著頗爲濃厚的奴隸制度的殘餘，但它畢竟是一個新興的階級，同所有曾經在歷史舞臺上佔據過統治地位的階級一樣，有一個從興起到發展到沒落的過程，它起初也是朝氣勃勃的。它是帶著自己的人生觀和世界觀，帶著自己的哲學體系，帶著自己的審美趣味，帶著自己的氣派和風格登上歷史舞臺的，簡言之，它有著自己的一套意識形態。而這一套，同秦漢以來的以宮庭貴族爲中心的奴隸主階級那一套比較起來要先進得多。

農奴制莊園經濟是這個階級賴以生存的主要經濟形態，從東漢末崔寔所著的《四月民令》到南北朝時顏之推的《顏氏家訓・治家篇》的敍述裏，我們都可以看出這種莊園經濟是典型的自給自足的經濟。在一個充分發展的莊園裏，不僅有農業，而且有手工業和以物易物的簡單貿易；一個莊園不僅是一個經濟單位，甚至也是一個文化單位與軍事單位，莊園主不僅是經濟的組織者與管理者，也是文化與軍事的組織者與管理者，在莊園內部，他儼然就是一個以家長身份出現的小國王❺，這種獨立的自給自足的莊園經濟在一定程度上甚至擺脫了中央集權的皇權的絕對控制與管轄，漢末魏晉南北朝時代的社會割據同這種獨立的在一定程度上擺脫了皇權絕對控制與管轄的莊園經濟正是一種互爲因果，互相促進的現象。

門閥士族地主階級在這種莊園裏，過著一種優裕的、尊貴的、幾乎萬事不求人的生活，正如《顏氏家訓・治家篇》裏所說的那樣，只要「能守其業」，則「閉門而爲生之具以足」，只差一

❺ 參閱前第二章第一節。

口「鹽井」了，隨著莊園經濟的鞏固和擴大，特別是在其後，這個階級取得政治上的統治權以後，他們不僅「富」，而且「貴」，不僅一代富貴，而且代代富貴。這個階級中的許多人可以不做官而依舊過好的生活，可以不倚靠朝廷、政府、而在自己的家裏受到良好的文化教育。人的貴賤榮辱甚至賢愚完全取決於帝王（及其政權系統）的情況相應減弱。

與這種狀況相應，門閥士族地主階級的意識也就有了一種不同過去的特色。在漢代，在強固的奴隸制君主集權以及與此相適應的思想形態——定於一尊的正統儒學（以後發展爲煩瑣僵化的兩漢經學和荒唐迷信的讖緯神學）的鐵幕籠罩下，人的意識的兩個方面——內心自省和外界觀察都處於一種沉睡或半醒狀態，人只是作爲一種奴隸制皇權的附屬物（奴隸和官吏都一樣）而意識到自己，現在不同了，至少對於門閥士族地主階級來說是不同了，他們由於經濟上的自主產生了精神上的自主，對於外界事物有可能做客觀的處理和考慮了；同時，主觀方面也相應地強調表現了他自己，人成了精神上獨立的個體，一方面，他開始意識到自己就是自己的主宰，而不是其他更高意志（例如皇權、聖人之教等等）的奴隸，他開始要求按照自己的意志而不是按照其他更高的意志（當然由於歷史的惰力，他不可能完全做到這一點）來思考，來行動；另一方面，他開始意識到自己存在的價值，意識到沒有比自我存在更有價值的東西，因爲他就是他，他不是作爲某種別的東西的附屬物而存在，他的價值正在於他的存在，而不在於他是某種別的東西的附屬物。他要求珍惜自我的存在，盡可能延長自我的存在，盡可能提高這個存在的價值，在魏晉時代的上層人士（亦卽門閥士族階級的代表人物）中，我們看到一種要求擺脫傳統禮教拘束要求個性解放，主張率眞任情的思想和作風，當時叫「通脫」或「放達」，就是前一方面意識和要求的反映。同時，在魏晉時代的上層人士中，我們還看到普遍彌漫著一種性命短促、人生無常的感嘆，積極的便想建功立業以求不朽，消極的就想服藥飲酒，及時行樂，這便是後一方面的意識和要求的反映了。

這兩方面的意識和要求便構成了門閥士族階級上升時期意識形態的基本音調。所以，在哲學上，我們看到以探索人的內在蘊蓄（例如關於才性、言意、養生、聖人有情無情等的辯論）和外在本原（例如關於有無本末以及名教、自然的辯論）爲指歸的魏晉玄學便代替爲皇權、爲政教服務的兩漢經學應運而生；而在文學上，我們看到一種要求擺脫秦漢以來作爲宮廷玩物和經學附庸（也就是政教和道德的附庸）的地位，要求以抒發自我感情，咏嘆人生爲主旨而不再以取悅君王，歌頌功德，諷諭鑒誡爲主旨，要求想說什麼便說什麼，而不必老是祖述聖賢、「斟酌經辭」（前人說的「以氣爲主」，「以氣質爲體」也部分含有這方面的意思）的強烈欲求出現了。

這種欲求在開始時還是涓涓細流，到建安便滙成澎湃的大江，它沖決著文學上舊傳統舊教條舊價值舊風氣的堤防，表現出一股生氣勃勃的解放精神、革新精神、創造精神，而這，正是建安文學的本質特徵，建安文學的核心與靈魂。

同以宮廷貴族爲中心的奴隸主階級的衰亡過程相一致，兩漢文學，在煩瑣僵化的經學與荒誕迷信的讖緯學籠罩之下也同當時的思想界一樣地使人感到窒悶，除了民間文學尚透露出一些新鮮活潑的氣息（這主要表現在漢樂府中）外，兩漢四百餘年，表面上看來，文壇也頗熱鬧，但眞正好的經得起歷史考驗的作品是很少的（史傳與諸子本非文學，不在此例），兩漢的文人們只給後人留下若干篇詰屈聱牙，以舖張詞藻爲能事，而內容空洞，感情蒼白的辭賦，所以鍾嶸感嘆說：「自王楊枚馬之徒，詞賦竟爽，而吟咏靡聞❻。」這裏說的是西漢的情況：有賦而無詩，東漢呢？他說：「東京二百載中，惟有班固『咏史』，質木無文❼」。這話也許說得過分了一點，但如果不以辭害意的話，鍾嶸的意見大體上還是對的，因爲那畢竟是一個經學盛行的時代，少數幾篇詩歌滙成的潺潺小溪同章句的浩浩蕩蕩比較起來簡直是微不足道的，所以劉勰也說：「自哀平陵替，光武中興，深懷圖讖，頗略文華。」「磊落鴻儒，才不時乏，而文章之選，存而不論」，「其餘風遺文，蓋蔑如也❽。」

到東漢末葉，這種情況開始有了變化。隨著社會形態和階級關係的變異，一個重要的轉機到來了，首先代表新興的階級在文學上表現出反傳統的勇氣，發出強烈的呼喊的是古詩十九首（廣義地說，則包括產生於十九首前後的一系列古詩，例如鍾嶸所說的四十五首，相傳爲蘇武、李陵作的蘇李詩以及擬蘇李詩等等）。

---

❻❼ 鍾嶸〈詩品序〉。

❽ 《文心雕龍·明詩》。

十九首的作者已不可考，但從這些詩的內容和文字技巧來看，作者顯然是一些有良好文化修養的知識分子，根據東漢以來社會文化已爲門閥士族所把持的情形來推斷，則這些作者多半屬於這個新興階級是沒有多大疑問的。前面已經說過，這個階級由於自身經濟地位的優裕與特別，已漸漸萌發了一種人格的覺醒，而現在呢，由於大規模的農民起義所帶來的社會變動進一步動搖了壓制這種覺醒的外界權威，同時巨大的動亂使得這個階級中的許多人接觸社會的底層，甚至自己也飽嘗了流離之苦，對於社會的黑暗，人生的苦難，生命的寶貴而又毫無保障都有了許多痛切的感受。他們要叫喊，要表現，傳統的教條，例如「詩言志」、「思無邪」、「溫柔敦厚」❾等等成了阻止他們叫喊、表現的桎梏，傳統的形式，例如典雅莊重的四言，深奧浮誇的辭賦，也都顯然不適合作這種叫喊和表現的工具，他們便開始拋棄舊的教條和舊的形式，尋求新的理論和新的形式。他們終於在民間文學裏發現了他們所需要的東西，於是便勤奮地向樂府民歌學習。這種學習的結果，表現在形式上，便是五言詩的大量湧現；表現在內容上便是文人詩中出現了大量的呼號式沒遮攔地表現自我感情的作品，例如十九首，嘆老嗟卑，憤世疾俗，感嘆生命短促，人生無常，要求及時行樂，乃至赤裸裸地唱出：「蕩滌放情志，何爲自結束？」「晝短苦夜長，何不秉燭遊？」「何不策高足，先據要路津？」「蕩子行不歸，空床難獨守。」這些同兩漢辭賦那種華

❾《尚書・堯典》：「詩言志，歌詠言。」《論語・爲政》：子曰：「詩三百，一言以蔽之，曰：『思無邪』。」《禮記・經解》：「孔子曰：入其國，其敎可知也。其爲人也溫柔敦厚，詩敎也。……」。

而不實的鋪排，浮誇阿諛的頌揚，勸百諷一的「諷諭」，缺乏眞實感情，裝腔作勢的「言志」是多麼的不同啊。

這種「想說什麼就說什麼」，自由抒寫眞實感情的作風，對於舊的傳統是一個大膽的突破，而且是一個有深遠意義的突破，它給近於窒息的文壇吹進了一股新鮮的空氣，給僵化衰颯的文人詩注入了年青的血液，古詩十九首在中國詩歌史上的重要地位正是表現在這裏，它是一種解放，它是新文學的嚆矢。

即使在外在形式上，這種明白通俗，「深衷淺貌」⑩、「結體散文」⑪、「油然善入」⑫、「若秀才對朋友說家常話」⑬的新詩風同兩漢詩賦那種咬文嚼字、詰屈聱牙、「深覆典雅，指意難睹」⑭以及「華實所附，斟酌經辭」⑮的舊習氣也是多麼不同啊！

前人激賞十九首，許爲「五言之冠冕」，說它「可謂幾乎一字千金」⑯。也注意到了它抒情

---

⑩ 陸時雍《古詩鏡》：「十九首深衷淺貌，短語長情。」

⑪ 《文心雕龍・明詩》：「觀其結體散文，直而不野，婉轉附物，怊悵切情，實五言之冠冕也。」

⑫ 沈德潛《古詩源》卷四：「十九首……反覆低徊，抑揚不盡，使讀者悲感無端，油然善入，此國風之遺也。」

⑬ 謝榛《四溟詩話》卷三：「古詩十九首平平道出，且無用工字面，若秀才對朋友說家常話。」

⑭ 王充《論衡・自紀》。

⑮ 《文心雕龍・明詩》。

⑯ 《詩品上》。

味重的特色，但可惜未能從詩歌發展史的角度給以說明，使人覺得猶有遺憾，而近三十年來的論者，則似乎只敢從藝術性上肯定十九首，說它的「高度藝術成就是五言詩已經達到成熟階段的標志」⑰，「代表漢代五言抒情詩的最高峰」⑱，對它的思想內容則批評多於肯定，誠然，十九首中某些篇章所表現出來的某些具體思想從表面來看是消極的，但這並不重要，也不難辨別；重要的是在這種消極的表面下所蘊藏的積極的內涵。生命短促，人生無常的感嘆正是來自否定了外界權威（皇權與經學）之後的人格的覺醒、對生命價值的新認識，對「自我」的把握和執著。在看來如此頹廢，悲觀的嘆息中，深藏着對生命和生活的欲求與熱愛⑲。我們尤其應當看到十九首作爲一個整體出現在中國詩歌史上所具有的打破舊傳統，開創新風氣的革命性意義，不從這個角度來觀察，就無法解釋十九首在中國古代詩歌中何以有這樣高的地位，對後世何以有這樣大的影響。

古詩十九首所反映出來的這種擺脫傳統拘束，自由抒寫感情的新風氣，到了建安時代，在思想通脫，身居領袖地位而又富於文學才能的曹氏父子的倡導之下，便大大地發揚起來，終於成爲一個普遍的潮流。使建安文學呈現出一個與其他時代文學迴然不同的風貌。

---

⑰ 見游國恩等主編的《中國文學史》第一册第一八八頁，人民出版社一九七九年版。

⑱ 見文學研究所編的《中國文學史》第一册第一八二頁，人民出版社一九六二年版。

⑲ 此本李澤厚說，見〈魏晉風度〉，載《中國哲學》第二輯。

劉勰描寫建安作家們吟詩作賦的神態是：「傲雅觴豆之前，雍容衽席之上，洒筆以成酣歌，和墨以藉談笑。」而他們作品的內容則多半是「憐風月，狎池苑，述恩榮，敍酣宴」（平心而論，這幾句話實在不如黃侃「述歡宴、憫亂離、敦友朋、篤匹偶」的概括來得更準確），作風則是「慷慨以任氣，磊落以使才」，從這些描寫裏，我們不難看出以三曹七子爲代表的建安作家的確是一羣思想解放，作風通脫，才氣橫溢，意氣風發的才子，他們既不是循規蹈距的經學先生，也不是可憐巴巴的御用文人，他們的作品大半是抒寫自我、侈陳哀樂的「緣情」之作，而不是什麼止乎禮義、表現德性的「言志」之篇。

事實上，從現存的建安作家的詩文來看，抒情性的作品的確佔了絕大部分。我們無法一一舉例，只能把一些抒情意味最濃的詩的篇名列舉如次，以證不誣。

曹操：〈短歌行〉（對酒當歌）、〈苦寒行〉（北上太行山）、〈精列〉（厥初生）、〈塘上行〉（蒲生我池中）。

曹丕：〈短歌行〉（仰瞻帷幕）、〈秋胡行〉二首（朝與佳人期、汎汎綠池）、〈善哉行〉二首（上山采薇、有美一人）、〈燕歌行〉二首（秋風蕭瑟天氣涼、別日何易會日難）、〈陌上桑〉（棄故鄉）、〈于譙作〉（清夜延貴客）、〈芙蓉池作〉（乘輦夜行遊）、〈雜詩二首〉（漫漫秋夜長、西北有浮雲）、〈清河作〉（方舟戲長水）。

曹植：〈箜篌行〉（置酒高殿上）、〈妾薄命〉（攜玉手）、〈薤露行〉（天地無窮極）、

〈美女篇〉（美女妖且閑）、〈吁嗟篇〉（吁嗟此轉蓬）、〈種葛篇〉（種葛南山下）、〈浮萍篇〉（浮萍寄清水）、〈公宴〉（公子敬愛客）、〈七哀〉（明月照高樓）、〈送應氏詩二首〉（步登北邙坂、清時難屢得）、〈雜詩六首〉（高臺多悲風、轉蓬離本根、西北有織婦、南國有佳人、僕夫早嚴駕、飛觀百餘尺）、〈雜詩〉（攬衣出中閨）、〈棄婦詩〉（石榴植前庭）、〈贈徐幹〉（驚風飄白日）、〈贈丁儀〉（初秋涼氣發）、〈贈王粲〉（端坐苦愁思）、〈贈白馬王彪〉（謁帝承明廬）。

王粲：〈公宴詩〉（昊天降豐澤）、〈雜詩四首〉（吉日簡清時、列軍息衆駕、聯翩飛鸞鳥、鷙鳥化爲鳩）、〈七哀詩三首〉（西京亂無象、荆蠻非我鄉、邊城使心悲）。

陳琳：〈遊覽二首〉（高會時不娛、節運時氣舒）。

徐幹：〈情詩〉（高殿鬱崇崇）、〈室思〉（沈陰結愁憂）。

劉楨：〈公宴詩〉（永日行遊戲）、〈贈五官中郎將四首〉（昔我從元后，余嬰沈痼疾、秋日多悲懷、涼風吹沙礫）、〈贈徐幹〉（誰謂相去遠）。

阮瑀：〈雜詩二首〉（臨川多悲風、我行自凜秋）、〈七哀詩〉（丁年難再遇）、〈苦雨〉（苦雨滋玄冬）。

繆襲：〈挽歌〉（生時遊國都）。

繁欽：〈定情詩〉（我出東門遊）、〈蕙詠〉（蕙草生山北）。

應瑒：〈待五官中郎將建章臺集詩〉（朝雁鳴雲中）、〈別詩二首〉（朝雲浮四海、浩浩長河水）、〈鬪鷄〉（戚戚懷不樂）。

最有味的是曹丕詩中還有這一類題目：〈於淸河見挽船士新婚與妻別〉、〈代劉勳出妻王氏作二首〉、〈寡婦詩〉（序云：友人阮元瑜早亡，傷其妻孤寡，爲作此詩）。曹植集中也有〈寡婦詩〉和〈代劉勳妻王氏見出爲詩〉（據丁晏《曹集詮評》所錄逸文），「這都是代別人言情，好像作者凡遇言情的題目都不肯放過似的」（余冠英〈三曹詩選前言〉）。曹丕不僅自己作，還命別人同作，潘岳〈寡婦賦〉序曰：「阮瑀既沒，魏文悼之，並命知舊作寡婦之賦。」即指此事，曹植的〈寡婦詩〉大約也就是這次作的。

不僅詩是如此，賦也是如此。賦在建安時代起了一個大變化，以頌揚諷諭爲宗旨，以「述客主以首引，極聲貌以窮文」⑳爲特色的兩漢大賦一變而爲以抒發情感爲宗旨，篇製短小的「鄴中小賦」，彌衡的〈鸚鵡賦〉寄托身世之悲，王粲的〈登樓賦〉抒發思鄉之苦，曹植的〈洛神賦〉表達愛慕之情，並爲古今傳誦的名篇。

在建安時代，文學作品中抒情因素的增長是一個非常突出的現象。沈約說，詩文至建安「甫乃以情緯文」，正是特別看出了建安文學尙情的特色。

---

⑳《文心雕龍·詮賦》。

建安作家努力擺脫舊傳統舊教條的束縛，力求眞實地自由地描寫自己的見聞，抒寫自己的懷抱，發舒自己的感情，這正是繼承了十九首的精神，同時我們看到：建安作家的「情」同十九首作者的「情」也有同有異，具體來說，十九首消極表面下掩蓋著的執著人生的內涵，到建安時代乃向更明朗更積極的方向展開：正因爲生命短促而可貴，更應該及時建功立業；正因爲人生無常，喪亂相尋，更需要有英雄豪傑出來拯世濟物。而這些，正是構成建安文學「慷慨之音」的主要內容，從十九首到建安文學，表面上看來，一消極頹廢，一慷慨高揚，其實是同一個基調的兩個發展階段，曹操在發完「對酒當歌，人生幾何？譬如朝露，去日苦多」的感慨之後，唱出「山不厭高，海不厭深。周公吐哺，天下歸心」[21]的高歌，曹丕在感傷朋友們「數年之間，零落略盡」之後得出「少壯眞當努力」[22]的結論，這不是很合乎邏輯的嗎？

從十九首到建安之音的這種發展，自然也是時代進展的反映，除了劉勰說的「世積亂離、風衰俗怨」的社會背景之外，應該著重指出的是，這種進展正是門閥士族階級逐漸占據歷史舞臺中心的一種反映，感時傷亂、建功立業、拯世濟物的「慷慨」之音正是歷史主角的責任感在文學中的回響。

即使是在純粹的藝術形式（包括表現手法）上，建安作家也表現出一種勇於打破舊傳統風氣

[21] 曹操〈短歌行〉。
[22] 曹丕〈與吳質書〉。

的解放精神、革新精神和創造精神。這主要表現在他們對待民間文學的態度上，他們勇於學習和採取民間新興的文學形式，不怕不典雅、不怕不莊重，甚至還有意地力求用字簡易，造語自然、不避俗語，《三國志、魏書二十一》裴註引《魏略》載邯鄲淳初次見曹植，「時天暑熱，植因呼常從取水自澡訖，傅粉，遂科頭拍袒，胡舞五椎鍛，跳丸擊劍，誦俳優小說數千言訖，謂淳曰：邯鄲生何如邪？」這故事很有點象徵的意義，可以看作建安文人的一般生活畫，思想解放、作風通脫，沒有什麼清規戒律、意氣風發、果敢自信……這正是門閥士族階級上升時期的面貌，不過，我們這裏想要強調的是他們對待民間文學，(例如「俳優小說」)的態度，曹植在另一處還說過：「街談巷論，必有可采，擊轅之歌，有應風雅。」(〈與楊德祖書〉)就更正面地表明了他對民間歌謠的看法，這也正是建安作家的普通態度，唯其如此，我們看到他們在通俗語言的運用上，在把民間語言提煉爲文學語言上，在歌謠各體的仿作上，都作出了相當的努力，成績斐然。

黃侃《詩品講疏》說：「詳建安五言，毗於樂府，魏武諸作，慷慨蒼涼，所以收束漢音，振發魏響，文帝兄弟所撰樂府最多，雖體有所因，而詞貴新創，聲不變古，而采自己舒。……若其述歡宴、愍亂離、敦友朋、篤匹偶，雖篇題雜沓，而同以蘇李古詩爲原；文采繽紛，而不離閭里歌謠之質，故其稱物則不尚雕鏤，敍胸情則唯求誠懇，而又緣以雅詞，振其美響，斯所以兼籠前美，作範後來者也㉓。」這話很精辟地說明了建安五言詩同樂府民歌的關係，說明了建安詩人善

㉓ 轉引自《文心雕龍・明詩》范文瀾註。

於學習民歌的語言而加以新創、雅化，鍾嶸《詩品》說曹植的詩「其源出於國風」，說曹丕的詩「百餘篇率皆鄙質如偶語」，也是看出了它們同民歌的親緣關係，試讀曹丕的〈釣竿行〉、〈臨高臺〉、〈陌上桑〉、〈大牆上蒿行〉、〈艷歌何嘗行〉、〈上留田行〉；曹植的〈門有萬里客行〉、〈野田黃雀行〉、〈美女篇〉、〈當來日大難〉；陳琳的〈飲馬長城窟行〉；阮瑀的〈駕出郭北門行〉；繁欽的〈定情詩〉等篇，不難感到詩人們學習民歌的努力，這些詩篇都是出語自然，用字簡易，力求通俗化、口語化，讀起來同樂府民歌幾乎沒有什麼差別，建安詩人們的其他作品也都是自然、明白、誠懇的，卽使是很雅馴的作品，也沒有艱澁或雕鏤的毛病，《文心雕龍‧練字》篇說：「自晉以來，用字率從簡易。」其實，用字簡易，不避俗語是從建安開始的，從這時起，在漢賦中屢見的那種堆砌怪詞僻字，有如類書的惡劣文風逐漸得到徹底的清除。

《文心雕龍‧通變》篇又說：「魏晉淺而綺。」「淺」正是指的上述造語自然，用字簡易、采用民歌、不避俗語等特色，「綺」意爲精美，指的是魏晉以來詩崇藻麗的現象，在建安是「華麗」，晉以後就漸漸發展爲「綺靡」了。這「綺」是同「淺」連繫在一起的，卽是作家們從民間文學的語言中提取了大量生動活潑的詞語而加以修飾雅化的結果，正是這「淺而綺」構成了建安文學「清新流麗」的一面，大大不同於漢賦的「深覆典雅」。

建安作家思想通脫、大膽學習樂府民歌的另一重要成果，便是使得五言詩這種新的更便於抒情寫景的詩歌形式在文人詩中生下根來，逐漸文人化，逐漸臻於成熟，此後便成爲中國古典詩歌的一種主要形式，而在此以前，中國詩歌的主要形式是四言（中間雖有雜言體的楚辭出現，但卻往賦的方向發展了，沒有成爲詩歌的主要形式），四言的表達力當然不及五言，鍾嶸在〈詩品序〉裏論及此點說：「夫四言文約意廣，取效風騷，便可多得，每苦文繁而意少，故世罕習焉，五言居文詞之要，是衆作之有滋味者也，故云會於流俗，豈不以指事造形、窮情寫物，最爲詳切者耶！」從四言到五言，這是詩歌形式上一大革新，創始之功雖不屬於建安作家，但說他們廣泛地、堅實地奠定了五言詩的基礎，我想是不過分的，劉勰不也說「建安之初，五言騰踊」嗎？

不獨五言如此，在對其他各體歌謠的仿作上建安詩人也作了許多大膽的可貴的嘗試，並且力圖在學習中有所創造。例如曹丕，他的最出名的〈燕歌行〉是現存最古的完整的七言詩，七言詩在漢代謠諺中是普遍的，但出現在文人筆下，除極不可靠的〈柏梁聯句〉和尙有騷體痕迹的張衡的〈四愁〉之外，這似乎是第一次。〈令詩〉和〈黎陽作〉是六言詩，〈陌上桑〉以三三七句式爲主，這些都是新的嘗試，最引人注目的是雜言詩〈大牆上蒿行〉，全篇三百六十四字，句式從三言到十三言，參差變化，形式新穎，王夫之評此詩說：「長句長篇，斯爲開山第一祖，鮑照、李白領此宗風，遂爲樂府獅象。」又如曹植，他的詩也是幾乎各體都有，〈妾薄命〉基本是六言，開頭兩句作三言；〈大魏篇〉基本是五言，而中間夾上三句七言，兩句六言，〈當事君行〉是六五相間；〈當車以駕行〉前半四言，後半五言；〈平陵東行〉是三三七式；〈桂之樹行〉則從三言句到七言句都有，交錯使用，讀來也很和諧。

在建安詩人所創造的偉大的文學業績中，我們看到有一種極爲可貴的創造革新精神在其中閃爍，也許這種精神比他們的作品本身更值得我們注意和學習。前人喜談「建安風力」，「漢魏風骨」，那主要是就內容方面來說的，我以爲更全面更本質地來看，不如說「建安氣派」或「建安精神」更爲醒豁而確切，「建安氣派」是一種什麼樣的氣派呢？「建安精神」是一種什麼樣的精神呢？這氣派便是解放的氣派、革新的氣派、創造的氣派，這精神便是解放的精神，革新的精神，創造的精神。如果借用傳統的說法，則也可以叫做「通脫」的氣派，「通脫」的精神，作爲這種氣派、精神的本質或本原的是在否定了外在權威之後對人生價值（首先是自我價值）的充分認識，同時又把自我的存在同歷史的責任緊緊融爲一體（並不一定自覺）的那種境界（當然是在那個時代和那個階級所能達到的範圍內，人卽是門閥士族的人，責任卽是門閥士族的歷史使命）。

這種精神在理論上的結晶則是曹丕的〈典論・論文〉，這篇文章最值得注意的是如下這一段話：

> 蓋文章，經國之大業，不朽之盛事，年壽有時而盡，榮樂止乎其身，二者必至之常期，未若文章之無窮，是以古之作者，寄身於翰墨，見意於篇籍，不假良史之辭，不托飛馳之勢，而聲名自傳於後，……而人多不强力，貧賤則懾於飢寒，富貴則流於逸樂，遂營目前

之務，而遺千載之功，日月逝於上，體貌衰於下，忽然與萬物遷化，斯志士之大痛也。

這正是從人的價值認識到作爲人的精神產品的文的價值，反過來又以強調文的價值來肯定人的價值，以文的不朽來追求人的不朽，眞是大不同於兩漢時代了。那時辭人們作賦的目的不過是取悅人主（說得好聽一點是「諷諭」），文學（如果說還有文學的話）不過是宮廷貴族的玩物，文學家們的地位比「俳優」好不了多少，《漢書．王褒傳》說：

上令褒與張子僑等並待詔，數從褒等放獵，所幸宮館，輒為歌頌，第其高下，以差賜帛，議者多以淫靡不急，上曰：「不有博奕者乎，為之猶賢乎已。辭賦大者與古詩同義，小者辯麗可喜，譬如女工有綺穀，音樂有鄭衛，今世俗猶以此娛悅耳目，辭賦比之，尚有仁義諷諭，鳥獸草木多聞之觀，賢於倡優博奕遠矣。」

這不說得非常消楚嗎？所以司馬相如因狗監的推薦而進入宮廷，揚雄奚落自己的作品不過是「童子雕蟲篆刻」，東方朔瘋瘋癲癲，便都不奇怪了。

文的解放是人解放的結果，文的獨立是人獨立的結果，從建安時代開始，文學才眞正擺脫宮廷玩物、經學附庸（亦即政教與道德的附庸）的地位而成爲一個獨立的藝術門類。從這個意義上來講，也可以說中國自建安以後才有眞正的文學。

文的價值被認識了，文學獨立了，這樣，文學的規律才有可能被研究、被認識；而且，什麼都不缺少，僅僅長生乏術的門閥貴族們，認識到通過文章，而且只有通過文章（亦卽文學）才能達到「不朽」，那麼怎樣才能做好文章，什麼文章才算好文章，這些便成爲他們非常關心的問題。同時，門閥士族累世富貴，又累世經學，旣有餘閑來從事文學的研究，又有能力來從事文學的創作，建安以後文學理論研究的勃興，特別是重視藝術技巧的講求，其原因蓋在於此，魯迅說：「曹丕的時代可說是文學的自覺時代，或如近代所說，是爲藝術而藝術的一派。」（《而已集·魏晉風度及藥與酒的關係》）所說的就是這一層意思吧。

文學中對形式美和藝術技巧的自覺追求確乎是從建安發端的，十九首那個時代都還看不出來，前人每嘆建安以前的詩純是「天造」、而建安以後漸見「人力」：建安以前的詩通篇「渾成」，而建安以後漸可「句摘」，也就是感覺到了這個變化，例如胡應麟《詩藪·內編卷二古體中》說：

> 兩漢之詩，所以冠古絕今，率以得之無意。……神聖工巧，備出天造。……建安、黃初、才涉作意，便有階級可尋，門戶可入，匪其才不逮，時不同也。

又說：

漢人詩不可句摘者，章法渾成，句意聯屬，通篇高妙，無一芰蔓，不著浮靡故耳。子桓兄弟努力前規，章法句意，頓自懸殊，平調頗多，麗語錯出，王、劉以降，敷衍成篇，仲宣之淳，公幹之峭，似有可稱，然所得漢人氣象音節耳，精言妙解，求之邈如，嚴氏往往漢魏並稱，非篤論也。

胡氏指出這個變化是對的，但褒貶尚值商榷，從「無意」到有意，從「不可句摘」到可以句摘，是不是就是退步，就是「不逮」？我以爲恰好相反，這是一種進步。文學是一種藝術，藝術在本質上是人的活動。表現人力（思慮與技術）之巧是藝術最根本的要求之一。能巧到完全不露痕跡，那當然是理想的境界，但這種理想境界也是有意追求的結果，崇拜「無意」，無異於否定藝術本身。「文章本天成，妙手偶得之」，「天成」也須「妙手」，「偶得」不過是長期追求驟然邂逅的同義語，其實被胡氏讚爲「天造」、「渾成」的漢人詩也還是人工的產物，只是不自覺罷了。建安詩人就自覺了，從不自覺到自覺，無疑是一種進步，也是人類一切觀念發展的必由之路。「明月照高樓，想見餘光輝」（〈擬蘇李詩〉）是不自覺的美，「明月照高樓，流光正徘徊」（曹植〈七哀〉）是自覺的美，難道後者就不如前者嗎？

細讀建安諸作，不難發現作者們的自覺努力已經涉及到語言（例如注意練字造句，追求警句，追求詞藻華贍，音韻和諧，以及前面說過的對民歌語言的提煉與雅化等等）、體裁（例如創作各種句式的詩體以及前面說過的對各體歌謠的仿作等等）、結構（例如注意剪裁、講究布置、重視起結等等）等文學形式的各個方面了。曹植表現得最明顯。

曹植集中有許多佳句，歷來爲人傳誦。例如：

驚風飄白日，忽然歸西山。（〈贈徐幹〉）
白日西南馳，光景不可攀。（〈名都篇〉）
原野何蕭條，白日忽西匿。（〈贈白馬王彪〉）
高臺多悲風，朝日照北林。（〈雜詩〉）
明月照高樓，流光正徘徊。（〈七哀詩〉）
鴟梟鳴衡軛，豺狼當路衢。（〈贈白馬王彪〉）
丈夫志四海，萬里猶比鄰。（〈贈白馬王彪〉）
捐軀赴國難，視死忽如歸。（〈白馬篇〉）
利劍不在掌，結友何須多。（〈歸田黃雀行〉）
凝霜依玉徐，清風飄飛閣。（〈贈丁儀〉）

攘袖見素手，皓腕約金環。（〈美女篇〉）
秋蘭被長坂，朱華冒綠池。（〈公宴〉）
白日曜青天，時雨靜飛塵。（〈侍太子坐〉）
孤魂翔故域，靈柩寄京師。（〈贈白馬王彪〉）

這些句子或秀拔、或警策、或華麗、或工緻，看出作者是經過反復捶煉的，其中有些字（如打著重號的）下得特別準確、生動，後世詩人研究「詩眼」，看來曹植已兆其端了。「凝霜」以下五聯已經是工整的偶句，其中「孤魂」一聯連平仄都合律。

這些詩句，作者大多把它們安排在開頭（如「驚風」、「高臺」、「明月」、「白日」等句）、結尾（如「捐軀」句）或篇中緊要之處（如「鴟梟」句在高潮，「丈夫」句在轉折），可見作者對篇章結構已經很注意。沈德潛曾經指出：「陳思最工起調。」（《古詩源》卷五）。其實曹詩的收結也很出色。除「捐軀」一句外，他如〈雜詩〉其二以「去去莫復道，沉憂令人老」結，〈雜詩〉其四以「俯仰歲將暮，榮曜難久恃」結，〈雜詩〉其五以「閑居非吾志，甘心赴國憂」結，〈美女篇〉以「盛年處房室，中夜起長嘆」結，都顯得筆力雄強。此外。〈美女篇〉取古辭〈陌上桑〉大意而加以裁剪，表現另一主題（思報國自效而不得）㉔；〈贈白馬王彪〉分七解，

㉔ 參閱余冠英《三曹詩選．前言》。

解解鈎連，夾敘夾議，一放一收（杜甫的〈北征〉顯然受到此詩的啓發），都可以看出作者在結構方面的匠心。

建安作家在創作各種詩體方面的嘗試和提煉民間文學語言方面的努力，前面已經談過，這裏就不再重複了。

總之，建安作者是在有意作詩文了。正是這種自覺追求，使他們對文學的性質和特點有了比前人更多的認識，曹丕〈典論・論文〉中區分詩文四科及其特點（「奏議宜雅，書論宜理，銘誄尚實，詩賦欲麗」），提出「文以氣爲主」，就是這種認識的反映。

通過上述分析，我們可以來回答本章前半所提出的那兩個問題了。隨著社會形態和階級關係的變異，由門閥士族的人的覺醒和解放帶來了文的覺醒和解放，從而在文學的形式、內容和理論各方面廣泛地體現出一種解放精神、革新精神和創造精神（劉師培所說的「通脫」大致近之），這就是建安文學最本質的特徵，建安風力的核心與靈魂。

在內容方面，文學作品中抒情因素突出增長，作者們開始拋棄「言志」的教條而轉向強調個性的自我抒情（沈約說的「以情緯文」大致近之）；在形式方面，文學作品的形式美和藝術技巧問題開始被提出來，作者們開始了對形式美和藝術技巧的自覺追求（沈約說的「以文被質」大致近之）。這兩點是建安才開始出現的新傾向，同時又是影響最爲持久的兩個因素，爲了簡單起見，前者不妨稱之爲「尚情」的傾向，後者不妨稱之爲「唯美」的傾向。在「慷慨任氣」的風骨籠罩之下，這兩種傾向以及同後來的聯繫往往容易被人們所忽略，因而我們有特別加以提出的必要。

第二章 太康的變化

建安以後，「嵇康師心以遺論，阮籍使氣以命詩」（《文心雕龍·才略》）。他們的詩，或「清峻」或「遙深」、「頗多感慨之詞」；他們的文章，也大抵「艷逸壯麗」㉕，總之，以嵇阮爲代表的「正始之音」，多少還繼承了一些建安文學的解放精神和慷慨風骨。特別是阮籍的八十二首〈咏懷詩〉，從質和量兩個方面進一步確立了五言詩在詩壇的統治地位。從十九首到八十二首，經過百餘年的里程，五言詩已從下層階級的茅屋登上了上流社會的殿堂。「厥旨淵放，歸趣難求」㉖的「咏懷詩」使人覺得五言詩的文人化程度加深了，特別是因爲要借古人古事來隱蔽地寄托自己的思想感情，所以用典非常之多，這是同建安作風頗不相同的。但阮籍身處易代之際，時有不測之禍，憂時憫亂的情懷一寓於詩，便同十九首與建安詩歌精神相通，不過建安詩歌慷慨

㉕《文心雕龍·明詩》：「嵇志清峻，阮旨遙深。」《詩品上》：「阮籍……頗多感慨之詞。」《三國志·魏書二十一》：「（阮）瑀子籍，才藻艷逸。」又：「時又有譙郡嵇康，文辭壯麗。」劉師培《中國中古文學史講義》第四課：「嵇阮之文，艷逸壯麗，大抵相同。」

㉖《詩品上》。

而高揚，〈咏懷〉則使人感到雖慷慨卻壓抑。此外，〈咏懷詩〉盡管「文多隱避」㉗，但語言本身卻還是明白流暢的，並不艱澀，也不雕琢，而且抒情意味極濃，這些，也還是十九首和建安的作風。總之，「正始之音」基本上是十九首和「建安風力」的延伸，除了創造革新精神稍遜於前外，別的尚無顯著的變化。

但是到了晉初，情形便不同了，一個轉折點——太康，出現在我們的面前。

關於太康文學，前人也有論到的，例如：

《文心雕龍．時序》：

晉宣始基，景文克構，並迹沉儒雅，而務深方術。至武帝惟新，承平受命，而膠序篇章，弗簡皇慮，降及懷愍，綴旒而已，然晉雖不文，人才實盛，茂先搖筆而散珠，太冲動墨而橫錦，岳湛耀聯璧之華，機雲標二俊之采，應傅三張之徒，孫摯成公之屬，並結藻清英，流韻綺靡。前史以為運涉季世，人未盡才，誠哉斯談，可為嘆息！

又〈明詩〉：

㉗《文選》卷二十三阮籍〈咏懷詩〉「夜中不能寐」下李善注云：「嗣宗身仕亂朝，常恐罹謗遇禍，因茲發詠，故每有憂生之嗟。雖志在刺譏，而文多隱避。百代之下，難以情測。」

晉世羣才，稍入輕綺，張潘左陸，比肩詩衢，采縟於正始，力柔於建安，或析文以為妙，或流靡以自妍，此其大略也。

〈詩品序〉：

太康中，三張二陸兩潘一左，勃爾復興，踵武前王，風流未沫，亦文章之中興也。

《宋書、謝靈運傳論》：

降及元康，潘陸特秀，律異班、賈，體變曹、王，縟旨星稠，繁文綺合，綴平臺之逸響，采南皮之高韻，遺風餘烈，事極江右。

這些論述向我們展示了太康文學的一般面貌，指出了太康文學風氣（主要是藝術風格）的基本特色。

現在我們希望在前人論述的基礎上再前進一步，我們要仔細研究一下處在轉折點上的太康文學究竟有些什麼特點，它是怎樣一方面接續著前面（主要是建安）的軌跡，一方面又改變著原來的方向，以及是怎麼樣的社會歷史條件使它偏離了原來的方向。

公元二八〇年，即太康元年，三月，王濬自武昌「舉帆直指建業」，「戎卒八萬，方舟百里」，「兵甲滿江，旌旗燭天」，「鼓譟入於石頭」，（《資治通鑑》晉武帝太康元年）「孫皓大懼，面縛輿櫬，降於軍門」（《晉書．武帝紀》）。建安以來四海鼎沸，變亂紛乘，羣雄割據，逐鹿中原的悲壯史劇至此演完了它的最後一幕，曹劉孫的三足鼎立終於讓位於司馬氏的一統天下。

太康年間，由於司馬氏政權多少實行了一些符合當時人民利益的政策，如罷州郡兵，使農民免服兵役；廢屯田制、立占田制和課田制、定賦稅制，以減輕農民負擔，調動農民生產的積極性；限制王公官員占田以抑制兼併；招撫流亡，恢復戶口；改定律令，去其苛稅等等，社會因此出現了一個相對繁榮穩定的局面㉘。據《晉書．食貨志》說，其時「天下無事，賦稅平均，人咸安其業而樂其事。」的確，自漢末以來，這總算是一個較為光明的時期。

但是，也因為暫時的太平取代了長期的紛亂，表面的一統取代了羣雄的逐鹿，社會狀況不同了，社會風氣也跟著變了。

㉘ 參見范文瀾《中國通史簡編》第二編第四章第一節。

以司馬氏爲首的門閥士族階級陶醉在虛假的繁榮中，自以爲天下已經坐穩，可以爲所欲爲了。在莊園制經濟基礎上繁殖起來的門閥士族階級本來就具有剝削性、割據性、保守性等天生的弱點，在同奴隸主爭奪統治權的過程中，在農民起義引起的社會大動亂中，這些東西被壓抑著、克制著，而現在則惡性發展起來。以司馬氏爲首的西晉統治集團，亦即門閥士族的上層，是一個非常腐朽的集團。這個集團是靠欺人孤兒寡婦，以陰謀和殺戮的手段奪取政權而上臺的。他們既沒有看到過農民起義的風暴，也沒有進行過剷平羣雄的艱苦努力，平蜀、平吳不過是摘下兩個熟透的果子，並沒有費多大力氣。平吳之前它還有所顧忌，不敢亂來，平吳之後，這個集團一切醜行都發展起來、暴露出來，凶惡、狠毒、陰險、虛僞、奢侈、荒淫、放蕩，幾乎無所不有。平吳之後不到十年，楊、賈之禍，八王之亂相繼起來，西晉王朝很快就在自相殘殺中滅亡了。

縱觀西晉一朝歷史，使人感到門閥士族這個階級正在以驚人的速度走向保守和腐敗。從建安到太康不過百餘年，這個階級就已經從朝氣勃勃的青年時代進入已露衰態的中年時代了。

社會思潮和學術思想也在迅速地走向保守。建安時代的人思想很解放，作風很通脫。三曹七子差不多都是如此，曹植就公開宣告：「滔蕩固大節，時俗多所拘。君子通大道，無願爲世儒」(〈贈丁翼〉)。那時儒術是不吃香的，經學幾乎沒有人問了，異端的老莊思想乘機興起，外來佛教也乘虛而入，無論是社會思潮還是學術思想都出現一個活潑的解放的時期。所謂「家棄章句，人重異術」(《宋書·臧燾傳論》)，兩漢之世儒術獨尊，經學特甚的局面結束了，沉悶僵化的空氣一掃而空。這同曹操所執行的政策自然也分不開。曹操有鑒於東漢以來儒教虛偽煩瑣之弊，提倡一種「名立實從，循名責實」的「名理學」，以刑名治國，卽劉勰所謂「魏之初霸，術兼名法，傅嘏王粲，校練名理」（《文心雕龍・論說》）。同時，曹操雖然也是靠著世家大族的支持才得以鞏固自己的政權（例如陳羣、荀彧、許褚、李典、田疇等人，參閱王仲犖《魏晉南北朝史》第二章第一節），他自己也是豪門子弟，但是由於他的家族不是清門（陳琳所謂「贅閹遺丑」），起初不爲一般名士所擁護，所以他同一部分門閥士族是有矛盾的。他的壓抑豪強的政策以及有名的唯才是舉的三詔令（建安十五年令，十九年令，二十年令），其主觀動機乃在於摧抑名門士族的反對勢力，客觀上卻幫助了門閥士族從陳舊的觀念中解放出來，同時又遏止了這個階級身上保守、腐敗因素的增長。

曹操死後，曹丕行九品中正制，一方面是爲了加強中央集權，抑制浮華，用中正制把私人的月旦評變作官家的品第，強迫清議與政府一致（門閥士族階級由於其本身所固有的割據性，必然同中央集權有矛盾，魏晉南北朝時期始終不能建立一個強大的中央集權的王朝，顯然與此有關）；另一方面也是爲了調整同與曹魏有矛盾的世家大族的關係（政府通過中正控制輿論，而中正仍由大族名士來當），向他們妥協，以換取他們的支持滅漢立魏㉙。但是隨著門閥士族勢力的發展，

㉙ 參閱唐長孺《魏晉南北朝史論叢・九品中正制度試釋》。

九品中正制便完全被他們掌握在手裏，成了鞏固門閥士族勢力，壓迫其他階級的有力工具。同時這種制度也加深了統治階級內部的矛盾，它使得少數的高門不僅高踞於被壓迫階級之上，也高踞於統治階級內部其他階層之上。這個階層囊括了最高權力，富貴榮華，世代相沿。政治、經濟、文化基本上全被他們壟斷了。這種狀況對於文化發展的影響，一方面是使他們有很多的餘暇來從事精雕細刻的玩意兒，從事對虛玄奧渺的哲理的探討（例如「清言」，「玄談」），另一方面則是因高高在上，安富尊榮，脫離社會，脫離人民而變得思想保守、腐化甚至墮落。

在曹魏後期，在政治上代表這一高門階層利益的便是司馬氏。正始十年，司馬懿殺曹爽，魏的政權全部落入司馬氏手中。司馬氏出身高級士族，掌握政權以後，高門階層迅速地簇擁在他們周圍，舉起「名教」的旗幟來同曹魏集團的殘餘勢力進行鬭爭。所謂「名教」，即以名爲教，依魏晉人解釋，卽以官長君臣之義爲教。用現在的話來說，就是把符合封建統治階級利益的政治觀念、道德觀念等等立爲名分，定爲名目，號爲名節，制爲功名，以之來進行「敎化」，即以之來輔助政治統治和實施思想統治㉚。這種思想導源於孔子的「正名」思想和董仲舒的「事各順於名，名各順於天。天人之際，合而爲一」（《春秋繁露·深察名號》）的「天人合一」思想。很

㉚ 參閱陳寅恪〈陶淵明之思想與清談之關係〉見（《陳寅恪先生文集》之二）及龐樸〈名教與自然之辯的辯證發展〉（載《中國哲學》第一輯）。

顯然，「名教」的核心就是儒家的「禮教」。這一現象反映了門閥士族的思想正在向保守倒退的路上走過去，他們已經到先前被他們否定的兩漢奴隸主階級意識形態裏去尋找理論武器了。

當司馬氏舉起「名教」這面旗幟向曹氏集團進攻的時候，眷懷魏室的嵇、阮等人便憤而倒向道家思想，提出「禮豈爲我輩設」「越名教而任自然」的口號與之相對抗，在行動上表現爲「任達」不仕，卽不與司馬氏合作。建安時代的思想解放精神主要由他們繼承下來，因而他們的詩文中也就多少還回蕩著建安文學的慷慨之音，但是他們旣處於司馬氏集團的高壓之下，隨時有殺頭滅族的危險，他們的歌聲自然也就不能不顯得閃爍壓抑了。

晉移魏鼎之後，高門大族的統治全面確立，曹操的刑名之治被徹底拋棄，尊儒、守禮又漸漸被提倡起來了。這一點我們讀《晉書・傅玄傳》可以看得非常清楚：

> 帝初卽位，廣納直言，開不諱之路。……玄上疏曰：「……近者魏武好法術，而天下貴刑名；魏文慕通達，而天下賤守節。其後綱維不攝，而虛無放誕之論盈於朝野，使天下無復清議，而亡秦之病復發於今。陛下聖德，龍興受禪。……惟未舉清遠有禮之臣，以敦風節，未退虛鄙，以懲不恪，臣是以猶敢有言。」詔報曰：「舉清遠有禮之臣者，此尤今之要也」。

緊接這段文字下面還載傳玄另一疏，提倡「尊儒尚學」，也爲武帝所嘉納。

在這樣的政治背景之下，學術思想也自然起而與之相適應，於是「名教」與「自然」之辨以郭象的「合名教自然而爲一」的結論結束。郭象思想的精髓是自然即名教，名教即自然，任自然即任名教；萬物現存的狀態就是它應有的狀態，一切現存的，都是合理的。他說：「夫時之所賢者爲君，才不應世者爲臣，若天之自高，地之自卑，首自在上，足自居下，豈有違哉！」「臣妾之才，而不安臣妾之任，則失矣。故知君臣上下，手足內外，乃天理自然」。（《莊子・齊物論》注）很顯然，這實際上是「名教」強姦了「自然」，這種思想立刻成爲司馬氏門閥士族政權的統治思想，成爲社會思潮和學術思想中的主宰成分。於是，建安以來的反儒學正統運動中的積極面被拋棄了，而消極面卻以某種方式繼承下來了；作爲「通脫」的靈魂和精華的思想解放的精神被拋棄了，而作爲「通脫」之外殼和糟粕的「放達」的處世態度和生活作風卻借了「任名教即任自然」的口號保存下來，並且由於統治貴族腐朽生活的需要而進一步向壞的方面發展，變爲「放蕩」、「玩世不恭」，變爲縱情聲色，放縱肉慾。戴逵說：「竹林之爲放，有疾而爲顰者也，元康之爲放，無德而折巾者也。」這是很中肯綮的。又說：「儒家尚譽者，本以興賢也，既失其本，則有色取之行。懷情喪眞，以容貌相欺，其弊必至於末僞。道家去名者，欲以篤實也，苟失其本，又有越檢之行。情禮俱虧，則仰詠兼忘，其弊必至於本薄」。（《晉書・隱逸傳》）這時的士風正是「色取」和「越檢」並存，而且漸漸地合二而一了。東晉以後，更每下而愈況。

六朝淫靡之風正自太康始。

「文變染乎世情，興廢繫乎時序。」作爲意識形態方面的上層建築之一的文學，不僅在內容上必然反映那個時代的變化及其思潮，而且在形式上，在其自身變化的軌迹上也必然打上那個時代及其社會思潮的深刻的烙印。上述的思潮與世風播及文壇，太康文學的面貌因而就與建安大異了。當然歷史總是連續的，從建安到太康，其中也有一以貫之的東西在。

首先，我們看到洋溢在建安詩文中那種感時傷亂的慷慨之音在太康文學中絕響了，建安作家們那種濟世拯物的慷慨之志在太康作家身上也看不到了。縱橫之風息，阿諛之俗起，沒有建功立業之志，卻有攀龍附鳳之心，於是歌頌功德之作大量出現，溢美粉飾之辭也多起來了。

試讀《晉書．潘岳傳》，開頭便載「泰始中，武帝躬耕籍田，岳作賦以美其事」。賦中盡是諛辭，甚至說老百姓「莫不忭舞乎康衢，謳吟乎聖世」，而國家富足到「我簠斯盛，我簋斯齊，我倉如陵，我庾如坻」的地步。實際上呢，據同書〈傅咸傳〉載傅咸的話說：「泰始開元以暨於今，十有五年矣，而軍國未豐，百姓不贍，一歲不登，便有菜色」，可見潘岳是怎樣地在拍馬屁了。潘岳後來爲了追求富貴，與石崇等諂事賈謐，「每候其出，與崇輒望塵而拜」，「謐二十四友，岳爲其首」，潘岳當然是晉初文人中最無恥的一個，但他的情況還是有相當代表性的。賈謐「友」而至於「二十四」，並不是偶然的（二十四友中也有不少品節正直的人，如左思、劉琨等，不可一概而論，這裏只是就其一般意義而言）。如果把《三國志．王粲傳》取來同讀，便很可以看出兩個時代的差異。傳中載王粲被曹操辟爲丞相椽以後，有一次曹操置酒漢濱，王粲奉觴賀曰：「方今袁紹起河北，仗大衆，志兼天下，然好賢而不能用，故奇士去之。劉表雍容荆楚，坐觀時變，自以爲西伯可規。士之避亂荆州者，皆海內之俊傑也；表不知所任，故國危而無輔，明公定冀州之日，下車卽繕其甲卒，收其豪傑而用之，以橫行天下；及平江、漢，引其賢俊而置之列位，使海內回心，望風而愿治，文武並用，英雄畢力，此三王之擧也。」也是吹捧，但並無拍馬屁的味道；而且話說得很氣派，有戰國策士之風，讀來令人神旺。王粲等人當年同曹丕兄弟「行則同輿，止則接席」，「每至觴酌流行，絲竹並奏，酒酣耳熱，仰而賦詩」（曹丕〈與吳質書〉），組成一個「鄴下文人」的集團，也頗像賈謐的「二十四友」；但何曾聽到「望塵而拜」這類事！王潘之優劣並不僅僅是人品不同，實在也是社會風氣有以致之。爲了證明這點，我們且摘引一些詩句來看看：

赫赫大晉，奄有萬方，陶以仁化，曜以天光。（張華〈祖道征西應詔詩〉）

年豐物阜，豐禋孝祀。……有肉如丘，有酒如泉，有肴如林，有貨如山，率土同歡，和氣來臻，祥風叶順，降祉自天，方隅清謐，嘉祚日延。與民優游，享壽萬年。（傅咸〈大蜡詩〉）

光我晉祚，應期納禪，位以龍飛，文以虎變……峨峨列辟，赫赫虎臣。內和五品，外威四

賓。（應貞〈晉武帝華林園集詩〉）

蕩蕩大晉，奄有八荒。纖服既寧，守在四疆。桓桓諸侯，鎮彼遐方，變文膺武，虎步龍驤。（摯虞〈贈褚武良以尚書出為安東〉）

時文惟晉，世篤其聖。欽翼昊天，對揚成命。九區克咸，謳歌以詠。（陸機〈皇太子宴立圃宣猷堂有令賦詩〉）

于皇時晉，受命既固，三祖在天，聖皇紹祚，德博化光，刑簡枉錯。（潘岳〈關中詩〉）

我政既平，我化惟嘉，肅之斯威，綏之斯和，卓公化密，國僑相鄭。名垂載籍，勛加百姓。（潘尼〈獻長安君安仁〉）

于明聖晉，仰統天緒，易以明險，簡以識阻。（王讚〈待皇太子宴始平王〉）

朝欽厥庸，出尹京畿。迴授太僕，四牡騑騑。緌耳盈箱，翠華葳蕤。勛齊庭實，增國之輝。（孫楚〈太僕座上詩〉）

以上不過是在太康詩人的詩中隨便摘取幾句，這樣的詩還多著呢。大量的應詔詩、侍坐詩、祖道詩、贈答詩、公讌詩充斥在他們的集中，多半是這類東西。有的詩人（如陸雲），集中除了這一類詩外，幾乎就沒有別的詩。建安詩人也寫了很多「憐風月、狎池苑、述思榮、敍酣宴」的侍坐詩、公讌詩、贈答詩，太康詩人正是繼承這一傳統而變本加厲的。但是建安詩人是「慷慨以任氣，磊落以使才」，太康詩人卻是用來歌功頌德，吹牛拍馬，眞所謂貌同而神異。試取曹植的〈公宴〉、〈鬪雞〉、〈送應氏〉、〈贈丁儀〉、〈贈徐幹〉、〈贈王粲〉、〈贈白馬王彪〉讀讀，不難感到那味道同上引各詩的味道是何等的不同了。

讀太康詩文，還有一個突出的感覺是，閃爍在建安文學中的那種打破傳統，勇於立新的解放精神、創造精神幾乎看不到了，倒有一種保守的傾向出現了。即以形式一端而論，建安詩人大膽模仿、採用、學習樂府民歌，嘗試用各種體裁來寫作，對於傳統的四言，他們就用得較少（曹操是例外，他實際上是舊傳統的結束者），翻翻太康詩人的集中，卻發現他們樂府寫的很少（傅玄陸機是例外），而四言倒顯著地多起來。有的詩人幾乎全用四言來寫作，例如陸雲，丁福保所輯的《全漢三國晉南北朝詩》收他的詩約三十首，其中四言二十四首，占五分之四；又如傅咸，共收二十一首，四言十八首，占七分之六。又如賦，建安作家寫得不少，但幾乎全是抒情小製；晉初賦風格外熾盛，太康作家除了繼續寫小賦外，還寫了不少規摹漢人的大賦，例如潘岳的〈西征賦〉、〈籍田賦〉、〈笙賦〉、〈射雉賦〉；成公綏的〈嘯賦〉、木華的〈海賦〉，最著名的當然是左思「精思十年」而作的〈三都賦〉，篇中主客問答，窮極鋪張，純然是兩漢遺風。而「豪貴之家競相傳寫，洛陽爲之紙貴」（《晉書．文苑傳》），孫綽甚至說：「三都二京，五經鼓吹。」（《世說新語．文學》）這種對於舊形式的愛好和向著舊時代的回復，同整個社會思潮趨向保守是一致的，也同他們詩文內容的變化分不開，例如前面舉的那些歌頌粉飾之作幾乎全是

「雍容典雅」的四言，這當然不是偶合。從五言詩來看，則文人化的程度比起阮籍的時代進一步加深了，而且開始向「典雅」的方向發展，向雕琢的方向發展，陸機是這一方面的代表，下一章還要談到。建安五言「毗于樂府」，「不離閭里歌謠之質」，明朗、自然、清新，社會內容豐富，生活氣息濃厚，太康便漸漸失去這些寶貴的特色了，這當然也是門閥士族階級取得政治、經濟、文化各方面的絕對壟斷權以後逐漸脫離社會、脫離人民的狀況在文學中的必然反映。

建安文學尚情的傾向，太康作者倒是繼承下來了，甚至還有發展；不過，「情」的內容卻隨著時代的變化而起了變化，例如同是寫美女的詩，我們可以拿傅玄的〈艷歌行有女篇〉和曹植的〈美女篇〉來比較：

傅詩：

有女懷芬芳，媞媞步東廂。蛾眉分翠羽，明目發清揚。
丹脣翳皓齒，秀色若珪璋。巧笑露權靨，衆媚不可詳。
容儀希世出，無乃古毛嬙。頭安金步搖，耳繫明月璫。
珠環約素腕，翠爵垂鮮光。文袍綴藻黼，玉體映羅裳。
容華旣已艷，志節擬秋霜。徽音冠青雲，聲響流四方。
妙哉英媛德，宜配侯與王。靈應萬世合，日月時相望。

媒氏陳素帛，羔雁鳴前堂。百兩盈中路，起若鸞鳳翔。
凡夫徒踴躍，望絕殊參商。

曹詩：

美女妖且閑，採桑歧路間，柔條紛冉冉，落葉何翩翩；
攘袖見素手，皓腕約金環，頭上金爵釵，腰佩翠琅玕。
明珠交玉體，珊瑚間木難。羅衣何飄飄，輕裾隨風還。
顧盼遺光彩，長嘯氣若蘭。行徒用息駕，休者以忘餐。
借問女何居，乃在城南端，青樓臨大路，高門結重關。
容華耀朝日，誰不希令顏？媒氏何所營？玉帛不時安。
佳人慕高義，求賢良獨難。衆人徒嗷嗷，安知彼所觀？
盛年處房室，中夜起長嘆。

二詩在主題、結構、表現手法乃至語言、詞藻、篇幅上都很相似，傅詩明顯是模仿沿襲曹詩，藝術性則不及曹詩，這些詩都是借美人以託興，曹詩結穴在「佳人慕高義，求賢良獨難」及

「盛年處房室，中夜起長嘆」四句，傅詩結穴在「妙哉英媛德，宜配侯與王」及「凡夫徒踴躍，望絕殊參商」四句。結合曹植的生平和志向，我們不難體會他那種急切地要爲國效力，建功立業，然而卻橫遭猜忌，不得自試，因而憂憤無端的感情；傅詩呢？傅詩所表達的頂多不過是「待價而沽」，「擇主而仕」之情而已。兩首各方面都近似的抒情詩，所抒的情卻顯然並不一樣，僅僅是人的差異嗎？還有一點可以點出的是，曹詩脫胎於古樂府〈陌上桑〉，傅詩脫胎於曹詩，曹詩的主題雖已不同於古辭，但寫的還是一個採桑的勞動婦女，而傅詩所寫的卻純然是一個貴族婦女，民歌的特色已經喪失殆盡了。從古樂府到曹詩到傅詩這個變化的歷程，不僅很鮮明地反映了五言詩文人化程度的逐步加深，而且很清楚地說明了太康詩人比起建安詩人來，離開社會，離開人民的距離遠得多了。

我們不妨再把張華的〈博陵王宮俠曲二首〉之二同曹植的〈白馬篇〉來做個比較，這兩首詩都是寫壯士的。

張詩：

雄兒任氣俠，聲蓋少年場。借友行報怨，殺人租市旁。
吳刀鳴手中，利劍嚴秋霜。腰間叉素戟，手持白頭鑲。
騰超如激電，迴旋如流光。奮擊當手決，交屍自縱橫。

寧為殤鬼雄，義不入圜牆。生從命子遊，死聞俠骨香。
身沒心不懲，勇氣加四方。

曹詩：

白馬飾金羈，連翩西北馳。借問誰家子，幽并游俠兒。
少小去鄉邑，揚聲沙漠垂。宿昔秉良弓，楛矢何參差。
控弦破左的，右發摧月支。仰手接飛猱，俯身散馬蹄。
狡捷過猴猿，勇剽若豹螭。邊城多警急，虜騎數遷移。
羽檄從北來，厲馬登高堤。長驅蹈匈奴，左顧陵鮮卑。
棄身鋒刄端，性命安可懷？父母且不顧，何言子與妻？
名在壯士籍，不得中顧私。捐軀赴國難，視死忽如歸。

請看這兩個壯士形象是多麼不同！曹植寫的是一個眞正的國殤式的英雄，有著捐軀報國的壯志和視死如歸的精神；張華的詩盡管有「寧爲殤鬼雄」和「身沒心不懲」這類句子，但實際上刻畫出來的卻只是替朋友報私怨，亂砍亂殺的都市「好漢」的形象，爲什麼有這樣的不同呢？難道不是建安和太康兩個時代的差異所造成的嗎？也許讀者會說，曹詩是自況，張詩是觀人，那麼好，我們再來看張華另一首詩〈壯士篇〉吧：

天地相震蕩，回薄不知窮，人物禀常格，有始必有終。
年時俯仰過，功名宜速崇，壯士懷憤激，安能守虛沖。
乘我大宛馬，撫我繁弱弓。長劍橫九野，高冠拂雲穹。
慷慨成素霓，嘯咤起清風，震響駭八荒，奮威曜四戎。
濯鱗滄海畔，馳騁大漠中，獨步聖明世，四海稱英雄。

這首詩當是張華的某種自況吧，其中壯士的形象也同曹植〈白馬篇〉中所寫的形象更接近些。但是兩首詩所流露出來的感情卻仍然有很大的差異。曹詩說：「棄身鋒刃端，性命安可懷？」「名在壯士籍，不得中顧私。」張詩說：「年時俯仰過，功名宜速崇。壯士懷憤激，安能守虛沖？」曹詩說：「捐軀赴國難，視死忽如歸」。張詩說：「獨步聖明世，四海稱英雄。」二人志意、情趣之高下，不是昭然若揭嗎？

建安詩人幾乎全都經過社會動亂的洗禮，他們生活在一個「世積亂離，風衰俗怨」的時代，自己又或是半生戎馬，或是備嘗憂患，他們的感情同那個動蕩多事的時代息息相通，因而他們那些「修陳哀樂」的作品也就不僅僅只是一己感情的宣泄，而是有著豐富的時代內容，有著一定的人民性的。太康詩人則不然，他們大都出身世家，生長在一個「承平」的時代，沒有嘗過亂離之苦，他們不具備建安詩人那樣的「情」，文化是他們的祖傳專利品，由於家庭的教養，父兄的傳授，往往年輕時就以詩文知名，相互之間以文才相高。長大後則依附權貴，躋身於統治貴族之列。文學才能是他們爲權貴服務的手段，也是他們用以獵取功名富貴的資本，他們需要大量地作「文」，但卻沒有大量的、眞實感人的、與人民相通的「情」，所以盡管他們也懂得「以情緯文」，甚至很強調「以情緯文」，但「以情緯文」的建安傳統終於在太康詩人手上失了色，變了質，以致於常常被人批評爲「淺於情」，這也許是他們自己始料所不及的。

但是在寫兒女之情這一方面，太康作者倒是完全繼承了曹丕、曹植等人的傳統，並且「踵其事而增華，變其本而加厲」了。建安詩人中曹氏兄弟是擅長寫男女相戀和離別之情的，前面已經提到過，太康詩人則普遍善言兒女之情，例如張華，鍾嶸說他「兒女情多」，他集中〈情詩五首〉、〈雜詩三首〉都是頗爲感人的言情詩。試舉一首來看看。

游目四野外，逍遙獨延佇，蘭蕙緣清渠，繁華蔭綠渚。
佳人不在玆，取此欲誰與？巢居覺風飄，穴處識陰雨。
未曾遠別離，安知慕儔侶？

〈情詩五首〉作夫婦贈答之辭，這是第五首，男答女，首二句發端，同時隱含孤獨之意，三四句觸物起興，「佳人不在茲，取此欲誰與？」語氣很平和，而感情卻非常深摯，七八句以比喻引出結尾兩句，將詩意推進一層，「未曾遠別離，安知慕儔侶？」正是反射自己現在已經深深懂得離別的況味了，全詩眞摯、含蓄，格調、意境都高，是言情詩的上乘。

又如傅玄，陳沆《詩比興箋》云：「昔人稱休奕（傅玄字）剛正疾惡而善言兒女之情」，丁福保所輯《全漢三國晉南北朝詩》收傅玄詩六十四首，其中「言兒女之情」的詩就有二十一首，占三分之一，而且其中不乏佳作，如：〈短歌行〉、〈苦相篇豫章行〉、〈飲馬長城窟行〉、〈吳楚歌〉、〈西長安行〉、〈車遙遙篇〉、〈昔思君〉、〈擬四愁詩四首〉、〈雲歌〉等篇都是情文並優的。尤其難得的是他能替處於弱者地位的婦女說話，同情他們的不幸遭遇，指責男子負心貳德，代他們喊出心中的不平，因而他這一類詩就有著較強的思想意義和較多的社會內容。應當說，在這一方面，太康詩人中只有傅玄是繼承了建安優秀傳統並有所發揚的。他的〈苦相篇豫章行〉展示了一個女子從初生至於婚後的悲酸命運，是我國封建社會中所有女子人生遭遇的完整概括，這首詩爲人們所熟知，不多說了。我們來看一首不大爲人所提到的詩：

長安高城，層樓亭亭。干雲四起，上貫天庭，蜉蝣何整，
行如軍征，蟋蟀何感，中夜長鳴。蚍蜉愉樂，粲粲其榮，

寤寐念之，誰知我情？昔君視我，如掌中珠；何意一朝，
棄我溝渠！昔君與我，如影如形；何意一去，心如流星！
昔君與我，兩心相結，何意今日，忽然兩絕！

這首詩前半觸物興情，後半連用三個排比句寫出今昔對比，然後戛然而止，不著半句議論，而讀來驚心動魄，女子的憂憤，男人的負心都已淋漓盡致了。傅玄還有的詩寫對愛情的忠誠和對眞摯愛情的嚮往，如〈車遙遙篇〉、〈擬四愁詩四首〉、〈朝時篇怨歌行〉，也都很感人。又有寫思念、猜疑、猶豫之情的，如〈吳楚歌〉、〈西長安行〉，也曲折盡意。陳沆說這些詩都有所寄托，那或許是對的；但似乎也不必過於深求，就作愛情詩讀有何不可呢？

再如潘岳，黃子雲《野鴻詩的》云：「安仁情深而冗緊，唯〈顧內詩〉獨悲云云一首，〈悼亡詩〉曜靈云云一首，抒寫新婉，餘罕佳構。」今按〈顧內〉、〈悼亡〉二詩都不出「言兒女之情」的範圍，潘岳集中現在還可以讀讀的也正是這幾首詩，〈悼亡詩〉人所共知，我們且取〈顧內詩〉第二首來看看：

獨悲安所慕，人生若朝露。綿邈寄絕域，眷戀想平素。
爾情既來追，我心亦還顧。形體隔不達，精爽交中路。

不見山上松，隆冬不易故。不見陵澗柏，歲寒守一度。
無謂布見疏，在遠分彌固。

這裏所抒發的對妻子的思戀之情是眞摯的，尤其在男尊女卑、男性視女性爲玩物的封建社會裏，「在遠分彌固」的表白就彌覺珍貴。用松柏耐寒來比喻對愛情的堅貞，也堪稱創獲。潘岳集中尚有〈哀詩〉、〈寡婦賦〉也都是這一類作品。

不是寄興式的香草美人之思，而是直接地抒寫夫婦男女之情，這傳統也許要追溯到東漢秦嘉、徐淑夫婦的贈答詩，蘇伯玉妻的〈盤中詩〉（一說傅玄作），建安時代多起來，而太康則似乎已很普遍了，有的詩就乾脆題名爲「伉儷」（例如嵇含就有一首題爲「伉儷」的詩）。《世說新語・文學篇》載：「孫子荆除婦服，作詩以示王武子。王曰：『未知文生於情，情生於文，覽之悽然，增伉儷之重。』」孫楚這首詩現在尚存，全詩是：「時邁不停，日月電流，神爽登遐，忽已一周，禮制有敍，告除靈丘。臨祠感痛，中心若抽。」這詩實在不怎麼樣，但王濟的話卻很有點「時代意義」，說明太康時門閥士族階級對於夫婦男女之情的看重，這也預示著一種「未來趨勢」呢。

鍾嶸說張華的詩「兒女情多，風雲氣少」（《詩品上》），其實倘將這八個字移來作太康詩人在抒情這方面的總按語也很合適，尤其同建安比較而言，更是確切不移。太康文學繼承了建安文學尚情的特色，而情的內容有不同，這不同之處正表現在上述一多一少上。

至於在建安文學中剛冒了一點頭的唯美傾向在太康文學中則以很快的速度發展起來，開始形成一個潮流。這是因爲出身高貴，畢生在上流社會周旋的太康文人，沒有豐富的社會閱歷和廣濶的精神世界，但又要以文才相高，當然就必須也只好在形式技巧上多下功夫了。這方面他們有十分優越的條件：第一，他們從小就在家庭裏受到良好的文化薰陶；長大後又有優裕的經濟基礎可以讓他們遨遊在文學的園地裏而不要操心衣食；第二，有先秦詩騷，兩漢辭賦，特別是年代不遠的建安與正始作家的豐富遺產可資學習揣摩、涉獵取用；第三，太康正處在建安詩歌復興之後，流風未沫，建安詩人既爲他們作出了榜樣，又在加工程度上（特別是藝術技巧和形式美方面）給他們留下了可顯身手的餘地，尤其是五言詩，建安詩人主要作的是開疆拓土的工作，太康詩人正可以在那上面精耕細作；第四，他們生活中必不可少的宮廷唱和與上層應酬也在一定程度上給他們提供了馳騁文字技巧的天地，於是我們就看到，）像用典隸事，排比對偶，詞藻華艷，聲調和諧，練字練句，這些中國古典文學的形式美方面的講求，在建安時代開始由不自覺到自覺，但多少還帶幾分朦朧的色彩，到太康時代則普遍自覺起來了，有的作家（例如陸機）已經在刻意追求，並且這種追求還逐漸系統地反映到文學理論中來，例如〈文賦〉。

這種風氣使詩文風格有了顯著的變化：昭晰漸變爲繁縟，華麗漸變爲綺靡，壯大漸變爲工巧，也就是更講究「好看」。這其間有因有革，或變本加厲，或踵事增華。總之，太康文學卽使從純粹的藝術風格這個角度來看，也已經同建安文學有許多的不同了。關於太康文學在藝術風格這方面的變化前人已經論及，例如前引劉勰《文心雕龍・明詩》篇的話，其中說「流靡自姸」，正是指的由華麗走向綺靡；說「縟於正始」則是指由昭晰漸趨繁縟，說「柔於建安」，說「析文爲妙」，則是指由壯大漸變爲工巧。總的趨勢是「稍入輕綺」，即在形式美方面表現出一種比建安、正始更爲精巧細密的風格，同時卻失去了建安、正始文學那種慷慨動人的力量。又前引沈約《宋書・謝靈運傳論》的話，說潘陸的藝術風格是「縟旨星稠，繁文綺合」，這八個字可以說把晉初文風之漸入繁縟、綺靡、工巧都包括進去了。

太康詩人在文學形式美方面的努力以及因此取得的成就是應當給以充分的肯定的。至於與此相連的文風的變化也是魏晉文學中十分值得重視的現象，因爲它對於後來的六朝文風影響甚大，六朝文人正是沿著太康作家所開闢的道路前進，並且愈走愈遠的。關於這一點下章還要通過陸機作更具體的分析，因此這裏就從略了。

第三章　陸　機

在太康這個轉折點上，領袖當時文壇，在實踐和理論兩方面都肇開新風的人物，首推陸機。前人談到太康文學，每舉潘陸爲代表。潘陸並稱，潘居陸前，是因爲潘比陸年長十三歲，宦達較早，又列賈謐二十四友之首的緣故。實際上，無論就才華的高低、作品的數量和質量、作品各體的完備程度以及在當時文壇上的地位和對後世的影響等各個方面來看，潘都不如陸。尤其是，陸機不僅有創作實踐，而且有一篇完整的理論著作，也是中國文學史上第一篇最完整的理論著作，即〈文賦〉，這是潘岳所不能比擬的。此外，陸機出生於江左第一流高門，赫赫大名的陸遜、陸抗是他的祖、父，在整個社會風氣已十分注重門閥的晉初，這樣的家庭背景自然會給他的才華加上一件更炫眼的外衣，使他的文名風流雲走，遐邇皆知。我們只要看陸機還是一個初出茅蘆的青年，就使當時已居顯位的張華說出「伐吳之役，利獲二俊」的話來，便可證明此點了。這樣的背景條件也是潘岳所不具備的。

至於同時活躍在晉初文壇上的張華、傅玄、傅咸、夏侯湛、應貞、孫楚、摯虞、成公綏、張載、張協、張亢、潘尼、左思、陸雲、歐陽建、束皙、王讚、木華等人，代表性當然就更在潘陸之下了。這裏面才力足以和潘陸相敵的只有張協和左思，但前者作品不如潘陸之豐富，影響亦不如潘陸之廣遠；後者雖別樹一幟卻不能代表當時文學的主要傾向。

因此，我們把陸機作爲太康文學的主要代表人物是有充足理由的。通過對陸機的創作實踐和創作理論的剖析，我們可以更具體更清楚地認識前章所論述的晉初文學風氣的那些變化。有些問題，例如慷慨之氣的消失和粉飾之風的出現，解放精神的消失和保守傾向的出現，尚情持色的繼承和情的內容的變化，前章已經講得較多，本章就從略；關於文學形式美和藝術技巧的追求，亦卽唯美風氣的發揚，前章已提及，尙未加以具體的說明，本章就力求詳盡一點。

陸機在藝術風格上的明顯特點是繁縟，這基本上是向有定評的。劉勰《文心雕龍・熔裁》篇云：「士衡才優，而綴辭尤繁。」又〈才略〉篇云：「陸機才欲窺深，辭務索廣，故思能入巧，而不制繁。」又〈體性〉篇云：「士衡矜重，故情繁而詞隱。」又〈哀吊〉篇云：「陸機之吊魏武，序巧而文繁。」又〈議對〉篇云：「陸機斷議，亦有鋒穎，而腴詞弗剪，頗累風骨。」《世說新語・文學》篇引孫興公云：「陸文若排沙簡金，往往見寶。」又云「陸文深而蕪。」又劉注引《文章傳》載張華謂陸機曰：「人之作文，患於不才，至子爲文，乃患太多。」這都是說陸機詩文的繁縟的。甚至他的兄弟陸雲也批評他這一點：「兄文章之高遠絕異，不可復稱言，然皆欲微多，但清新相接，不以此爲病耳。」又說：「兄文方當日多，但文實無貴於多，多而如兄文者，人不厭其多也。」（〈與兄平原書〉）這不過是委婉一點罷了。

陸機的詩文究竟怎麼個「繁」法？爲了對此獲得一個感性的認識，我們且從陸集中舉詩、賦、文各一例來看看。先看一首詩：

> 玉衡固已驂，羲和若飛凌。四運循環轉，寒暑自相承。
> 冉冉年時暮，迢迢天路徵（當作澂）。招搖東北指，大火西南升。
> 悲風無絕響，玄雲互相仍。豐冰憑川結，零露彌天凝。

年命特相逝，慶雲鮮克乘。履信多愆期，思順焉足憑？
慷慨臨川響，非此孰為興？哀吟梁甫巔，慷慨獨撫膺。
（〈梁甫吟〉）

這詩的前半不過是說四時循環，今已歲暮而已，本來兩句就足夠了，而作者卻寫了十句之多。其中「玉衡」、「羲和」、「招搖」、「大火」都不過表示時序的遷移，顯得既堆砌又拖沓。後半也不無可議，尤其是結尾一聯，純屬蛇足。陳繹曾《詩譜》云：「士衡才思有餘，但胸中書太多，所擬能痛割捨，乃佳耳。」這話很有道理，倘將前詩刪去一小半，成爲下面這個樣子：

四時循環轉，寒暑自相承。冉冉歲時暮，迢迢天路徵。（當作徵）
豐冰憑川結，零露自相凝。年命特相逝，慶雲鮮克乘。
履信多愆期，思順焉足憑？慷慨臨川響，非此孰為興？

豈不是好得多麼？再來看一段賦：

伊天地之運流，紛升降而相襲。日望空以駿驅，節循虛而警立。嗟人生之短期，孰長年之

> 能執。時飄忽其不再，老晼晚其將及。慰瓊蕊之無徵，恨朝霞之難挹。望陽谷以企予，惜此景之屢戢。悲夫，川閱水以成川，水滔滔而日度；世閱人而為世，人冉冉而行暮。人何世而弗新？世何人之能故？野每春其必華，草無朝而遺露。經終古而常然，率品物其如素。譬日及之在條，恒雖盡而不寤。

〈嘆逝賦〉是陸集中較有內容較有分量的一篇賦。這一段從文字上看，確也寫得很好。「日望空」二句警策動人；「時飄忽」六句音韻淒婉；「川閱水」六句對仗工巧，形象豐富；「譬日及」（日及，木槿花）二句更是比喻新穎而驚警。但是這一大段共二十四句只不過說了「人生幾何」這一點並不太新的意思，不是「巧而繁」是什麼呢？

詩賦如此，文也有此病。比如〈吊魏武帝文〉是陸集中有名的佳篇，它致慨於魏武的「曩以天下自任，今以愛子託人」，語含譏誚，讀來覺情文並茂。但也嫌繁冗，試舉其中一段：

> 悟臨川之有悲，固梁木其必顛。當建安之三八，實大命之所艱。雖光昭於曩載，將稅駕於此年。惟降神之綿邈，眇千載而遠期。信斯武之未喪，膺靈符而在茲。雖龍飛於文昌，非王心之所怡。憤西夏以鞠旅，泝秦川而舉旗。逾鎬京而不豫，臨渭濱而有疑。冀翌日之云瘳，彌四旬而成災。詠歸途以反旆，登崤澠而朅來。次洛汭而大漸，指六軍曰念哉。

這段文字不過是敍述建安二十四年曹操因出兵而得病的經過，實在與主題無大關係，應當略寫，五、六句就足夠了，而陸機卻寫了二十二句。劉勰說它「序巧而文繁」，實在是中肯的批評。

繁縟只是一種現象，造成繁縟的原因乃在於作者不顧內容、情意的需要而片面追求形式上的綺靡、工巧。其實作者主觀上也並不希望繁縟，陸機自己就明確地說過：「要辭達而理舉，故無取乎冗長。」（〈文賦〉）但是，既要追求形式上的好看，要「尚巧」，要「貴妍」（〈文賦〉），而又無豐足的情意以當之，便不可避免地走向繁縟。劉勰說：「至魏晉羣才，析句彌密，聯字合趣，剖毫析厘。然契機者入巧，浮假者無功。」（《文心雕龍．麗辭》）「剖毫析厘」的結果，可能「契機入巧」，也可能「浮假無功」；情意豐足的時候便「契機入巧」，情意不足的時候便「浮假無功」。「浮假無功」的地方多了，詩文自然就顯得繁縟了。這「浮假無功」的地方爲什麼不能刪去呢？答曰：難以割愛。陸機〈文賦〉不是說嗎：「石韞玉而山輝，水懷珠而川媚，彼榛楛之勿剪，亦蒙榮於集翠。」爲什麼不剪去榛楛呢？因爲那上面有翠鳥啊！

追求綺靡、工巧（或曰「輕綺」），即在形式美方面追求一種精巧細密的風格㉛，乃是那個時代的一般風尚，不獨陸機爲然。所以劉勰說：「晉世羣才，稍入輕綺。」（《文心雕龍．明詩》）又說：「晉雖不文，人才實盛：茂先搖筆而散珠，太冲動墨而橫錦，岳湛曜連璧之華，機

㉛「綺」與「靡」的本義都是「細綾」，引申爲精細美好之意。《方言》：「東齊言布帛之細者曰『綾』，秦晉曰『靡』。」郭注：「靡，細好也。」又《文選．文賦》李善注云：「綺靡，精妙之言。」

雲標二俊之采，應傅三張之徒，孫摯成公之屬，並結藻清英，流韻綺靡。」（《文心雕龍・時序）》而那時的文人，由於前章已講過的原因，大都沒有足夠動人的情意，因而晉初的文風便普遍地陷於繁縟，也不獨陸機爲然。張華、潘岳、張協等人的詩文也都是既綺靡、工巧，又偏於繁縟的。只有左思、傅玄好像自拔於流俗之外，但左是氣盛，傅是情豐，因而沒有繁冗之弊，連綺靡、工巧也被掩蓋了。其實我們只要把左、傅的詩同建安、正始詩歌對比著讀，就不難看出它們也是在向著輕綺的方向走去的。

除了時代原因之外，就文學自身來看，這也是一種必然：在建安詩歌疆土既闢之後，隨之而來的自然是精耕細作。對精巧細密風格的追求顯示著作者們在語言上、表現技巧上刻意求工的努力。這種努力是應當肯定的，而且從長遠來看，它的結果也是積極的。儘管由於太康作家的種種局限，這種努力產生了諸如繁冗纖巧、忽視內容等弊病，但我們還是應當具體分析，汲取精華，剔去糟粕，不要把孩子同洗澡水一起潑出去了。

下面我們就來看看太康作家在這方面的努力，仍然以陸機爲代表。

綜觀陸機的全部詩文，語言上、表現技巧上刻意求工的痕跡是相當明顯的（張華譏陸機「作文大治」，這「大治」就是太雕琢之意）；而其求工的手段則不外乎裁對、用事、敷藻、調聲、練句，即後來駢文所特別講究的幾種功夫，應當說也是中國古典文學在追求形式美方面常用的幾種手段。當然，這些手段也並非陸氏或其他太康作家始創，不過在他們那裏已經發展到相當自覺和比較成熟的階段，他們又以各自的藝術勞動豐富了這些手段的內容，使他們向着更完備、更精細的方向發展。

試以〈豪士賦序〉中間一段爲例：

且夫政由寧氏，忠臣所爲慷慨；祭則寡人，人主所不久堪。是以君奭鞅鞅，不悅公旦之舉；高平師師，側目博陸之勢。而成王不遣嫌吝於懷，宣帝若負芒刺於背，非其然者與？嗟乎，光被四表，德莫富焉；王曰叔父，親莫昵焉；登帝大位，功莫厚焉；守節沒齒，忠莫至焉。而傾側顛沛，僅而自全。則伊生抱明允以嬰戮，文子懷忠敬而齒劍，固其所也。因斯以言，夫以篤聖穆親，如彼之懿；大德至忠，如此之盛，尚不能取信於人主之懷，止謗於衆多之口，過此以往，鳥睹其可？安危之理，斷可識矣。又況乎饕大名以冒道家之忌，運短才而易聖哲所難者哉！

這實在是一段很漂亮的文字，借古人故事說明功高震主，寵盛招禍的道理，眞是淋漓酣暢，警策動人。辭采華贍、用事富博、組織工細、音調諧婉，是其顯著的藝術特色。陸機在語言上刻意求工的努力在這裏表現得非常明顯。

首先，整段文字都是對仗工整的駢句，有兩兩相對的；也有兩聯相對的；句式有四有六，靈活間用。「政由寧氏，祭則寡人」，一個典故分用於兩聯，顯得既工且巧。並且作者顯然已經注意到音韻的調諧。如開頭兩聯，以兩字作一節，用平仄標示出來就是：

政由寧氏，忠臣所為慷慨；　—｜，——｜；
祭則寡人，人主所不久堪。　｜—，｜｜—。

這已經是標準的律句了。我們完全有理由說陸機已開後世四六駢體之先河。有人說，陸機是駢文的創始者㉜，這並不確切，廣義的駢文漢代已有。但那時多半是以散運駢，像〈豪士賦序〉這樣通篇駢對，四六相間，注意用典隸事，注意對仗工巧，注意聲韻調諧，陸氏倒的確是「始作俑者」。不過陸機這段文字每層小結的地方還適當運用了散句，所以讀來只覺整飭而流暢，並無呆板滯塞之感，這是後世四六所不及的。

其次，這段文字用典很多，如衞獻公、周公、霍光、伊尹、文種等人的故事。還用了許多古人的成言，如鞅鞅師師之類，都各有特定的出處。借助古人的故事或成言來表達自己的思想，是陸機詩文的一個普遍特色。這當然也是古已有之的，阮籍〈詠懷詩〉用古人故事就特別的多。但

㉜ 見郭紹虞《中國文學批評史》第四六頁，一九七九年新一版。

陸機在用古事古典上有一個顯著的特點，就是不只是敍述這些典故，由此生出敎訓或引出自己的意思，而是用特定的成言把這些典故巧妙地組織在自己的敍述或議論中，起一種暗示、提醒、替代的作用，像「政由寧氏」四句便是典型的例子。這些成言所包含的內容，不單是從文字本身的含義就能完全懂得的，而要聯繫整個故事背景才能理解。這樣一方面增加了文字的深刻和表現力，一方面也增加了語言的曲折和隱晦。劉勰說他「才欲窺深，辭務索廣」（《文心·才略》）當是指的這種傾向。不過，單就本段文字而言，雖然連用了許多典故，但始終以周公、霍光二事爲主，緊扣所要說明的主題，所以並不給人一種堆砌的感覺，而只覺得酣暢淋漓，這是陸氏成功之處。

陸機在語言技巧上刻意求工的例子還很多，我們無需一一列舉。這裏我想就排偶再多談幾句。

偶對本是古代漢語的詞彙絕大部分由單音構成這一特點必然產生的一種現象。它開始是在語言中自然出現，所謂「高下相須，自然成對。」因爲偶對的句子整齊，易上口，易記憶，偶一出現，有警動讀者的效果，所以後來便被文人們作爲一種修辭手段有意識地運用起來。詩賦句式整齊，因此偶對首先多出現在詩賦中，《詩經》中像「漢之廣矣，不可詠思；江之永矣，不可方思」這樣的排偶句已很有一些了，尤其是賦，因爲重鋪張，更宜於使用這種句式。在司馬相如、揚雄、班固等人的賦中我們可以找出許多偶對的句子。到曹植的作品裏，這種現象更爲普遍。比如〈洛神賦〉中間描寫宓妃外貌的一段（從「其形也」起至「奇服曠世，骨象應圖」止）便大部分是工整的對偶句。不過並不顯出著意追求的痕跡，又因爲是用在全賦中關鍵的地方，所以效果很好。

散文中間用駢句，也是其源甚古。《尚書・大誥》中的「謙受益，滿招損」，《易傳・文言》中的「水流濕，火就燥；雲從龍，風從虎」都是駢句，其後戰國縱橫家的文章中已有相當多的駢句。秦漢時李斯〈諫逐客書〉、賈誼〈過秦論〉駢句更多。到東漢班固的《漢書》已以「善用復」（王闓運《湘綺樓集・答陳深之論文》）著稱，其論贊部分幾乎大都是通篇齊整駢對的。建安時代駢文已是習見的文體，尤其是在書信、論贊、表誄中。曹植集中此體尤多，幾乎所有的書、論、表都是駢體，其著者如〈與司馬仲達書〉、〈與楊德祖書〉、〈與吳季重書〉、〈漢二祖優劣論〉、〈相論〉、〈魏德論〉、〈求自試表〉、〈求通親親表〉、〈陳審舉表〉都是。其他如曹丕的〈典論・論文〉、〈與吳質書〉；陳琳的〈爲袁紹檄豫州〉、〈檄吳將校部曲〉、〈爲袁紹與公孫瓚書〉；阮瑀的〈爲曹公作書與孫權〉；王粲的〈爲劉荊州與袁譚書〉、〈爲劉荊州與袁尚書〉；應瑒的〈弈勢〉都是有名的駢文。玆錄曹植〈與吳季重書〉開頭一段，以見一斑：

若夫觴酌凌波於前，簫笳發音於後，足下鷹揚其體，鳳觀虎視，謂蕭曹不足儔、衛霍不足侔也。左顧右盼，謂若無人，豈非君子壯志哉！過屠門而大嚼，雖不得肉，貴且快意。當斯之時，願舉泰山以為肉，傾東海以為酒，伐雲夢之竹以為笛，斬泗濱之梓以為箏，食若填巨壑，飲若灌漏卮。其樂固難量，豈非大丈夫之樂哉！然日不我與，曜靈急節，面有逸景之速，別有參商之濶。思欲抑六龍之首，頓羲和之轡，折若木之華，閉蒙汜之谷。天路高邈，良久無緣。懷戀反側，何如何如！

這段駢文氣勢充沛，聲色俱豪，讀來有破竹之快。這根本的原因當然在於作者身上所具有的（也是時代所賦予的）那種慷慨縱橫的氣質；表現在語言自身的特色上則是駢散兼行、以奇帶偶、隨勢變異的句法，其駢對部分也不著意於對偶的工巧，所以既具勻稱之美，又有舒暢之氣。這也正是建安駢文的普遍特色。

五言詩因爲後起，建安時才從民歌蛻體不久，文人雕琢尚少，所以偶對並不多見。但在曹植的某些詩中也出現了很多工整的對偶句，例如〈情詩〉：

微陰翳陽景，清風飄我衣。游魚潛綠水，翔鳥薄天飛。
眇眇客行士，徭役不得歸。始出嚴霜結，今來白露晞。
遊子歎黍離，處者歌式微。慷慨對嘉賓，淒愴內傷悲。

十二句中就有八句是對偶的，其中「游魚」、「始出」二聯平仄也都完全合律，這也許是沈約說的「暗與理合、匪由思致」（《宋書・謝靈運傳論》）吧。

在這方面陸機有什麼特別的地方呢？或者說他在前人的基礎上有些什麼發展呢？

陸機與前人不同，或說發展了前人的地方在於：第一，他把排偶作爲主要的修辭手段廣泛地運用到詩、賦、文各體中，排偶成分在他的作品中所占的比重比他以前任何一個作家都大。第二，他往往有意「用復」，把一意展作兩句，以構成偶對，已經不是前人那種較爲自然的偶對了。第三，較多使用四六相間的句式進行偶對（在文與賦中）。第四，陸文中駢句增加，散句減少，建安中以散運駢的風氣在陸文中已不多見了。第五，比前人更有意識地在運用排偶的同時使用用事、敷藻、調聲等修辭手段。第六，他的偶對比前人更講究工整。

前文已舉了〈豪士賦序〉一文爲例，現在再來看一些詩賦的例子。

陸集中幾乎完全沒有騷體賦，這可能是他偏愛句式整對的心理的一種反映。他有許多賦開頭就用很工整的對偶句起，這在前人是極少見的。如「悲桑梓之悠曠，愧蒸嘗之弗營。」（〈思親賦〉）「武定鼎於洛汭，胡受瑞於汝墳。」（〈遂志賦〉）「背故都之沃衍，適新邑之丘墟。」（「懷土賦〉）「背洛浦之遙遙，浮廣川之裔裔。」（行思賦」）「時方至其悠忽，歲既去其晼晚。」（〈愍思賦〉）「挾至道之容微，狹流俗之紛沮。」（〈凌霄賦〉）「情易感於已攬，思難戢於未忘。」（〈述思賦〉）「有輕虛之艷象，無實體之眞形。」〈浮雲賦〉）幾乎占他全部賦（廿五首）的三分之一。曹植賦中也有一部分是以偶句起頭的，但都是若有意若無意，半對半不對，這樣着意工整的偶句卻沒有。至於工整的對偶句用於賦的中間在陸機就更多了。如〈思歸賦〉共三十句，工整的對偶句就有十四句之多，幾乎占了一半。而曹植一首內容相似的〈歸思賦〉共十句，工整的對偶句不過兩句，只占五分之一。

五言詩中有意大量地使用排偶，陸機或許是第一人，或者更準確地說，是首批作家之一。試檢陸集五言詩，工整的對偶句幾乎無篇無之，有不少篇甚至超過半數。像〈贈弟士龍一首〉共十句，除末二句外，其餘八句都是工整的對偶句。又如〈贈尚書郎顧彥先二首〉之二共十四句，有十句是工整的對偶句；〈於承明作與士龍〉共二十二句，有十二句是工整的對偶句；〈苦寒行〉共二十句，有十句是工整的對偶句。此外尚多。

這些工致的偶句，或者用來寫景，如「輕條象雲構，密葉成翠幄。激楚佇蘭林，回芳薄秀木。」（〈招隱詩〉）「凝冰結重澗，積雪被長巒。陰雲興岩側，悲風鳴樹端。」（〈苦寒行〉）「和風飛清響，鮮雲垂薄陰。蕙草饒淑氣，時鳥多好音。」（〈悲哉行〉）「迴渠繞曲陌，通波扶直阡。」「嘉谷垂重穎，芳樹發華顛。」（〈答張士然〉）「山澤紛紆餘，林薄杳阡眠。」「虎嘯深谷底，鷄鳴高樹顚。」（〈赴洛道中作二首〉）或者用來寫人，如「美目揚玉澤，蛾眉象翠翰。」「金雀垂藻翹，瓊佩結瑤璠。」「馥馥芳袖揮，泠泠纖指彈。」（〈日出東南隅行〉）或者用來抒情敍事，如「目感隨風草，耳悲詠時禽。」（〈悲哉行〉）「思樂樂難誘，曰歸歸未克。」（〈赴洛二首〉）「永嘆遵北渚，遺思結南津。」「振策陟崇丘，案轡遵平莽。」「夕息抱影寐，朝徂銜思往。」（〈赴洛道中作二首〉）「假翼鳴鳳條，濯足升龍淵。」（〈吳王郎中時從梁陳作〉）也有的用來議論說理，如「天損未易辭，人益猶可歡。」「福鍾恒有兆，禍集非無端。」（〈君子行〉）「天道有遷易，人理無常全。」（〈塘上行〉）「寸陰無停晷，尺波豈徒旋。」（〈長歌行〉）「規行無曠迹，矩步豈逮人。」（〈長安有狹邪行〉）

應當說，陸機的排偶句中有不少秀句或警句，不僅對仗工致、音韻諧婉（有的平仄協調，儼然律句，如上舉「激楚」二句，「福鍾」二句，「規行」二句），而且或描寫精細（如「輕條」二句，「嘉谷」二句），或氣象雄渾（如「凝冰」二句），或概括力強（如「天道」二句），或新警動人（如「寸陰」二句」，或清新自然（如「和風」四句，「虎嘯」二句）。但也不可避免地存在許多疵累，即使在我們上舉的這些陸集中較佳的偶句中可議的地方也就不少。如「夕息」二句頗傷纖巧；「美目」二句俗而不雅；「天損」二句枯燥呆板；「寸陰」二句、「規行」二句、「迴渠」二句、「假翼」二句實際上都是一意展作兩句，多少有「合掌」之嫌。這一方面是陸機才力不足所致，一方面也是偶對這種修辭手段尚未發展到十分成熟階段的必有現象。

由於大量地運用排偶於詩文各體以追求文字的富麗精工，這就使得陸機的作品一則趨於綺靡工巧，一則趨於繁縟雕飾。從藝術風格這個角度來看，大量運用排偶是建安文風變爲太康文風的關鍵，也是詩文從古體趨向近體的關鍵之一。沈德潛《說詩晬語》云：「士衡舊推大家，然通贍自足，而絢彩無力，遂開出排偶一家。降自齊、梁，專工對仗，邊幅復狹，令閱者白日欲臥，未必非陸氏爲之濫觴也。」這話有相當道理，但不全面。排偶不自陸機始，陸機只是把它大量地廣泛地運用於各體罷了。但就詩而言，陸機則的確是「開出排偶一家」的巨擘，梁陳「專工對仗」也確從此發源，但南朝文風頹靡，責任不在陸機。作爲修辭手法，排偶更是無可厚非，它豐富了古代漢語的表現能力，推動了詩文各體的新變，這有什麼不好呢？沈氏《古詩源》又云：「謝康樂詩亦多用排，然能造意，便與潘陸輩迥別。」這就道出問題的關鍵了，排偶不一定不好，排偶而不能「造意」，才是眞正值得指責的。

還應當指出的是，太康作家大都喜歡排偶，並非只有陸氏一人如此。例如潘岳，他詩賦中就有很多排偶句，不少五言詩對偶句也超過半數。試看〈在懷縣作二首〉之一：

南陸迎修景，朱明送末垂。初伏啓新節，隆暑方赫曦。
朝想慶雲興，夕遲白日移。揮汗辭中宇，登城臨清池。
涼飆自遠集，輕襟隨風吹。靈圃耀華果，通衢列高椅。
瓜瓞蔓長苞，薑芋紛廣畦。稻栽肅芊芊，黍苗何離離。
虛薄乏時用，位微名日卑。驅役宰兩邑，政績竟無施。
自我違京輦，四載迨於斯。器非廊廟姿，屢出固其宜。

徒懷越鳥志，眷戀想南枝。

此詩共二十六句，開首十六句都是對偶句。其中「南陸」與「朱明」、「伏」與「暑」、「飆」與「風」、「果」與「瓜」都有犯復之嫌。

又如張協，他有名的〈雜詩十首〉中就有五首對偶句在半數以上。他另有一首〈雜詩〉更典型，幾乎通篇都是工整的對偶句：

太昊啓東節，春郊禮青祇。鷹化日夜分，雷動寒暑離。
飛澤洗冬條，浮飆解春澌。彩虹纓高雲，文虬鳴陰池。
冲氣扇九垠，蒼生衍四垂。時至萬寶成，化周天地移。

即使是文風同潘陸很不相同的作家，例如左思，在追求排偶這一點上同潘陸也並無大異。左思最著名的八首〈詠史詩〉，其中有五首排偶句都在一半以上。例如「左眄澄江湘，右盼定羌胡」、「世胄躡高位，英俊沉下僚」、「振衣千仞岡，濯足萬里流」等等，不也都是很工整的對偶句嗎？不過因爲這些詩句感情強烈，筆力充沛，又能「造意」，讀來只覺情豐意足，應接不暇，便忘記作者對於語言的修飾了。此外，我們發現左思的排偶有兩個特點是潘陸所不具備的，其一是左思注意到使對偶句的意思儘可能向縱的方向進展，避免在橫的方向平列，如「鬱鬱澗底松，離離山上苗，以彼徑寸莖，蔭此百尺條。」「被褐出閶闔，高步追許由。振衣千仞岡，濯足萬里流。」其二是左思常常使用兩聯相對的辦法。卽四句組成一對，如「吾希段干木，偃息藩魏君；吾慕魯仲連，談笑卻秦軍。」「貴者雖自貴，視之若埃塵，賤者雖自賤，重之若千鈞。」「主父宦不達，骨肉還相薄；買臣困樵采，伉儷不安宅。」「習習籠中鳥，舉翮觸四隅；落落窮巷士，抱影守空廬。」「飲河期滿腹，貴足不愿餘；巢林栖一枝，可爲達士模。」（以上均見〈詠史詩〉）「明月出雲崖，皎皎流素光；披軒臨前庭，嗷嗷晨雁翔。」（〈雜詩〉）（陸機文中有這種對法，見前引〈豪士賦序〉，但詩中沒有。）這樣的對偶句，便顯得一氣貫注，而無俳弱纖細之感。直到唐以後，詩人們才總結出這兩種句法，前者稱之爲「流水對」，後者稱之爲「扇對」或「隔句對」。可見左思不是不求語工，而是比潘陸輩更爲高明。

鍾嶸〈詩品序〉云：「陳思爲建安之傑，公幹仲宣爲輔；陸機爲太康之英，安仁、景陽爲輔」。《詩品》論陸機：「其源出於陳思。」潘岳：「其源出於仲宣。」張華、張協：「其源出於王粲。」左思：「其源出於公幹。」這些都說明太康文學正是從建安文學發展過來的，二者有着明顯的繼承關係。但同樣也有明顯的不同，前面已經說過一些了。現在我們試把「太康之英」的陸機同「建安之傑」的曹植再作一個比較，或者更有助於說明一些問題。

綜觀中外文學史，我們不難發現這樣一種現象：在新舊交替的轉折時代裏，往往同時（或稍先後）出現兩個偉大的人物，一個是舊傳統的結束者，一個是新風氣的開創人。建安三曹中，曹操就扮演着前者的角色，以「收束漢音」，而曹植則是後者，以「振發魏響」。建安文學之「革易前型」，其表徵主要是在曹植的詩文中，其功勞也應當主要記在曹植的身上。比如五言詩，這是當時的新興詩體，曹植便作得最多，他的詩絕大部分是五言；而曹操不過做了八首五言，不到他的詩作的三分之一，成就也不如他自己的四言。以品藻五言詩爲目的的《詩品》把曹操置於下品，雖引起後世許多人的不平，其實是頗爲自然的。

正因爲曹植是新風氣的開創者，所以他同太康詩人的親緣關係最近。太康文風的許多特徵，我們可以在曹植的作品中找到它們的前期形態。

曹植詩文向以華美富贍、音韻諧婉著稱。鍾嶸說他的詩「詞采華茂」，華卽華美，茂卽富贍。陳祚明《采菽堂古詩選》卷六說：「子建旣擅凌厲之才，兼饒藻組之學，故風雅獨絕。」「藻組」自然也指華茂而言。又張戒《歲寒堂詩話》說：「觀子建明月照高樓，高臺多悲風，南國有佳人，驚風飄白日，謁帝承明廬等篇，鏗鏘音節，抑揚態度，溫潤清和，金聲而玉振之，辭不迫切而意已獨至，與三百篇異世同律，此所謂韻不可及也。」卽言其音韻諧婉。又沈德潛《古詩源》卷五云：「子建詩，五色相宣，八音朗暢，使才而不矜才，用博而不逞博。」這是就辭采和音韻兩方面說的。曹植詩還有精緻、尚工的一面，前人也有指出的。如胡應麟《詩藪·內篇》卷二：「子建〈名都〉、〈白馬〉、〈美女〉諸篇，辭極贍麗，然句頗尚工，語多致飾，視東西京樂府天然古質，殊自不同」；又云：「子建華贍精工類《左》、《國》。」「華贍精工」四字可謂曹植詩文風格的確評。也正是這「華贍精工」變兩漢「天然古質」之風，開太康繁縟、綺靡、工巧之先。華則近綺，贍則近繁，精工則近巧。鍾嶸說陸機源出陳思，的確是精到之語。從上節對排偶的分析可略見一斑。同時，太康文學是怎樣接續着建安文學的軌跡呢？我們也可以在這裏找到部分答案。

但陸機同曹植畢竟不同，試讀二人的作品，除了感覺到藝術風格上有點近似之外，其他方面則相距甚遠。陸機之於曹植，頗有點像一個不肖之子，面貌近似，而精神已殊。所以歷來評論家，除鍾嶸外，對他們二人的評價都是軒輊相懸的。

那麼，他們的差別在那裏呢？明鍾惺《古詩歸》卷七評曹植詩云：「子建柔情麗質，不減文帝，而肝腸氣骨，時有塊磊處，似爲過之。」我看陸機的詩同曹植的詩比較起來，最重要的一個區別，也正是差這一點「塊磊」之氣。

曹植生當季世，飽經亂離，雖身爲魏武公子，卻一生不如意。尤其是父親死後，他相繼受曹丕、曹叡的猜忌、迫害，「十一年中而三徙都」（《三國魏志本傳》），「連遇瘠土，衣食不繼」（〈遷都賦序〉），「塊然守空，飢寒備嘗」（〈社頌序〉），正當血氣方剛的盛年，卻過着「塊然獨處，左右唯僕隸，所對唯妻子」（〈求通親親表〉）的「圈牢」式的生活。他是一個極有熱情壯志而又非常自負的人，渴望「戮力上國，流惠下民，建不世之業，流金石之功」

（〈與楊德祖書〉）。他屢求自試，但朝廷不用，結果還是「禽息鳥視，終於白首」，在四十一歲的壯年就「汲汲無歡」地死去了。由這種生平經歷而產生的悲憤情懷一泄之於詩文，遂使得曹植的作品充滿了「慷慨之音」和「憂生之嗟」。讀他的〈送應氏〉、〈泰山梁甫行〉，我們可以感到詩人對「千里無人烟」的亂世的深切哀痛，對「劇哉邊海民」的無限同情；讀他的〈白馬篇〉、〈鰕䱇篇〉，我們不能不爲他那種「撫劍而雷音，猛氣縱橫浮」，「捐軀赴國難，視死忽如歸」的報國壯志所感動；讀他的〈美女篇〉，又爲他懷才不遇、虛度「盛年」而惋惜；讀他的〈吁嗟篇〉，我們抑制不住對詩人「當南而更北，謂東而反西，宕宕當何依，忽亡而復存」的流徙生活的深深同情；讀他的〈贈白馬王彪〉，又不禁對「鴟梟鳴衡軛，豺狼當路衢，蒼蠅間黑白，讒巧令親疏」的現實充滿了憤恨。總之，我們讀着曹植的詩，彷彿看到詩人把自己一顆熱切多感的心捧出在我們面前，我們自己的心也無法不同它一起跳動。

但我們讀陸機的詩卻難得有這種感覺，陸機也有壯志，他說：「但恨功名薄，竹帛無所宣。」（〈長歌行〉）「富貴苟難圖，稅駕從所欲。」（〈招隱詩〉）使人感到他的事業心就是追求一般的功名富貴。他的人生理想是青年時能「光車駿馬遊都城，高談雅步何盈盈」；壯年時能「跨州連郡還帝鄉，出入承明擁大璫」，「荷旄仗節鎮邦家，鼓鐘嘈囋趙女歌，羅衣璀粲金翠華，言笑雅舞相經過」；老年時則「驂駕四牡入紫宮」，「子孫昌盛家道豐」，然後「辭官致祿歸桑梓，安居駟馬入舊里」（〈百年歌十首〉）。爲了這些，他明知「天道夷且簡，人道險而難，休咎相乘躡，翻覆若波瀾」（〈君子行〉），但還是甘心冒危履險，只進不退，有時簡直有點不擇手段的味道。他在〈長安有狹邪行〉裏就說：「傾蓋承芳訊，欲鳴當及晨。守一不足矜，歧路良可遵。規行無曠迹，矩步豈逮人！投足緒已爾，四時不必循！」你看，這是多麼迫不及待啊！所以他和弟弟陸雲在「閉門勤學，積有十年」之後，終於耐不住寂寞，不顧破國亡家之痛，渡江入洛，北仕暴朝，輾轉依附於權豪之門，側身於洛陽新貴之列，就決非偶然了。楊、賈之禍，八王之亂相繼起來，目睹着這種走馬燈式的混亂政局，他還抱着僥倖的心理，以爲「天損未易辭，人益猶可歡」，但結果還是未能幸免，終於在殘酷的內部鬪爭中寃枉送命。當然，對於陸機我們大可不必苛責，像他那樣，出身高門，自負才學，生當亂世而又不甘心與草木同朽，那麼大概也只有這條路可走了。但這一切表現在詩裏，要引起後世讀者的感動，如同讀曹植的詩那樣，就難了。陸機的詩裏也有一些淡淡的「憂生之嗟」，但很少是爲社會爲人民而發，幾乎都是一己之私。讀他的〈赴洛陽道中作二首〉和〈赴洛二首〉，使人感到他對前途有一種吉凶不定的憂危之感；〈猛虎行〉則表現出一種徘徊於進退之間的心情：「人生誠未易，曷云開此矜？」他還幾次說到自己的出仕有些不得已，有些矛盾；「借問子何之？世罔嬰我身。」（〈赴洛陽道中行〉）「牽世嬰時罔，駕言遠徂征。」（〈於承明作與士龍〉）「曷爲牽世務？中心若有違。」（〈擬東城一何高〉）但也僅此而已。讀他的〈門有車馬客行〉，可以感到他對故國淪亡的餘痛，但欲言又止，顯有苦衷。沈德潛說：「士衡以名將之後，破國亡家，稱情而言，必多哀怨，乃詞旨敷淺，但工塗澤，復何貴乎？」（《古詩源》卷七）這或許過苛，陸機如隱居不仕則已，既要出仕，他怎能對新朝大吐其哀怨呢？何況吳亡之後，他個人所受的打擊並不是太大，哀怨本來就不多呢。沈氏言其「詞旨敷淺，但工塗澤」，缺乏眞情，這批評卻是完全正確的。我們讀陸機的作品，總覺得他沒有把自己的心和盤托出，沒有把自己的全人整個兒地呈露在讀者的面前，他和我們還隔着一層霧，我們看他不眞切。唯其如此，他的詩文便不能像曹植的作品那樣引起我們強烈的共鳴了。

同曹植比較起來，陸機還少一點創造精神，多一點貴族文人氣。前面說過，建安詩人都有一種「通脫」精神，思想解放，文學也解放。在內容上，想說什麼便說什麼，在形式上，想怎樣說便怎樣說，沒有什麼框框，沒有什麼顧慮，特別富於創造性。曹植尤其如此。比如他們的樂府詩「雖體有所因，而詞貴新創；聲不變古，而采自己舒。」（黃侃《詩品講疏》），就是說，體裁和聲調雖因襲古人，而內容和辭藻卻都是自己創造的。如〈薤露行〉本古之挽歌，而曹操用以寫時事，曹植用來抒發「懷此王佐才，慷慨獨不羣」的情懷，就是一例。他們的五言則「毗於樂府」，雖「文采繽紛，而不離閭里歌謠之質」（同上），即勇於向民歌學習，而又「緣以雅詞，振其美響」（同上）。其他各體也大多如此。

陸機則不然。前人說：「平原擬古，步趨如一。」（王夫之《古詩評選》卷四）「尚規矩」（鍾嶸《詩品》上），「束身奉古，亦步亦趨，在法必安，選言亦雅，思無越畔，語無溢幅，造情既淺，抒響不高。」（陳祚明《采菽堂古詩選》卷十）這些評語或褒或貶，但都道着了陸機的一個痛處，卽缺乏創造性。尤其是他擬古詩十二首，雖然「名重當世」，讀來卻只覺「呆板」㉝。這些詩幾乎全是依據古詩原意加以敷衍而成的，在主題上，十九沒有什麼新創。其中有些篇，與其說是創作，無寧說是練習。從語言上看，一部分是蹈襲陳言，一部分是稍加改作，以雅易俗，以深易淺，結果反而弄巧成拙。只有極少數的佳句是陸機的創獲而及堪稱成功的。如〈擬明月何皎皎〉中的「照之有餘輝，攬之不盈手」㉞；〈擬庭中有奇樹〉中的「芳草久已茂，佳人竟不歸。」在這十二首詩中，通篇不遜原詩的大概也只有這兩首了

我們試舉兩例來同原詩作一個比較。

古詩〈青青河畔草〉：

青青河畔草，鬱鬱園中柳。盈盈樓上女，皎皎當窗牖。
娥娥紅粉妝，纖纖出素手。昔為娼家女，今為蕩子婦。
蕩子行不歸，空床難獨守。

㉝ 李重華《貞一齋詩說》：「士衡擬古詩名重當世，余每病其呆板。」
㉞ 這兩句詩其實還是脫胎於曹植的〈釋愁文〉：「愁之爲物，……尋之不知其際，握之不盈一掌。」

陸機擬作：

靡靡江蘺草，熠熠生河側。皎皎彼姝女，阿那當軒織。
粲粲妖容姿，灼灼美顏色。良人游不歸，偏栖獨隻翼。
空房來悲風，中夜起嘆息。

前六句是亦步亦趨，只是換了幾個詞，幾乎都換糟了。後四句則有較大變動，陸機自己或許很得意，但其實是點金成鐵。本來「空房來悲風，中夜起嘆息」也還是不錯的句子，脫胎於曹植的「盛年處房室，中夜起長嘆」（〈美女篇〉），但是同原詩「蕩子行不歸．空床難獨守」一比較，則優劣自見。原詩不啻是一種不能遏止的呼號，摯而且眞；擬詩雖則「溫柔敦厚」，而光彩頓失矣。

古詩〈涉江採芙蓉〉：

涉江採芙蓉，蘭澤多芳草。採之欲遺誰？所思在遠道。
還顧望舊鄉，長路漫浩浩。同心而離居，憂傷以終老。

陸機擬作：

上山採瓊蕊，穹谷饒芳蘭。採採不盈掬，悠悠懷所歡。
故鄉一何曠，山川阻且難。沉思鍾萬里，躑躅獨吟嘆。

這裏幾乎通篇是亦步亦趨，每有改動，都不逮原詩。以「饒」易「多」，以「沉思鍾萬里」，易「同心而離居」，自以爲雅，實在有畫虎類狗之嫌。

但如果說陸機完全沒有創造顯然也是不公平的。比較而言，陸機的樂府詩便比擬古詩好，成就較高。雖然其中大部分篇章還是依約古辭，不敢「越畔」，但也有不少篇章寄寓了作者自己的思想感情，內容比古辭豐富，篇幅亦較古辭爲廣。語言上也有自己的特色，上節論排偶時所舉的例句不少便出於樂府。我們且舉幾首比較成功的來看看。

例如〈猛虎行〉，古辭只有四句：「飢不從猛虎食，暮不從野雀栖，野雀安無巢，游子爲誰驕？」而陸機衍爲二十句，雖大要不出游子之思，但內容無疑是豐富得多了，且看全詩。

渴不飲盜泉水，熱不息惡木陰。惡木豈無枝，志士多苦心。
整駕肅時命，仗策將遠尋。飢食猛虎窟，寒棲野雀林。
日歸功未建，時往載歲陰。崇雲臨岸駭，鳴條隨風吟。
靜言幽谷底，長嘯高山岑。急弦無懦響，亮節難為音。

人生誠未易，曷云開此衿？眷我耿介懷，俯仰愧古今。

讀這首詩，我們能夠感到作者強烈的功名心和「耿介」的處世原則之間的矛盾，感覺到作者徘徊於進退之間的痛苦心情。作者是有原則的，他似乎不願苟求富貴，這是我們從開頭四句可以體會到的；但是作者又有着強烈的功名心，驅使他不顧一切地「杖策遠尋」，卽使與猛虎同食，與野雀同棲也在所不辭。他擔心的是「日歸功未建，時往載歲陰」。他於是前進着，然而心情並不輕鬆。他徘徊、矛盾，旣不願以退隱守眞來解決這矛盾（守一不足矜！）又不願完全置自己的人生處世原則於不顧（這一點我們從他的〈招隱詩〉也可感到）。他自許爲「急弦」，不肯發出「懦響」，然而高風「亮節」，誰又能夠理解呢？於是他感嘆道：「人生誠未易，曷云開此衿？眷我耿介懷。俯仰愧古今。」看來，作者最後還是決定要「進」，惟其如此，便不能不「愧」了。這也正是陸機一生的寫照。陸機入洛以後，便一直是這樣，懷着沉重的心情在追求功名的道路上輾轉前進着，直到河橋之敗，「黑幰告夢，白袷受刑」（張溥《陸平原集》題辭），永遺「華亭鶴唳」之嘆。這也同時是那一個可悲的時代裏所有不甘寂寞的知識分子的共同的可悲的命運。

再如〈君子行〉，古辭十二句，作：「君子防未然，不處嫌疑間，瓜田不納履，李下不正冠。嫂叔不親授，長幼不比肩。勞謙得其柄，和光甚獨難。周公下白屋，吐哺不及餐。一沐三握髮，後世稱聖賢。」（《藝文類聚》四十一引爲曹植作），蓋嘆處世不易，每因謗嫌而起禍端，故君子當謙虛謹慎，防患於未然。陸機此詩則展爲二十句：

天道夷且簡，人道險而難。休咎相乘躡，翻覆若波瀾。
去疾苦不遠，疑似實生患。近火固宜熱，履冰豈惡寒。
掇蜂滅天道，拾塵惑孔顏。逐臣尚何有？棄友焉足嘆。
福鍾恒有兆，禍集非無端。天損未易辭，人益猶可懽。
朗鑒豈遠假，取之在傾冠。近情苦自信，君子防未然。

主題沒有多少創新，但內容更豐富了。一方面他把處世的不易寫得更透徹更形象；另一方面他特別突出人物的努力可以消弭禍端，防患於未然的思想。就語言看，古辭樸質無文，陸詩則雅而深。像「天道」二句，「天損」二句雖然從詩的角度來看不能算好，但有一定深度，易使讀者警動。這首詩所表現的也是陸機的一個基本思想，可與他的生平相印證。《晉書》本傳說：「時中國多難，顧榮、戴若思等，咸勸機還吳，機負其才望，而志匡世難，故不從。」「負其才望，志匡世難」不正是因爲覺得「人益」可恃，禍患可防嗎？

再如《門有車馬客行》，郭茂倩《樂府詩集》解題云：「曹植等『門有車馬客行』（按，今曹集作〈門有萬里客行〉），皆言問訊其客，或得故舊鄉里，或駕自京師，備敍市朝遷易，親友凋喪之意也。」陸機此詩主題也沒有越出這個範圍。但故國淪亡之痛見於言外。全詩如下：

門有車馬客，駕言發故鄉。念君久不歸，濡迹涉江湘。
投袂赴門塗，攬衣不及裳。拊膺攜客泣，掩淚敍溫涼。
借問邦族間，惻愴論存亡。親友多零落，舊齒皆凋喪。
市朝忽遷易，城闕或丘荒。墳壟日月多，松柏鬱芒芒。
天道信崇替，人生安得長？慷慨惟平生，俯仰獨悲傷。

前四句言有客自故鄉來，中十二句寫與客敍別後事，得知故國已是市朝遷易，城闕丘荒，親友零落，舊齒凋喪，不堪回首了。末四句以議論作結，說興廢本是「天道」，思之惟有悲傷。全詩感情眞摯，語言淸暢，含蓄不繁，是陸詩中少有的佳篇之一。

以上所說的只是曹陸作品所反映的主要差別，自然還不止這幾點。形成這些差別的原因，在於他們的氣質才能有別，也在於他們的思想和對問題的看法各異，曹植思想比較解放，而陸機卻是一個「伏膺儒術，非禮不動」（《晉書》本傳）的人，思想偏於保守。反映到對文學的看法，兩人也有明顯的差異。曹植說：「街談巷說，要有可采，擊轅之歌，有應風雅，匹夫之思未易輕棄。」對民間文學和文學的社會作用都有相當的認識。而陸機的〈文賦〉只說：「咏世德之駿烈，誦先人之清芬；游文章之林府，嘉麗藻之彬彬。」「俯眙則於來叶，仰觀象乎古人。濟文武於將墜，宣風聲於不泯。」完全從統治者的角度立論，貴族文人的味道就很濃了。這也並不僅僅是個人認識的差異，更多的倒是時代風氣使然。關於這一點，前面已有所講述，這裏就不重複了。

談到陸機，自然不能不提到他的〈文賦〉。這是中國文學批評史上第一篇完整而系統的文學理論作品。它以詩的語言對作家的創作過程作了極其出色的描繪，對構思、佈局、遣詞、造句都提出了很好的見解。尤其可貴的是它已經開始觸及到了諸如形象思維、靈感、繼承與創新這些在文學創作中帶有普遍規律性的問題。陸機即使只留下這一篇作品，也足以使他在中國文學史和文學批評史上占有一席地位。

關於〈文賦〉，近代學者已經作了許多細緻的分析，闡述和評論，本文就不擬多談了。我這裏想要著重強調的是，這篇作品乃是文學創作自建安以來的發展變化及其所取得的成就在理論上的結晶，同時又「極確切的預示了晉及南北朝文學發展的徵候」（胡國瑞先生《魏晉南北朝文學史》第二五八頁）。例如在風格上主張「雅」而「艷」，反對「寡情鮮愛」，在造句上主張「尚巧」，在遣詞上主張「貴姸」，在聲律上主張「五色相宜」，又主張追求「警策」和秀句（「石韞玉」、「水懷珠」、「榛楛勿剪，蒙榮集翠」）這些都是建安以來文學創作中重抒情、崇藻麗的傳統（亦即尚情、唯美的傾向）及其在太康時代的新發展在理論上的表現，同時也是後來南朝文人極力追求以致入魔的東西。

從〈典論．論文〉到〈文賦〉，文學在理論形態上完成了自己的獨立，從而發現了自己，眞正達到了自覺。在〈典論．論文〉裏我們看到，強調文的價值主要還是爲了肯定人的價值，追求人的不朽，文學已脫離經學而獨立，但還沒有脫離作者（作者的價值，作者的不朽）而獨立，這是文學獨立的第一個階段。所以〈典論．論文〉雖然強調了文學的重要性，但是並沒有揭示文學自身的規律（或揭示得很少）。〈文賦〉不同了，它的重點恰恰是闡明文學自身的規律，雖然主要只限於創作過程方面，但這是一個開端，標志文學獨立的第二階段，卽脫離作者而獨立。人們開始認識到文學是一個客觀獨立的實體，它可以有不依賴於作者的價值的自身價值；它有自己的一套規律，有待於人們去探索。後來的文學理論著作，例如《文心雕龍》和《詩品》，都是在〈文賦〉的基礎上向着更細緻更周密更全面的方向發展，反映人們對於文學規律的逐步深入的認識。

陸機在創作實踐和文學理論兩方面都是一個承先啓後的，帶有標誌意義的人物。

社會現象是複雜紛紜的，文學現象也是複雜紛紜的。以上兩章所分析的太康時代文學風氣的變化及其代表人物陸機的創作特色，也只是就其主要的、傾向性的一面而言，並不是說人人如此，有此無他。一個時期的作家中，有主流派，也有非主流派，乃至反主流派。即使一羣風格大體相同的作家，也還同中有異，所謂「各師成心，其異如面」（《文心雕龍‧體性》）。甚至同一個人的作品，也會有此篇彼篇的不同，前期後期的差異。如果膠柱鼓瑟，執一而論，就難免貽簡單化之譏。

以陸機而言，他的主要風格當然是繁縟綺巧，但也有古樸莊重的一面，前人說：「士衡矜重」、「有累句、無輕句」（劉熙載《藝概》），就是看到了這一面，這同後來的齊梁文風是有區別的。例如下面這首〈短歌行〉就顯得雄渾悲壯，有魏武遺風：

置酒高堂，悲歌臨觴。人壽幾何，逝如朝霜。
時無重至，華不再陽。蘋以春暉，蘭以秋芳。
來日苦短，去日苦長。今我不樂，蟋蟀在房。
樂以會興，悲以別章。豈曰無感，憂為子忘。
我酒旣旨，我肴旣臧。短歌有詠，長夜無荒。

沈德潛《古詩源》卷七評曰：「詞亦清和，而雄氣逸響，杳不可尋。」

又如〈演連珠〉五十首，從普通的自然現象或社會現象出發，說明爲政、處世上一些較爲深奧的道理或應當遵守的原則，其間或類比、或歸納、或演繹、大都言簡意賅，比喻巧妙，語言雖也刻意求工，但並無繁冗板滯之病，讀來覺清新可味。《文心雕龍．雜文》篇評曰：「義明而詞淨，事圓而音澤。」確乎如此。

同陸機風格相近的作家，如兩潘三張，也各有自己的特點。潘岳繁而不蕪、用典較少，語言上求深求工的痕迹不如陸機明顯，故前人評爲「淺淨」。又「巧於序悲」（《文心雕龍．誄碑》），即擅長寫哀誄之文。潘尼的詩，大多清新流麗，沒有繁縟艱澀的毛病。三張的詩都綺靡風華，尤其是張協，在華綺尚巧方面，較陸機有過之而無不及。鍾嶸說他「巧構形似之言」，「詞采葱倩，音韻鏗鏘。」（《詩品》上）他的「雜詩」中有許多描寫景物的句子，細密工巧而清新生動，如「房櫳無行迹，庭草萋以綠。」「密葉日夜疏，叢林森如束。」「騰雲似湧烟，密雨如散絲。」「雲根臨八極，雨足洒四溟。」等等。詩中寫景，建安時尚不發達，惟曹操的〈觀滄海〉、王粲的〈七哀詩〉之二、曹植的〈公宴〉和〈贈白馬王彪〉較爲突出。到太康時，詩中寫景的句子就多起來了，觀察的細緻和描寫的精巧都超過了建安詩人，其中以張協爲最，對後世影響不少。鍾嶸說謝靈運「雜有景陽之體，故尚巧似」；說鮑照「其源出於二張，善制形狀寫物之詞，得景陽之諔詭」，大概就是指的這一方面吧。

此外如傅玄，在藝術風格上有同潘陸相近的一面，但也有很多不同的地方。他的詩絕大多數是樂府，社會內容較潘陸豐富得多。語言上也不大用排偶，不像陸機那樣雕琢。在晉初詩人中，傅玄是頗爲傑出的，應當給予較多的注意。

當然，最應當注意的還是左思。在太康文學中，左思是別樹一幟的，在當時崇尚綺靡工巧的時髦風氣中，他可以說是一個非主流派。他最有成就、歷來爲詩人們所推崇的是八首〈咏史詩〉，題爲「咏史」，實是咏懷，英風豪氣，流蕩於字裏行間，使人覺得建安慷慨之音猶存，而抑塞磊落之氣彷彿過之。這八首〈咏史詩〉上接阮籍，下開郭璞，郭璞的〈游仙詩〉十四首雖然題爲「游仙」，其實也是「坎壈詠懷，非列仙之趣」（《詩品中》）。左思又有〈招隱〉二首，情調閑逸，詞旨清素，開陶潛田園之先河。「非必絲與竹，山水有淸音」；「躊躇足力煩，聊欲投吾簪」；「峭蒨青葱間，竹柏得其眞」；「相與觀所尙，逍遙撰良辰」；這些詩句，同陶詩的風格多麼近似！左思——郭璞——陶潛，構成兩晉文風中一條非主流派的路線。他們在思想上都是不滿現實派，所以詞多慷慨；在藝術風格上的共同特點則是重眞情，不尙雕鏤㉟。但語言絕非不用功，而是捶煉得好，不露痕迹，同時感情強烈，筆力充沛，一氣貫注，因而無纖巧之感。《詩品》說左思「野於陸機」，說陶潛「世嘆其質直」，可見在鍾嶸那個時代，他們的詩也還是不大

㉟《文心雕龍．明詩》云：「景純艷逸。」是相對於當時的玄言詩而言的，所以鍾嶸《詩品中》說他「始變永嘉平淡之體，故稱中興第一。」「艷逸」並不是雕鏤，阮籍的詩也是「艷逸」的。

時髦的。但是這個不時髦的非主流派在文學史上的地位卻比時髦的主流派還要高，甚至高很多，這也是歷史發展的辯證現象之一。

結語

人們讀魏晉南北朝文學，總會有這樣一個感覺：從建安到太康，好像駕車從崎嶇的山路陡轉而下，彎兒轉得急；從太康到齊梁，則是一馬平川，順溜得很。太康的確是個大轉折點。這一點前人也已經看出，例如沈約《宋書・謝靈運傳》說：「降及元康，潘陸特秀。律異班、賈，體變曹、王。」這裏特別指出潘、陸既不同於漢代的班、賈，也不同於建安的曹、王，不是明明說太康這兒是一個大轉折嗎？又如陳子昂說：「漢魏風骨，晉宋莫傳。」（〈與東方虬修竹篇序〉）不也是說太康文風有一個明顯的轉變嗎？從一個側面看，我們甚至可以說太康是對建安的否定。但是我們不能同意把建安同太康、太康同齊梁截然分開，因爲它們本質上是屬於一個文學時代的。它們之間固然有著明顯的差異，但也同樣有著明顯的一脈相承的東西。

很清楚，太康文學的許多特徵可以在建安文學，特別是其代表人物曹植那裏找到它們的前期形態；齊梁文學的許多特徵也可以在太康文學，特別是其代表人物陸機那裏找到它們的前期形態。太康文學是一方面接續着建安文學的軌迹，一方面又偏離了建安文學的方向；齊梁文學也一方面接續着太康文學的軌迹，一方面又偏離了太康文學的方向。不過，從建安到太康，偏離的角度大，而從太康到齊梁，偏離的角度小罷了。

前三章敍述了文學從建安到太康的發展變化，至於從太康到齊梁的發展變化，已經超出本文的範圍，只好略而不論。但是正因爲從建安到太康變化大，從太康到齊梁變化小，所以我們分析了從建安到太康的變化以後，對於整個魏晉南北朝文學的發展總趨勢也就基本瞭然了。

首先，我們看到這個發展趨勢是與時代的變化同步的，社會劇烈變動的建安時代產生了感慨深遙、眼界寬廣、堂廡濶大的建安文學，由動亂轉入承平的太康時代，產生了喜歡粉飾，境界不高，在形式技巧上著意求工，漸漸轉向精雕細刻的太康文學。那麼，偏安一隅，醉生夢死，政局日朽的齊梁時代自然也就只能產生無病呻吟，在技巧上玩物喪志的齊梁文學了。

其次，我們看到這個發展趨勢也是與階級的變化同步的，正如一個時代的統治思想只能是統治階級的思想一樣，一個時代占統治地位的文學也必然是統治階級的文學。從這個意義上講，魏晉南北朝文學也就是門閥士族的文學。這一個文學的興衰是同門閥士族階級的興衰相表裏的。當這個階級處於上升時期，我們便看到朝氣勃勃的、富於解放精神、革新精神和創造精神的建安文學；當這個階級處於停滯並開始走下坡路的時期，我們便看到四平八穩的、帶保守傾向的太康文學。那麼，當這個階級處於驕奢腐化，日趨沒落的時期，我們自然只能看到一味追求形式美而內容墜落的齊梁文學了。直到隋唐以後，一個新與的階級或說階層，卽一般地主階級，或稱「庶族地主」階級占據了歷史舞臺的中心，經過一番除舊布新的工作，人們才看到一個新文學時代的誕生。

再其次，我們看到，尚情和唯美是魏晉文學演變中兩個持久的、一以貫之的傾向，或說兩個主要思潮。這是由那個時代的共同審美心理，門閥士族階級的審美趣味以及文學自身發展的要求等多方面的因素共同形成的。這兩個思潮都醞釀於建安而成熟於太康，此後便一直貫穿魏晉南北朝這一整個文學時代。它們對整部中國文學史都產生了深遠的影響，中國古典詩歌重視抒情和講究格律的傳統是從這個時代養成的。

尚情是對兩漢重政教、重功利的文學思潮的否定。它經過十九首以後百餘年的醞釀，終於在陸機〈文賦〉裏第一次被鑄成一個新概念——「詩緣情」。此後「詩緣情」便代替兩漢的「詩言志」而成爲這一時代文學理論中的主宰意念。但是「情」的內容則隨着時代的變化和門閥士族階級的變化而不斷地變化着。建安文學的情是寬廣的、敏感的、與社會和人民相通的；太康文學的情已顯得較爲狹小，較爲痲木，與社會和人民不大相通了。東晉以後，尚情的思潮一度爲尚理所代替，所謂「詩必柱下之旨歸，賦乃漆園之義疏」（《文心雕龍・時序》）。但這一段爲時不久，以後仍然是尚情。到了齊梁時代，尚情的主張沒有變，文學作品要「情靈搖蕩」（蕭繹《金樓子・立言》），還是那時代文人們所共同追求的。但他們的情已經變的既狹小又痲木又卑下，與社會和人民幾乎全不相關。情的含義實際上已經縮小到僅指男女宮闈之情，綺羅香澤之愛，作品的內容自然江河日下，最後必然發展到「繪畫橫陳」的地步。「緣情」的觀念這時已經走向它自己的反面，所以新興階級的理論家們必須尋找新的觀念來代替它，或說糾正它末流的弊病。陳子昂的「興寄」，白居易的「風雅比興」，韓、柳的「文以明道」，就是這種新觀念。

唯美的思潮也萌芽於建安，太康時已相當發展，陸機〈文賦〉的「尚巧」、「貴妍」、「五色相宣」、「雅」而「艷」、「綺靡」都是它的觀念形態。太康以後，特別是劉宋以後，由於種種原因，其中主要是沒落的門閥士族思想能力的日益貧弱化和審美趣味的日益病態化，使得這股思潮格外膨脹起來，所以我們看到，文人們對於文學形式美的刻意追求，太康以後基本上是直線前進的，總的趨向是越來越尙巧貴妍，正如劉勰所說的那樣：「儷采百字之偶，爭價一句之奇，情必極貌以寫物，辭必窮力而追新，此近世之所競也。」（《文心雕龍・明詩》）六朝文學在形式美方面的成就是多方面的，其中最重要的是駢偶的講求和聲律的發現。駢偶和聲律都是中國語言文字本身固有的營養所孕育出來的嬰兒，它們的胚胎是早就形成了的，只是到這時才呱呱墜地。前者是建安文風變爲太康文風的藝術關鍵，後者是太康文風變爲齊梁文風的藝術關鍵。駢偶加上聲律，好比哪吒的風火二輪，六朝的貴族文人們，駕着它們在文學形式美的道路上風馳電掣，窮力追新。魏晉以後，文之駢化，賦之俳化，詩之律化，莫不是因此二者所致。所以駢偶和聲律也是詩文由古體變爲新體（或說近體）的兩大關鍵。

以齊梁爲典型代表的六朝文風，後來一直爲人們所詬病。從裴子野的〈雕蟲論〉到李諤的〈上隋高帝請革文華書〉；從陳子昂的「采麗竞繁而興寄都絕」到白居易的「率皆不過嘲風雪弄花草而已」，都是批判齊梁文風的。韓愈甚至說：「齊梁及陳隋，衆作等蟬噪。」（〈薦士〉）但是他們都犯了一個錯誤，就是把形式和內容完全混爲一談。形式是無罪的，有罪的只是沒落的門閥士族階級貧弱的思想和卑下的情趣。六朝文學在形式美方面的成就顯然爲後來盛唐文學的繁榮奠定了堅實的藝術基礎，這是有目共睹的事實。文學的發展也是採取「肯定——否定——否定之否定」的路線前進的。六朝是對漢魏的否定，盛唐又是對六朝的否定。但每一次否定都是對前一段的揚棄，卽批判的繼承，並不是簡單地打倒或拋棄。直至今日，我們仍然要注意把六朝文學在形式方面的積極成就從它的內容的泥沼中滌除出來，否則我們就難以正確評價這一段文學，辯證地認識它在文學史上應有的地位。

（一九八〇年十二月至一九八一年二月於武漢大學）

陶詩「任眞」說

一

陶淵明〈連雨獨飲〉詩云：

運生會歸盡，終古謂之然。世間有松喬，
於今定何聞。故老贈余酒，乃言飲得仙。
試酌百情遠，重觴忽忘天。天豈去此哉，
任真無所先。雲鶴有奇翼，八表須臾還。
自我抱茲獨，僶俛四十年。形骸久已化，
心在復何言。

蕭統〈陶淵明傳〉云：

淵明少有高趣，博學，善屬文，穎脫不羣，任真自得。

陶以「任眞」自許，蕭也以「任眞」評陶，「任眞」無疑是陶淵明一大特點。究竟什麼是「任眞」？弄淸這個問題對於研究陶淵明的作品和思想都有重要的意義。

檢陶集，除〈連雨獨飲〉外，用「眞」字的尚有九處。其中「此事眞復樂」（〈和郭主簿〉）、「此語眞不虛」（〈歸園田居〉）、「今朝眞止矣」（〈止酒〉）三「眞」字，均作狀語，意爲「眞正」，可置不論。其餘六處是：

(1)養真衡門下，庶以善自名。（「門」一本作「茅」）〈辛丑歲七月赴假還江陵夜行涂口〉

(2)傲然自足，抱樸含真。〈勸農〉

(3)羲農去我久，擧世少復真。〈飮酒〉

(4)自真風告逝，大偽斯興。〈感士不遇賦〉序

(5)此中有真意，欲辯已忘言。〈飮酒〉

(6)真想初在襟，誰謂形迹拘。〈始作鎭軍參軍往曲阿作〉

這些「眞」顯然同「任眞」的「眞」一樣，基本上代表著同一個概念。其間卽使有某些細微的差別，也是從同一概念派生出來的。

那麼，所謂「眞」者，究竟是一個怎樣的概念呢？

《莊子》一書有許多地方談到「眞」，其中〈漁父〉篇載孔子和「漁父」的一段對話，對於「眞」有較爲詳細的闡述：

> 孔子愀然而嘆，再拜而起，曰：「丘再逐於魯，削迹於衛，伐樹於宋，圍於陳蔡，丘不知所失，而離此四謗者，何也？」客凄然變容曰：「甚矣，子之難悟也！人有畏影惡迹而去之走者，擧足愈數而迹愈多，走愈疾而影不離身，自以為尚遲，疾走不休，絶力而死。不知處陰以休影，處靜以息迹，愚亦甚矣。子審仁義之間，察同異之際，觀動靜之變，適受與之度，理好惡之情，和喜怒之節，而幾於不免矣。謹修而身，愼守其真，還以物與人，則無所累矣。今不修之身而求之人，不亦外乎？」孔子愀然曰：「請問何謂真？」客曰：「真者，精誠之至也。不精不誠，不能動人。故强哭者雖悲不哀，强怒者雖嚴不威，强親者雖笑不和。真悲無聲而哀，真怒未發而威，真親未笑而和。真在內者，神動於外，是所以貴真也。其用於人也，事親則慈孝，事君則忠貞，飲酒則歡樂，處喪則悲哀。忠貞以功為主，飲酒以樂為主，處喪以哀為主，事親以適為主。功成之美，無一其迹矣。事親以

適，不論所以矣。飲酒以樂，不選其具矣。處喪以哀，無問其禮矣。禮者，世俗之所為也；真者，所以受於天也，自然不可易也。故聖人法天貴真，不拘於俗，愚者反此，不能法天而恤於人，不知貴真，祿祿而受變於俗，故不足。惜哉，子之早湛於人僞，而晚聞大道也。」

從這一段對話，我們可以體會到，道家的所謂「眞」是指人內在的、最精最誠的東西，這種東西是「天」賦予人的，自然而然，不可變更的。簡單地說，「眞」就是人的天賦本性。「眞」既是天賦的，它自然就跟一切人爲的東西——僞相對立。莊子認爲「大道」就在於堅守這個內在的天賦的本性，所謂「謹修而身，愼守其眞」，不去違背它、損害它。因而一切外在的表現都是不必講究的，一切人爲的東西都是應當反對的。總之，應當努力於自身的「守眞」，而不應當努力於「人事」。努力於人事者，就像那個「畏影惡迹」的人，「舉足愈數而迹愈多，走愈疾而影不離身」，最後「絕力而死」。道家認爲儒家的弊病正在這裏，所以「漁父」批評孔子說：「子之所以者，人事地。」儒家正是重人事的，它本質上是積極用世的❶。道家則反對努力於人事，主張避開人事而「守眞」，本質上是消極避世的。道家學說的信徒應當是那些眞正的隱士。因此，後世人說「守眞」，也就差不多和「隱居」同義。王逸《楚辭》注曰：「保眞，守玄默也。」曹

---

❶因而儒家也就沒有「眞」這個概念。《論語》根本沒有「眞」字。

植〈辯問〉曰：「君子隱居以養眞也。」「保眞」（亦作「葆眞」❷）、「養眞」義同「守眞」，保、養、守，義通。然而人一生下來就不幸「湛於人僞」，所以莊子也說「反眞」，如〈秋水〉篇云：「謹守而勿失，是謂反其眞。」莊子說「守眞」、「反眞」，老子則說「抱樸」、「歸樸」，意思是一樣的❸。

陶淵明的「任眞」，我以爲就是莊子的「守眞」（或「葆眞」、「保眞」）、老子的「抱樸」。《說文》（段注本）訓「任」爲「保」，訓「保」爲「養」，《白虎通・禮樂》：「任養萬物」，任養即保養之意。引而申之又可訓「抱」，訓「負」，如《詩經・大雅・生民》：「是任是負」，〈小雅・黍苗〉：「我任我輦」，任皆抱、負之意。上引淵明詩「任眞」句下即曰：「自我抱茲獨」，所謂「抱茲獨」即「任眞」。《莊子・齊物論》郭注：「夫任自然而忘是非者，其體中獨任天眞而已，又何所有哉！」陶以「抱獨」代「任眞」，蓋本於此。由此可見，在陶淵明看來，「任眞」的「任」正是「抱」的意思。保、抱都有守義，所以「任眞」意即「守眞」。

現在讓我們回到原詩上來。這首詩的主旨在中間四句：「試酌百情遠，重觴忽忘天。天豈去

❷《莊子・田子方》：「緣而葆眞」。

❸《道德經》十九章：「見素抱樸」；二十八章「復歸於樸」；二十八章王弼注：「樸，眞也。」又，「歸，反也；守而勿失，謂之抱。」

此哉，任眞無所先。」作者說，因爲隱居避世，謹守本性（「任眞」），便與世無爭，與物無忤（無所先」，一是於人事無所爭競，一是於物物、物我，無所先後於其間），因而也就同大自然，同「天」融合爲一體了（「天豈去此」），融合爲一體也就無異於忘記了這一切（「忘天」）。這種境界也就是作者在另一首詩裏說過的「不覺知有我，安知物爲貴」（〈飮酒〉）的境界。「任眞」才能「忘天」，這就是作者所追求的。但是，這種境界平時是不易達到的，因爲一個人無論怎樣避世，但到底免不了世情的牽累，很難眞正做到「任眞」，更不要說「忘天」了。只有在飮酒中或者在某些偶然的場合，如「採菊東籬下，悠然見南山」的時候，才能在冥想中產生一種超脫現實的幻覺（我們不要忘記，這個現實對於陶淵明來說是醜惡的、痛苦的），達到所謂「忘天」的境界。這就是作者說的「酒中有深味」（〈飮酒〉）的「深味」所在，也就是作者愛酒的眞正原因了。

注家或解「任眞」爲「聽任自然」❹，其實「任」不是「聽任」之意，「眞」也不是「自然」。既不是「自然而然」的自然，也不是「大自然」的「自然」。「大自然」的「自然」正是《莊子》裏「天」的含意。莊子說「法天」，老子說「法自然」❺，「天」即「自然」。「眞」並不等於「天」（雖然有時也相通），「眞」的概念小於「天」，「眞」是「天」所賦予人（或

❹ 見王瑤《陶淵明集・連雨獨飮》注。
❺ 《道德經》二十五章：「道法自然」。

物）的，可說是「天」在人（或物）身上的體現。所以只能說「貴眞」，而不能說「法眞」。陶集中「久在樊籠裏，復得返自然」（〈歸園田居〉）和「質性自然，非矯厲所得」（〈歸去來辭〉序）兩處「自然」都不是「眞」的意思。第一處很淸楚，可不論，第二處是說「質性」本於「自然」，卽「受之於天」的意思。

同樣，上引陶集中諸「眞」字也都不能釋爲「自然」。

第一例「養眞衡門下」前言「商歌非吾事，依依在耦耕。投冠旋舊墟，不爲好爵縈」，可見「養眞」的意思是歸隱躬耕，不爲世俗（「好爵」之類）所累，卽義同「守眞」、「保眞」，亦卽上引《楚辭》注說的「守玄默」。

第二例，「含眞」卽「守眞」、「任眞」，與「抱樸」是同義反復。

第三例，「舉世少復眞」，「少復」與「無復」、「眞復」、「正復」、「聊復」、「亦復」等結構相同，「少復眞」卽「少復有守眞者」。

第四例，「眞風」是指「天」所賦予人們的那種本來的淳樸的風俗，與「大僞」相對。

第五例，「眞意」卽「眞趣」，「眞」的意趣。什麼是「眞」的意趣呢？前面說過，「眞」指的是人的天賦本性。同樣，「眞」也可指物的天賦本性。《道德經》五章王弼注：「造立施化，則物失其眞」，可證。「此中有眞意」說的是在「採菊東籬下，悠然見南山」的時候，看到「山氣日夕佳，飛鳥相與還」的景象，詩人從中得到啓示，體會到自己的本性和萬物本性的合一

（它們都受之於天），體會到宇宙間萬物各適其適，物我相得的那種天趣，從而進一步體會到自己歸隱躬耕，謹守本性（下文還要談到，對於陶淵明來說，謹守本性就是堅守素志）的正確和其間的快樂（呼應前面的「問君何能爾，心遠地自偏」）。正如詩人在另一首詩裏所歌唱的：「衆鳥欣有托，吾亦愛吾廬。」（〈讀山海經〉）這種意趣，詩人稱之爲「眞意」。這種「眞意」如靈光一現，只可於偶然間彷佛得之，是很難用言語也無須用言語來描述的，所以說：「欲辨已忘言」。如解「眞意」爲「自然之趣」，似乎也通，但是，這種「自然之趣」同「心遠地自偏」有什麼關係呢？

第六例，「眞想」就是隱居避世，以守其眞的理想。「眞想初在襟，誰謂形迹拘」，是說本來抱著隱居避世，以守其眞的理想，誰料竟被形迹（出仕）所拘呢？所以後面說：「聊且凭化遷，終返班生廬」，就是說，最終還是要隱居的。王瑤先生《陶淵明集》注說：「眞想，愛好自然的思想，指隱居。」王先生是主張「眞卽自然」的❻，故說「眞想」就是「愛好自然的思想」但是，這種「愛好自然的思想」是很難「初在襟」、也無所謂「形迹拘」的。再說，「愛好自然的思想」同「隱居」有什麼必然的聯繫？爲什麼「愛好自然的思想」就是「指隱居」呢？

我們現在再回過頭來看蕭統〈陶淵明傳〉裏「任眞自得」那句話。《莊子．駢拇》篇：

❻ 見王瑤《中古文學史論叢．文人與酒》。

「吾所謂臧者，非仁義之謂也，臧於其德而已矣；吾所謂臧者，非所謂仁義之謂也，任其性命之情而已矣。吾所謂聰者，非謂其聞彼也，自聞而已矣；吾所謂明者，非謂其見彼也，自見而已矣（成玄英疏：心神馳奔，耳目竭喪，此乃愚闇，豈曰聰明，若聽耳之所聞，視目之所見，保分任真，不蕩於外者，即物皆聰明也）。夫不自見而見彼，不自得而得彼者，是得人之得而不自得，適人之適而不自適其適者也。」

這段話似可移作「任眞自得」的注腳。這裏可注意的是，文中「任其性命之情」正是「守其性命之情」的意思。成疏中「保分」與「任眞」互文見義，「眞」即「分」，亦即「性」；「任」即「保」，即「守」。

綜上所述，我們可以下一結語曰：「任眞」即「守眞」或「保眞」，取自《莊子》，意爲隱居避世，謹守本性而無違。

二

「任眞」的思想貫穿著陶淵明的全部作品，他在自己的詩文中不斷地歌唱著這個主題。陶集中諸言「任眞」或「眞」的詩句已如前述，至於沒有「任眞」或「眞」的字樣而意同「任眞」的詩句，那就俯拾皆是了。

「伊余何爲者，勉勵從玆役。一形似有制，素襟不可易。園田日夢想，安得久離析。終懷在歸舟，諒哉宜霜柏。」(〈乙巳歲三月爲建威將軍使都經錢溪〉)這幾句詩同「眞想初在襟，誰謂形迹拘。聊且凭化遷，終返班生廬」的意思不是完全相同嗎?「素襟」不就是「眞想」的同義語嗎?

「若不委窮達，素抱深可惜。」(〈飲酒〉)「余嘗學仕，纏綿人事，流浪無成，懼負素志。」(〈祭從弟敬遠文〉)「不言春作苦，常恐負所懷。」(〈丙辰歲八月中於下潠田舍獲〉)「衣沾不足惜，但使願無違。」(〈歸園田居〉)「嘗從人事，皆口腹自役，於是悵然慷慨，深愧平生之志。」(〈歸去來辭序〉)這些詩句中與「窮達」、「人事」相對立的「素抱」、「素志」、「平生之志」等等，不正是前面所說的那個「素襟」嗎?不也就是陶淵明所要堅守的那個「眞」嗎?

「總髮抱孤介，奄出四十年。形迹憑化往，靈府長獨閑。」(〈戊申歲六月中遇火〉)試同〈連雨獨飲〉中的「自我抱玆獨，僶俛四十年，形骸久已化，心在復何言」比較，說的不是一個意思嗎?那麼，這裏所說的「抱孤介」不也就是那首詩中的「抱玆獨」亦卽「任眞」嗎?

「竟抱固窮節，飢寒飽所更。」(〈飲酒〉)「高操非所攀，謬得固窮節。」(〈癸卯歲十二月作與從弟敬遠〉)「遂盡介然分，終死歸田裏。」(〈飲酒〉)「介然安其業，所樂非窮通。」(〈詠貧士〉)這些詩句同前面的「抱孤介」不又是同一個意思嗎?

「是以植杖翁，悠然不復返，卽理愧通識，所保詎乃淺。」(〈癸卯歲始春懷古田舍〉)這裏「所保」的不是那個「眞」嗎？

「開荒南野際，守拙歸園田。」（〈歸園田居〉）「守拙」不也就是「守眞」嗎？「紆轡誠可學，違已詎非迷？」（〈飲酒〉）「質性自然，非矯厲所得；飢凍雖切，違已交病。」（〈歸去來辭〉序）「寧固窮以濟意，不委曲而累己。」（〈感士不遇賦〉）反復說不願意違己，累己，不就是要「任眞」嗎？

陶集中這類詩句實在太多了，無法一一列舉，也無須一一列舉。

如果說，陶淵明一生在不斷地堅持著什麼，那麼，他所堅持的就是「任眞」。他歸隱，是爲了「任眞」；飲酒，也是爲了「任眞」；甘於貧困，還是爲了「任眞」。如果說，陶淵明一生在不斷地歌唱著什麼，那麼，他所歌唱的就是「任眞」。他詠懷，是表現「任眞」；懷古，也是表現「任眞」；描寫田園，還是表現「任眞」；乃至傳五柳先生，賦歸去來，感士不遇，無一不是表現「任眞」。

那麼，照這樣說來，陶淵明豈不是一個地地道道的老莊信徒了嗎？答曰：那又不然，問題並不如此簡單。

如果僅從表面觀察，自然容易得出這樣的結論。誰能否認陶淵明的思想同老莊思想的密切關係呢？不僅「任眞」這個概念是取自老莊，陶集中取用老莊的典故和字句還多著呢！據古直《陶靖節詩箋定本》考證，陶詩用事出自《莊子》者多達四十九處。所以古人如朱熹說「淵明所說者莊、老」❼，近人如朱自清先生認爲「陶詩裏主要思想實在還是道家」❽，陳寅恪先生則認爲陶淵明是「外儒而內道❾」，卽骨子裏是道家。這些說法都有一定的道理。

但是，如果我們深入考察一下，就會發現情況並非如此。如果說，陶詩中襲取老莊思想的地方不少的話，那麼我們至少也可以說，陶詩中與老莊異趣的地方是同樣地多，或者更多。卽以「任眞」爲例，它同老莊的關係無疑是很密切的，前文述之備矣，這裏可以不多說了。但是，當我們細味全部陶詩的時候，便不能不得出如下的結論，卽陶淵明所要「任」的「眞」，同莊子要「守」的「眞」，實質並非一事。

首先，莊子的「眞」是指人的天賦本性。這種天賦本性究竟是什麼東西呢？人究竟有沒有這種一生下來就具有的所謂本性呢？莊子的「眞」實在是一個唯心的，虛無縹渺的概念。陶淵明雖然也講「性」，講「稟氣」，但是如果我們能「顧及作者的全人」，是不難發現他的所謂「眞」其實只是「素志」的同義語的。他說：「斂轡朅來，獨養其志」（〈讀史〉），「銜觴賦詩，以樂其志」（〈五柳先生傳〉），「悵然慷慨，深愧平生之志」（〈歸去來辭〉序），「流浪無成，懼負素志」（〈祭從弟敬遠文〉）。這個「志」就是不與「八表同昏，平路伊阻」（〈停雲〉）

❼見《朱子語類》。
❽見朱自清〈陶詩的深度〉。
❾見陳寅恪〈陶淵明之思想與清談之關係〉。

的黑暗現實同流合污；不同「巨猾」、「鵔鶚」（〈讀山海經〉）之類的殘暴統治者合作；不苟合取容，不苟求富貴，他說：「豈忘襲輕裘，苟得非所欽。」（〈咏貧士〉）他把精神生活看得比物質生活更重要，他不願意爲衣食而累己，不願意以形役心，不願意爲五斗米折腰，他說：「斯濫豈攸志，固窮夙所歸」（〈有會而作〉）它寧可過著「夏日長抱飢，冬夜無被眠」（〈怨詩楚調示龐主簿鄧治中〉的生活，也不願意放棄自己的操守，違背自己的初衷，所以當「田父」好意地勸他「願君汨其泥」的時候，他斬釘鐵地問答：「吾駕不可回。」（〈飲酒〉）這就是陶淵明的「志」。陶淵明的「任眞」就是要堅守此志而不屈，而不是學道家那樣，謹守那個莫須有的天賦本性而勿失。陶淵明的「眞」有著實實在在的社會內容，有其豐富而具體的現實背景。

其次，莊子認爲「大道」在「法天貴眞」、「守眞勿失」，爲此，應當不恤人事，不變於俗。所以我在前面說過，道家學說本質上是消極避世的，它的信徒應當是眞正的隱士。陶淵明的「任眞」也含有隱居不仕的內容，但是陶淵明的隱居卻是不得已的，不是消極避世，而是憤世疾俗。他青年時代並不想隱居，他原是有「大濟於蒼生」的「猛志」的。只是到了後來，他對於這個「閭閻懈廉退之節，市朝驅易進之心」、「雷同毀異，物惡其上，妙算者謂迷，直道者云妄」（〈感士不遇賦〉）的黑暗污濁的社會有了認識，他說：「是時向立年，志意多所耻」（〈飲酒〉），這才有了隱居的念頭。盡管如此，他還是先後三次出仕，希望能夠有所作爲。但是昏暗的現實使他處處碰壁，現實中的一切都與他的理想政治不合，他感嘆道：「行止千萬端，誰知非與是」(〈飲酒〉)，「世路多端，皆爲我異」(〈讀史〉)，「世與我而相違」(〈歸去來辭〉)「世俗久相欺」(〈飲酒〉)。而且，這個世界也太可怕了：「貞脆由人，禍福無門」(〈榮木〉)，「密網裁而魚駭，宏羅制而鳥驚」(〈感士不遇賦〉)，他感到自己生不逢時，又決不願意學那些與世浮沉、哺糟汨泥的「通識」們，於是下決心「逃祿歸耕」、「白首抱關」浩然賦「歸去來」。但卽使在「樂天委分，以至百年」的「恬靜」的田園生活中，他也沒有忘懷了世事，在「靜穆」的農歌中，時時有悲涼慷慨的聲音。他或用含蓄隱晦的語言評論時事(如〈述酒〉之類)，或借古人的酒杯澆自己的塊壘(如〈咏荆軻〉之類)，偶爾，他也直接地唱出自己的哀痛：「歲月擲人去，有志不獲騁。念此懷悲凄，終曉不能靜」(〈雜詩〉)，「荏苒歲月頹，此心稍已去」(〈雜詩〉)。這哀痛是如此誠摯，使人不忍卒讀。他雖然也責備自己不應當曾經「纒綿人事」，但那意思是說不當側身於汚穢的官場，同莊子的「不恤人事」卽對世事漠不關心是大異其趣的。明張志道〈題淵明歸隱圖〉云：「豈知英雄人，有志不得伸。」淸龔自珍詩云：「陶潛酷似臥龍豪，萬古潯陽松菊高。莫信詩人竟平淡，二分梁父一分騷。」譚嗣同說：「陶公慷慨悲歌之士也，非無意於世者，世人惟以沖澹目之，失遠矣！……使不幸而居高位，必錚錚以烈鳴矣。」這些意見或許把陶淵明看得太高了一些，但大體上是對的。

說到這裏，我們應當把前面對陶淵明的「任眞」所下的定義修改一下了。準確地說，陶的「任眞」不是「隱居避世，謹守本性而無違」，而是「隱居不仕，堅守素志而不屈」。這正是陶和莊不同之處。宋汪藻說陶淵明「方其自得於言意之表也，雖宇宙之大，終古之遠，其間治亂興廢，是非得失，變幻萬方，日陳於前者，不足以累吾之眞。」（〈翠微堂記〉），這就是把陶的「任眞」同莊的「守眞」看成一回事了，實在是「失遠矣」！其實，陶的「任眞」與莊的「守眞」乃是貌同而神異：莊在本質上是出世的，陶在本質上卻是入世的。

讀者或許要問：那末，〈連雨獨飲〉那首詩是怎麼回事呢？你不是說，那首詩的主旨是「任眞」才能「忘天」，作者追求一種與世無爭、與物無忤、百情都遠、忘懷一切的境界嗎？這種思想難道不是出世而居然是入世的嗎？我要說，是的，這首詩如果僅從詩句本身看，它的主題無疑是出世的，這同我們單從字面上來看「任眞」時，則它與莊子的「守眞」並無區別的情形是一樣的。但倘若我們能夠「知人論世」，注意一下作者寫這首詩時的背景，或許就不會得出這樣的結論了。這首詩寫於元興三年（四〇四年），陶淵明四十歲的時候，清鍾秀《陶靖節紀事詩品》云：「當桓、劉窺伺之時，（陶）不復肯仕，往往賦詩見志，平淡之中，時露激烈。晉安帝元興間，桓玄舉兵犯闕，政自己出，靖節寢迹衡門，有〈連雨獨飲〉詩。」可見詩人是對越來越混亂的政局，越來越黑暗的現實抱著極大的憤慨和憂慮，但又無能爲力，無可如何，只好寢迹衡門，借酒澆愁，希望在酣醉中忘掉這如連天陰雨般的昏暗的一切，正是「理也可奈何，且爲陶一觴」！「任眞無所先」，「無所先」是憤詞，是表明不同桓玄之流的「功名士」合作的決心；「心在復何言」是自哀，是徒有此心然而無濟於事的感嘆。這「心」同「徒設在昔心，良辰詎可待」

（〈讀山海經〉）的「心」是一樣的。詩人彷彿在感嘆說：「時已去矣，形已化矣，徒有此心，而良辰難再，夫復何言哉？」試問，所有這些，在本質上究竟是入世的，還是出世的呢？對於「治亂興廢，是非得失」，陶淵明究竟是關心的呢，還是不關心的呢？

所以，就外殼而言，陶的「任眞」是源自莊子；但是，就其內涵而言，卻是陶自己的思想。這個思想的形成，當然主要地是取決於當時的社會現實和陶本人的處境，但我們也不要忘記了詩人的少年時代是「游好在六經」（〈飲酒〉）的，他的這些思想同儒家的「天下有道則見，無道則隱」、「窮則獨善其身，達則兼善天下」、「不義而富且貴，於我如浮雲」、「君子固窮，小人窮斯濫矣」⑩，顯然有著明顯的繼承關係。所以宋陸九淵說陶「有志於吾道」⑪，眞德秀說「淵明之學，正自經學中來」⑫，明安磐說淵明「有志聖賢之學」⑬，這都不是沒有道理的。

總而言之，陶淵明的思想是由當時的社會和他本人的社會存在所決定的，而構成這種思想的材料的，則既有道家的成分，也有儒家的成分，可能還有別的成分⑭。正如顏延之在〈陶徵士

---

⑩ 分別見《論語・堯曰》、《孟子・盡心》、《論語・述而》、《論語・衛靈公》。

⑪ 見陸九淵《語錄》。

⑫ 見眞德秀《跋黃瀛甫擬陶詩》。

⑬ 見《頤山詩話》。

⑭ 即如「保眞」的思想，楊朱也有，《淮南子・氾論訓》：「全性保眞，不以物累形，楊子之所立也，而孟子非之。」又如，據古直《陶靖節詩箋定本》考陶詩用事取自《列子》的多至21次。

誄〉中所正確指出來的那樣：陶淵明是「學非稱師、文取指達」，我們不必硬派他作道家或儒家。陶淵明就是陶淵明。他是一個詩人，而不是一個哲學家。他當然有自己的思想，但這些思想是詩人從生活中領悟出來的感受，飽和著詩人的情感，用形象的方法顯示給我們的，不是邏輯推理，更不是哲學講義。當他表現這些感受和情感的時候，當然也要從前人所積累起來的思想寶庫和語言寶庫中去提取自己所需要的材料，但這種提取決不是原封不動地襲用，而是創造性的，象蜜蜂採花式地雜取各家，特別是用自己的血肉來改造或充實了他們的內涵。當我們研究詩人的作品和思想的時候，自然也要追索這些材料的來源、出處，但更重要的是要注意詩人自己給這些材料所灌注的內容。如果我們僅僅因爲詩人選用了某家某家的材料，便派定他是某家某家的信徒⑮，那就未免膠柱鼓瑟，失之皮相了。這就是我們在考察陶淵明的「任眞」時所看到的情況和所得到的啓示。推而廣之，對於研究陶淵明的整個思想，乃至研究其他詩人的思想，我想，這個結論也是適用的。

一九七九年八月二十日寫成載《武漢大學哲學社會科學論叢》一九七九年刊

---

⑮ 如沈德潛《古詩源》曰：「晉人詩曠達者徵引老、莊，繁縟者徵引班、揚，而陶公專用《論語》。漢人以下，宋儒以前，可推聖門弟子者，淵明也。」

李白的失敗與成功

一

李白一生給我們留下了千餘首膾炙人口的詩篇，一千多年來傳誦不衰，沾丐無窮。他無疑是中國歷史上最成功的詩人之一。

但是，當我們細讀太白全集，品味他的全部詩文，同着詩人的脈搏一起跳動，經歷着他的歡樂與苦痛時，我們卻深深感到，從另一個角度看，李白也是一個悲劇性的人物。至少他自己並沒有感覺到自己的成功，相反地，他整個一生都充滿了無人了解的深沉苦痛，充滿了不得志的抑鬱悲憤，充滿了某種失敗感。這種痛苦和抑鬱，這種隱約的失敗感又因爲他自視很高、抱負很大、渴望功名而來得格外強烈、格外深刻。

歷來論者都樂道李白詩中的樂觀向上、積極進取的精神，這自然不錯。但是，我以爲僅僅指出這一面是不夠的，這並不是李白的全人；必須同時指出另一面，指出他的痛苦和抑鬱，他的全部的矛盾性與悲劇性，這樣才能眞正懂得李白。而且，我還要說，在李白詩中，前者往往表現爲一種不大靠得住的、盲目樂觀的「大言」，而後者卻是實實在在、觸手可摸、陪伴着詩人一生的。所謂「天生我材必有用」，所謂「長風破浪會有時」，所謂「我輩豈是蓬蒿人」❶，說到底，都不過是一種美好的希冀，一種不甘如此的自慰；而「大道如青天，我獨不得出」，「彈劍徒激昻，出門悲路窮」，「抽刀斷水水更流，舉杯澆愁愁更愁」，「黃河捧土尙可塞，北風雨雪恨難裁」❷，卻多麼深刻而實在啊！

直到臨終前，詩人還無限遺憾地唱道：「大鵬飛兮震八裔，中天摧兮力不濟❸。」這使人想起杜甫弔諸葛亮的詩句：「出師未捷身先死，長使英雄淚滿襟。」是的，詩人在回顧自己一生的時候，並沒有感到壯志已酬的那種勝利與成功的欣慰；相反，縈繞在他心頭的是偉大抱負終於沒有實現的遺恨與哀痛。同他畢生的基調一樣，詩人是在痛苦和抑鬱中去世的。

二

細讀李白的詩文，對照他的生平行事，我們發現李白是在一系列無法克服的矛盾中生活，因

---

❶ 分別見〈將進酒〉、〈行路難〉、〈南陵別兒童入京〉。
❷ 分別見〈行路難〉、〈贈從兄襄陽少府皓〉、〈宣城謝朓樓餞別校書叔雲〉、〈北風行〉。
❸ 〈臨終歌〉：刊本作〈臨路歌〉，「路」是「終」之誤。

而他的悲劇性命運也就是不可避免的了。

首先，李白在本質上只是一個詩人，並不具備政治家的才能和氣質，而他偏偏以政治家（而且是大政治家）自許❹。

「興酣落筆搖五岳，詩成笑傲凌滄洲。」「黃金白璧買歌笑，一醉累月輕王侯❺。」這是李白的本色，也是李白的能事。但他不滿足於此。他自認爲「懷經濟之才，抗巢由之節，文可以變風俗，學可以究天人」❻，他要「申管晏之談，謀帝王之術，奮其智能，願爲輔弼，使寰區大定，海縣清一」❼，「解世紛」、「安社稷」、「濟蒼生」。他從來不甘心只作一介書生，一個文人，他鄙視那些「白髮死章句」❽的儒生，連伏生和揚雄這樣著名的學者，他也不大瞧得起❾。他所欽佩的古人，甚至也不是一般的政治家，而是那些縱橫捭闔、大起大落、奇勛蓋世的人物，像傅說、姜尚、管仲、張良、諸葛亮、謝安之類。於是悲劇就從這裏產生了。在封建社會的

---

❹ 李白的政治見解很差，這一點范文瀾《中國通史》已指出，參見該書第四册第二八二至二八四頁。本文第二部分申述了范文的觀點。

❺ 分別見〈江上吟〉、〈憶舊游寄譙郡元參軍〉。

❻ 〈爲宋中丞自薦表〉。

❼ 〈代壽山答孟少府移文書〉。

❽ 〈嘲魯儒〉。

❾ 〈贈何七判官昌浩〉云：「羞作濟南生，九十誦古文。」〈俠客行〉云：「誰能書閣下，白首太玄經？」

承平時期，如玄宗開元天寶間，統治階級是完全不需要李白所嚮往的那一類政治家的，李白的夢想便始終只是一個美麗的夢，不管他怎樣「廣張三千六百釣」⑩要釣「呑州」的巨魚，結果都落空了。他嘆息說：「少年落魄楚漢間，風塵蕭瑟多苦顏。自言管葛竟誰許？長吁莫錯還閉關！」⑪

而悲劇的更深一層內容還在於：假定李白「遇」上了他自己所羡慕的「原嘗春陵六國」那樣的時代，能夠讓他「開心寫意」地施展自己的才能⑫，那麼，他是不是可以實現自己的抱負，成爲管、葛一流的人物呢？答案不幸是否定的。

安史之亂起來了，李白果然遇上了一個動亂的時代。照理說，他應當可以施展自己的才能了。李白對於安史之亂形勢的認識和他自己的打算，在〈猛虎行〉一詩裏說得非常清楚：

頗似楚漢時，翻覆無定止。朝過博浪沙，暮入淮陰市。張良未遇韓信貧，劉項存亡在兩臣。暫到下邳受兵略，來投漂母作主人。賢哲棲棲古如此，今時亦棄青雲士。有策不敢犯龍鱗，竄身南國避胡塵。……蕭曹曾作沛中吏，攀龍附鳳當有時。……我從此去釣東海，得魚笑寄情相親。

---

⑩〈梁甫吟〉。

⑪〈駕去溫泉後贈楊山人〉。

⑫〈扶風豪士歌〉云：「原嘗春陵六國時，開心寫意君所知。」

這首詩是李白於天寶十五載（七五六年）春天在溧陽與張旭相遇，與旭宴別時作的。很明顯，李白認爲安史之亂的情況與楚漢相爭時差不多，劉、項孰存孰亡尚不可知。這正是青雲之士建功立業的大好時機，他和張旭互相勉勵，要作張良、韓信、蕭何、曹參一流人物，扶劉滅項，成就蓋世功名，實現平生抱負。末二句是苟得志勿相忘之意。這一回他眞的要到「東海」去釣「吞舟魚」了，平時「廣張三千六百鈞」，這回眞的要實現「釣周獵秦安黎元」⑬的志向了。

結果如何呢？結果是李白遇到了永王璘。關於李白從璘這件事，前人有爲他辯護的，他自己後來也說是出於「迫脅」，但統觀全過程，可以看出李白是自願的。不過他並不是贊成李璘的打內戰、搞割據，而是想借此機會建立奇功。宋胡仔《苕溪漁隱叢話》引《蔡寬夫詩話》說：「太白之從永王璘，世頗疑之，《唐書》載其事甚略，亦不明辨其是否。獨其詩自序云：『半夜水軍來，尋陽滿旌旃。空名適自誤，迫脅上樓船。徒賜五百金，棄之若浮煙。辭官不受賞，翻謫夜郎天。』太白豈從人爲亂者哉！蓋其學本出縱橫，以氣俠自任，當中原擾攘時，欲借之以立奇功。故其〈東巡歌〉有『但用東山謝安石，爲君談笑靜胡沙』之句，其卒章云：『南風一掃胡塵靜，西入長安到日邊。』亦可見其志矣。」這說得很正確。李白自己在永王幕中所寫的〈在水軍宴贈幕府諸侍御〉裏就明明說：「英王受廟略，秉鉞清南邊。……如登黃金臺，遙謁紫雲仙。卷身編

⑬《留別於十一兄逖裴十三游塞垣》。

蓬下，冥機四十年。寧知草間人，腰下有龍泉。浮雲在一決，誓欲清幽燕。願與四座公，靜談金匱篇。齊心戴朝恩，不惜微軀捐。」這等於說：「機會到了，咱們好好幹一番吧！」可惜李白畢竟不是謝安，他終於沒有能夠建立「淸幽燕」的奇功，反而差一點連命都丢了。

我們當然不必以成敗論英雄，但是李白在安史之亂中的種種表現的確表明他並不具備樂毅、諸葛亮、謝安那樣的政治和軍事才能。第一，他在安史之亂開始的時候並沒有積極向朝廷獻策，而是採取了「奔亡」、逃避的錯誤態度。他在〈猛虎行〉裏說：「有策不敢犯龍鱗，竄身南國避胡塵。」在〈經亂離後天恩流夜郎憶舊游書懷贈江夏韋太守良宰〉中追敍那時是「心知不得語，卻欲棲蓬瀛。」還爲自己辯護說：「樂毅倘再生，於今亦奔亡。」第二，他對安史之亂的形勢的看法是不正確的。他在〈猛虎行〉裏說：「頗似楚漢時，翻復無定止。」又在〈永王東巡歌〉裏說：「三川北虜亂如麻，四海南奔似永嘉。」這顯然是過分悲觀了。誠然，當時形勢是嚴重的。但那時，唐朝無論在政治和經濟兩方面都還沒有衰頹到西晉末年那樣的地步，同楚漢相爭時的情形更是沒有共同點。從對形勢的這種錯誤估計出發，他必然認爲唐王朝應當作退保東南半壁江山的準備，這就是他後來願意參永王幕的眞正原因所在。甚至在永王失敗後，他從潯陽獄中釋出，在宋若思幕中寫〈爲宋中丞請都金陵表〉時，仍然堅持這種看法：「今自河以北，爲胡所凌；自河之南，孤城四壘。大盜蠶食，割爲鴻溝；宇宙峴屼，昭然可睹。」後來的事實證明了李白的錯誤。第三，李白對永王璘的看法也是錯誤的。他既沒有看出永王璘割據的野心，也沒有看出永王璘是一個剛愎自用、見識短淺、不足以成大事的人物。他甚至以燕昭王來指望他，而以樂毅自況，這眞是太天眞了。第四，李白參加永王幕以後，我們也看不出他究竟獻出了怎樣的「長策」，以證明自己的確是「經綸才」、「帝王師」。和他同時而且抱負、經歷也都非常相似的有一位李泌，《舊唐書》卷一百三十本傳：「李泌……少聰敏，博涉經史，精究易象，善屬文，尤工於詩，以王佐自負。張九齡、韋虛心、張廷珪皆器重之。泌操尙不羈，耻隨常格仕進。天寶中，自嵩山上書論當世務，玄宗召見，令待詔翰林，仍東宮供奉。楊國忠忌其才辯，奏泌嘗爲感遇詩，諷刺時政，詔於蘄春郡安置，乃潛遁名山，以習隱自適。」工詩，以王佐自負，耻隨常格仕進，以布衣待詔翰林，被讒，隱於名山，所有這些，同李白都非常相似。但安史亂後，李泌歷佐肅、代、德三朝，潛運機謀，多所匡救，表明自己的確是經綸才、帝王師，這就大大勝過李白了。

李白說：「時人見我恒殊調，聞余大言皆冷笑⑭。」看來這是眞實的。一方面，那些庸俗的人們無法理解他的抱負；另一方面，李白的那些「大言」也實在有些過於誇誕，過於自負。但是李白本人是眞誠地相信自己的確有管、葛之才的，只是既不逢時又不逢知己：「昭王白骨縈蔓草，何人更掃黃金臺⑮！」至於從璘得罪這件事，他只覺得寃枉：「黃口爲人羅，白龍乃魚服，

⑭〈上李邕〉。
⑮〈行路難〉。

得罪豈怨天，以愚陷網目⑯。」這樣，李白就始終不能認識自己，他的悲劇也就更爲深刻了。

一個人要認識自己、獲得自己並不容易，許多人終其一生都沒有能夠眞正認識自己，獲得自己，甚至一些偉大的人物也不例外。我們在歷史上常常看到這樣的情形：一些偉大的文學家往往以政治家自期，而事實上他們並不具備政治家的氣質和才能，其結果當然是悲劇性的。從這個意義上講，李白的悲劇也是中國封建文人的普遍悲劇。

三

封建社會總的來說是一個泯滅人的個性的社會，它不需要也不允許人們各自保持各自的個性。處在封建社會正常時期的李白，要想在政治上獲得成功，必須首先泯滅自己的個性，使自己變成爲封建權力的奴才，成爲封建政治機器上一個毫無特色的零件，然後才有可能沿着權力的階梯往上爬，逐漸接近他所企望的那個頂點（要想完全達到是很難的）。也就是說，他必須一方面放棄自己（理想、情操、性格等等），才能在另一方面獲得自己（政治抱負）。但是，李白卻要在堅持自己的條件下獲得自己。這好比緣木求魚，又是一個不可克服的矛盾。

李白是一個追求個性解放的人，他嚮往自由、崇尚平等。他自稱爲「嶔崎磊落可笑人」⑰，

---

⑯〈流夜郎半道承恩放還，兼欣克復之美，書懷示息秀才〉。
⑰〈上安州李長史書〉。

從青年時代起，他就宣稱要「不屈己，不干人」⑱，「出則以平交王侯」⑲，在這種理想指導之下，他自然恥隨常格仕進，又不願意「自媒」，范傳正說他「慷慨自負，不拘常調，器度弘大」，「常欲一鳴驚人，一飛衝天，彼漸陸遷喬，皆不能也⑳。」但是，這樣不按封建社會仕進的常規秩序而求一鳴驚人、一飛衝天是可能的嗎？

如果不是由於一些頗爲偶然的因素，李白恐怕免不了一輩子「放浪詩酒」、「高臥雲林」。但命運總算待他不薄，由於他輝煌的文學才能，也由於他廣泛的社會活動，在賀知章、玉眞公主等人的吹噓、揄揚下，他「名播海內」、「聲聞於天」，終於在他四十二歲那年，「玄宗於便殿召見」他㉑。李陽冰〈草堂集序〉描述說：「天寶中，皇祖下詔，徵就金馬，降輦步迎，如見綺、皓。以七寶床賜食、御手調羹以飯之，謂曰：『卿是布衣，名爲朕知，非素畜道義，何以及此。』置於金鑾殿，出入翰林中，問以國政，潛草詔誥，人無知者。」現在，李白的抱負該可以實現了吧？

然而不然，結果是「醜正同列，害能成謗，格言不入，帝用疏之」。才不過一年多，就「賜

---

⑱〈代壽山答孟少府移文書〉。
⑲〈冬夜於隨州紫陽先生餐霞樓送煙子元演隱仙城山序〉。
⑳范傳正：〈唐左拾遺翰林學士李公新墓碑〉。
㉑段成式《酉陽雜俎》。

金歸之」㉒，李白被客客氣氣地從長安「放逐」出來了。

這原因何在？這原因就在於李白不能自我「斂抑」，他不願意喪失自我，不願意爲富貴而出賣自己，不願泯滅自己的個性，變成封建權力的馴服工具；相反，他要堅持自己、堅持他那追求解放、嚮往自由、崇尚平等的理想。他在〈玉壺吟〉一詩裏描述自己當時的情形說：

鳳凰初下紫泥詔，謁帝稱觴登御筵。揄揚九重萬乘主，謔浪赤墀青瑣賢。朝天數換飛龍馬，敕賜珊瑚白玉鞭。世人不識東方朔，大隱金門是謫仙。

他以東方朔自命，換句話說，就是要「陵轢卿相，嘲哂豪傑」，「戲萬乘若僚友，視儔列如草芥」㉓，怪不得他會引足讓高力士脫靴，作詩諷刺楊貴妃了。這樣一種傲岸的態度，自然不能爲權貴近幸所容，結果是「君王雖愛娥眉好，無奈宮中妒殺人」㉔。許多權貴，像高力士、張垍這些炙手可熱的人物都來「讒毀」他。其實君王也未必就能容忍。杜甫在〈飲中八仙歌〉裏說：「李白一斗詩百篇，長安市上酒家眠。天子呼來不上船，自稱臣是酒中仙。」可以想見，這樣的

㉒ 李陽冰〈草堂集序〉。
㉓ 蘇軾〈李太白碑陰記〉引夏侯湛贊東方朔語。
㉔ 〈玉壺吟〉。

「娥眉」，君王也是不會「愛」的，玄宗不是也認爲他「非廊廟器」嗎㉕？

李白同玄宗爲首的權貴們的矛盾，沒有理由認爲是由於政見的不同，歷史上看不出這樣的痕迹；也不會是爭權奪利，因爲李白不過以布衣待詔翰林，根本還沒有沾權力的邊。李白之所以同他們格格不入，主要是因爲彼此的價值觀念不一樣。在李白看來，一個人的有無價值及其價值的高低，取決於一個人才德的高下；而在那班權貴們看來，一個人的有無價值及其價值的高低，取決於一個人祿位的高下。這樣兩種價值觀念自然是鑿枘不合。在李白看來，他可以同這個世界上任何人平起平坐，因爲他的才德遠在一般人之上。尤其是在接觸了那班權貴以後，他更加堅信這一點：「才力猶可倚，不慚世上雄㉖。」他便這樣做了：「昔在長安醉花柳，五侯七貴同杯酒。氣岸遙凌豪士前，風流肯落他人後㉗？」但是從權貴們的角度看來，這怎麼能容忍呢？一個布衣怎敢這樣放肆呢？他們並不一定怎樣有意地「讒毀」他，他們不過在進行他們認爲理所當然的批評罷了。

李白如果願意改變一下自己，使之適合於那個社會，適合於那個現實（那個現實無疑是齷齪的），也許他的命運就會不同一些吧。但是他拒絕修改自己，他斷然傲然地回答那個社會說：

㉕ 孟棨《本事詩，高逸第三》：「上亦以非廊廟器，優詔罷遣之。」
㉖ 〈東武吟〉。
㉗ 〈流夜郎贈辛判官〉。

「松柏本孤直，難爲桃李顏！」「安能摧眉折腰事權貴，使我不得開心顏！」「孔聖猶聞傷鳳麟，董龍更是何鷄狗！」這樣，悲劇性的命運就是不可避免的了。「一生傲岸苦不諧，恩疏媒勞志多乖㉘。」還能有別的結果嗎？

使李白的悲劇更爲深刻的是他始終不能認識或不能正視這種必然性。如果他能像陶淵明那樣，爲了堅持自己（在陶淵明那裏叫「任眞」），乾脆對現實絕了望，「遂盡介然分，終死歸田裏」㉙，也許他的心情會平靜一些吧。然而李白不能，李白的功名心、事業心太強了。他決不甘心就此了了，他不斷地謀求東山再起，而且他眞誠地相信這是可能的：「謝公終一起，相與濟蒼生㉚。」於是他不斷地欺騙自己，以爲那次從長安「放逐」出來只是佞臣進讒的結果，而皇帝是好的：「讒惑英主心，恩疏佞臣計」㉛他始終相信：「雲龍若相從，明主會見收㉜。」這當然只是一種幻想，李白一直到死都生活在這種幻想裏。

正因爲這只是一種幻想，是不可能實現的，李白就必然爲此付出高昂的代價。他心裏一次又一次地燃起希望的火花，然而一次又一次地被現實的冰水所澆滅。在他所寫的大量的贈詩中，我

㉘ 分別見〈古風〉之十二，〈夢遊天姥吟留別〉、〈答王十二寒夜獨酌有懷〉。
㉙ 陶淵明〈飲酒〉。
㉚ 〈送裴十八圖南歸嵩山〉。
㉛ 〈答高山人兼呈權、顧二侯〉。
㉜ 〈贈別從甥高五〉，這詩作於他去世前一年。

們看到他曾經不斷地向有地位的人呼籲：

扶搖應借力，桃李願成陰[33]。

倘其公子重回顧，何必侯嬴長抱關[34]。

希君一翦拂，猶可騁中衢[35]。

君登鳳池去，勿棄賈生才[36]。

這當然不會有什麼結果，於是他感嘆：「無人貴駿骨，騄駬空騰驤。」[37]「獨酌聊自勉，誰貴經綸才？」[38]他不懂得這是因爲他所堅持的東西同當時的社會現實格格不入，他只覺得懷才不遇，感到無人了解的深沉痛苦。他說：「楚人不識鳳，重價求山鷄。」「流俗多錯誤，誰知玉與珉！」

[33]〈贈崔侍御〉。

[34]〈走筆贈獨孤駙馬〉。

[35]〈贈崔諮議〉。

[36][37]〈經亂離後，天恩流夜郎，憶舊遊書懷，贈江夏韋太守良宰〉。

[38]〈玉真公主別館苦雨贈衞尉張卿〉。

㊴又說：「我本不棄世，世人自棄我㊵！」他覺得不可理解，為什麼那些無才無德的人都身居高位，而自己卻「一命不沾」，眞是「驊騮拳跼不能食，蹇驢得意鳴春風」啊㊶！他時而悲恨：「無風難破浪，失計長江邊㊷。」時而憤激：「人生在世不稱意，明朝散髮弄扁舟㊸！」時而自嘲：「學劍翻自哂，為文竟何成㊹？」時而自慰：「大聖猶不遇，小儒安足悲㊺？」時而又自信：「小邑且割鷄，大刀佇烹牛㊻。」「如逢渭川獵，猶可帝王師㊼！」「時來列五鼎，談笑期一擲㊽。」總之，他的心裏是很不平靜的。盡管豪放樂觀的性格使他不甘心自己的失敗而時時唱出昂揚的調子，但無情的現實卻使他內心深處充滿了無法排解的愁恨。他寫道：「窮愁千萬端，美酒三百杯，愁多酒雖少，酒傾愁不來㊾。」「五花馬，千金裘，呼兒將出換美酒，與爾同銷萬古

㊴ 分別見〈贈從弟冽〉、〈古風〉之五十。
㊵ 〈送蔡山人〉。
㊶ 〈答王十二寒夜獨酌〉。
㊷ 〈贈宣城宇文太守兼呈崔侍御〉。
㊸ 〈宣城謝朓樓餞別校書叔雲〉。
㊹ 〈經亂離後，天恩流放夜郎，憶舊遊書懷贈江夏韋太守良宰〉。
㊺ 〈書懷贈南陵常贊府〉。
㊻ 〈贈清漳明府侄聿〉。
㊼ 〈贈錢徵君少陽〉。
㊽ 〈贈友人三首〉。
㊾ 〈月下獨酌〉其四。

愁[50]。」甚至說：「白髮三千丈，緣愁似箇長[51]。」有時從一些表面看來很恬靜的寫景詩中，我們也能感到詩人內心深深的寂寞。如〈獨坐敬亭山〉：「衆鳥高飛盡，孤雲獨去閑。相看兩不厭，只有敬亭山。」誰了解詩人呢？也許只有那不言不語、不趨時、不附勢的敬亭山吧？

現實中尋求不到的東西只有到幻想裏去尋求，既然「學劍翻自哂，爲文竟何成」，那麼，就「棄劍學丹砂」[52]吧。李白的求仙訪道正應當從這裏去考察，但這需要寫專文來論述，本文不擬多說了。

四

然而李白的失敗正是李白的成功。或者說得更確切一點，李白的失敗造就了李白的成功：他在政治上的失敗造就了他在文學上的成功，他在物質上的失敗造就了他在精神上的成功、他暫時的失敗造就了他永恒的成功。

從某種意義上來說，李白詩歌的燦爛光輝，正是前述的各種矛盾在他生命中從而也在他詩歌中猛烈燃燒所放射出來的。只要缺少了這些矛盾中的任何一方，都將不再有李白其人，也將不再

[50] 〈將進酒〉。
[51] 〈秋浦歌〉十五。
[52] 〈書懷示息秀才〉。

有李白的詩。正因爲這些無法解決的矛盾像蛇一般地緊緊地糾纏著他，才使他奮起、搏鬪、失望、痛苦、憤怒不滿，使他的靈魂處於永恒的騷動中，通過他的筆唱出使後世回腸蕩氣的歌聲，一千多年來，不同的讀者從不同的角度在不同的程度上與之共鳴。

設想李白通過修改自己而在政治上獲得某種程度的成功（要想完全按照他自己的抱負那樣獲得成功是不可能的），那麼他恐怕頂多只能成爲一個普通的封建官僚加御用文人，也許會給後世留下一大批珠光寶氣、歌功頌德的詩文吧（也許根本留不下來）。如果眞是那樣，李白便不再成其爲李白，李白就徹底地失敗了。

又設想李白頗有自知之明，從來就不打算作一個政治家，只想作一個詩人，那麼他的詩會不會寫得更多些，更好些呢？不，恰恰相反，如果那樣，他也許根本就不能成爲一個詩人，至少是不能成爲一個偉大的詩人。因爲李白的詩，大部分正是他的政治抱負以及他爲這抱負而奮鬪而失敗而歡樂而痛苦的記錄。我們竟不妨說，詩人李白是那個沒有實現的政治家李白的副產物。在李白自己看來，政治家李白是本體，詩人李白不過是政治家李白的影子。歷史同李白開了一個玩笑：它讓詩人李白成了本體而讓政治家李白成了影子。我們平心而論，如果沒有政治家李白（盡管是沒有現實的），那麼，籠罩在詩人李白頭上的那聖潔的靈光大約也就不會有吧。

我們盡可以批評李白過分自負，甚至有點缺乏自知之明；我們也盡可以批評李白不夠現實，他追求的某些東西超越了那個社會和那個時代所允許的範圍；但是，我們必須懂得，浸透了李白全人和全詩的浪漫主義正是深深地植根在這裏，李白之所以能得到後世人們歷久不衰的熱愛與尊敬，那奧妙也在這裏。《莊子・逍遙遊》裏寫蜩與鷽鳩笑鯤鵬說：「我決起而飛，搶榆枋，時則不至，而控於地而已矣。奚以之九萬里而南爲？」不現實的偉人在現實的庸人們看來，大概也是這樣。

李白失敗了，同時他成功了；沒有失敗的李白便也沒有成功的李白。李白自有其宏偉的業績與燦爛的光輝，他大可不必爲自己沒有成爲管、葛一流人物而悲哀而痛苦。他的偉大是別有所在，他的成功是在另一個峯巔。

杜甫〈夢李白二首〉最後兩句說：「千秋萬歲名，寂寞身後事。」歷史證明了杜甫的確是李白的知己：李白的平生是寂寞的、抑鬱的，他的肉體在寂寞和抑鬱中隨著那個時代消失了，而他的精神、他的詩歌卻超越時代而永在。

一九八〇年一月三十日寫成

一九八〇年九月二十四日修改

載《文學遺產》（北京）一九八一年二期

別開異徑的杜甫七絕

杜甫的七絕有極高的藝術成就。這種成就不是表現在遵循傳統的風格與當世名家角強鬪勝上，而是表現在以高強的創造力於盛唐諸家之外另闢新徑，從而給巨大影響於後世。

前代某些詩論家看不到這一點，便批評杜甫的七絕「槎枒粗硬」❶、「散漫潦倒」、「終是別派，不可效也」❷，甚至說杜甫「於絕句無所解」❸，其實是他們自己囿於傳統的習見。古人

---

❶ 施補華《峴傭說詩》二〇八條：「少陵七絕，槎枒粗硬，獨〈贈花卿〉一首，最爲婉而多諷。……〈江南贈李龜年〉詩，亦有韵。」

❷ 仇兆鰲《杜詩詳注》卷九〈絕句漫興九首〉下引明申涵光曰：「絕句，以渾圓一氣，言外悠然爲正，王龍標其當行也。太白亦有失之輕者，然超軼絕塵，千古獨步。惟杜詩別是一種，能重而不能輕，有鄙俚者，有扳澀者，有散漫潦倒者，雖老放不可一世，終是別派，不可效也。」

❸ 胡應麟《詩藪》內編卷六近體下：「少陵不甚工絕句。」又曰：「盛唐長五言絕，不長七言絕者，孟浩然也；長七言絕、不長五言絕者，高達夫也；五七言各極其工者，太白；五七言俱無所解者，少陵。」又曰：「子美於絕句無所解，不必法也。」

中也有看出這一點的，例如清人李重華《貞一齋詩說．談詩雜錄八》：

老杜七絕欲與諸家分道揚鑣，故爾別開異徑，獨其情懷，最得詩人雅趣。

清人宋犖《漫堂說詩》亦云：

詩至唐人七言絕句．盡善盡美。……太白、龍標，絕倫逸羣。……少陵別是一體，殊不易學。

但是，這「別開異徑」，「別是一體」究竟表現在什麼地方？古人語焉未詳，今人雖有論述，亦有未盡之處。我以爲杜甫七絕「別開異徑」的地方主要表現在這樣的兩類作品上：一類是接近民歌，以寫景咏懷爲主，看去像是隨意吟成的絕句；另一類是以作古風之法作絕句，以敍事議論爲主，採取組詩的形式。下面分別來談談。

第一類如〈絕句漫興九首〉、〈江畔獨步尋花七絕句〉、〈春水生二絕〉、〈三絕句〉（「楸樹馨香倚釣磯」）。這些詩往往寫尋常小景，以用筆細膩、曲折達意見長，妙在信口成詩，觸手成韵。本來是極平常的事情，極習見的景物，然而經詩人慧心一照，立刻變得極富詩意；再經詩人巧手剪裁，更加倍地顯得風姿迷人。

例如〈絕句漫興九首〉之二：

手種桃李非無主，野老牆低還是家。
恰似春風相欺得，夜來吹折數枝花。

清晨起來，看見園子裏有幾枝花被風吹斷了，這本來是平常而又平常的事，一般人是決不會從中看出詩意的，但在詩人的筆下，卻偏偏寫得如此動人。一、二句先點出「桃李」和矮「牆」，而接以「非無主」、「還是家」六字，詩人愛惜桃李、愛惜自己的勞動成果、愛一切美好事物的情感便洋溢在其中，立刻有了詩味。這六個字又爲下面兩句更重要的詩作好了舖墊。因爲「牆低」，看似「無主」，「春風」才敢「相欺」；但畢竟是「手種」的桃李，畢竟「還是家」，春風不應相欺；而春風好似一個頑童，居然相欺，你看，「夜來」不是「吹折」了「數枝花」嗎？可我與春風無怨無仇，春風何至於相欺？所以詩人在「春風相欺」之前又細膩準確地加了「恰似」二字，把上述細緻的心理活動曲曲地表達出來。這一件常人見過無數遍而未嘗一寓心的小事，在詩人的筆下顯得多麼詩趣盎然啊！

又如〈江畔獨步尋花七絕句〉之五：

黄師塔前江水東，春光懶困倚微風。
桃花一簇開無主，可愛深紅愛淺紅？

江邊一簇野生的桃花被詩人寫得這樣可愛，我們不能不佩服作者寫生的高明。但是，這首詩之所以逗人喜愛，並不在於刻畫景物的工細，也不在於思想的深刻，而在於它的情趣。作者把這種情趣賦于桃花，又把這種情趣傳達給讀者。從「懶困」、從「倚」這樣的字眼我們可以想像出作者看花的神態，而末句那心口相問的語氣又使我們明白地感受到詩人多情的氣質和敏銳、細膩婉曲的情感活動。這既是一首寫景的詩，也是一首抒情的詩。我們甚至很難分辨哪些詩句是寫景、哪些詩句是抒情。例如「可愛深紅愛淺紅」究竟是寫景還是抒情？我看是合二而一，在這裏，客觀景物與詩人的主觀感情已經融合無間，心「既隨物以婉轉」，物「亦與心而徘徊」❹。

讀杜甫這一類七絕，感到它們有一種特別的風韻，正是這種風韻吸引着我們，使人百讀不厭。但這種風韻和盛唐諸家又都不同。爲了說明這個問題，需要先弄清什麼是「風韻」。「風韻」一詞在中國古代文論中是一個常見的概念，但是言人人殊，誰也沒有給它一個明確的界說。我以爲，所謂「風韻」就是作者的人格、個性、思想境界在作品中的外射以及與此外射相諧調的

❹ 二句見《文心雕龍，物色篇》。

語言藝術二者的結合。所以王維有王維的風韵，李白有李白的風韵，杜甫有杜甫的風韵。讀王維〈輞川集〉就感到一種幽僻冷寂而自得其樂的隱士高人的風韵；讀李白的〈峨眉山月歌〉〈望天門山〉、〈早發白帝城〉、〈望廬山瀑布〉、〈秋下荆門〉等絕句，就感到一種豪放瀟灑而神情飛揚的風韵；而讀杜甫的這類七絕，感到的卻是一種以俗爲雅的風韵，一種村姑野老的風韵，一種雖粗服亂頭而不減其自然之美、天眞之趣的風韵。涵泳着這些詩篇，我們就依稀看到詩人晚年在蜀中、夔州一帶的生活形象。這些七絕在語言方面的好處正在於若不經意。遣詞不避俚俗，造句近乎口語，調聲不拘平仄，好像信口而成，隨便得很。杜甫自己所謂「老去詩篇渾漫與」，大約就是指這一類詩。

清人黃子雲在他的《野鴻詩的》裏說：

> 絕句字無多，意縱佳而讀之易索，當從三百篇中化出，便有韵味。龍標、供奉，擅場一時，美則美矣，微嫌有窠白。其餘亦互有甲乙。總之，未能脫調，往往至第三句意欲取新，作一勢喝起，末或順流瀉下，或回波倒卷。初誦時殊覺醒目，三遍後便同嚼蠟。浣花深悉此弊，一掃而新之，旣不以句勝，並不以意勝，直以風韵動人，洋洋乎愈歌愈妙。
>
> ……方悟少陵七絕實從三百篇來，高駕王、李諸公多矣。

他指出杜甫七絕有「既不以句勝，並不以意勝，直以風韻動人」的一面，這是極好的見解。可惜他說得太籠統也太片面了。按他的意思，好像杜甫的七絕全都是這種特色，這是不正確的。杜甫七絕中只有這一類以寫景抒情爲主的篇什如此，杜甫七絕還有另外的風格，我們下面要談到的。杜甫「直以風韻動人」的七絕究竟是怎樣的一種風韻，他也沒有說清楚，只是泛泛地說「洋洋乎愈歌愈妙」，妙在何處？使人不得要領。此外，爲了褒揚杜甫而貶抑王、李也是不公平的，王、李自有王、李的風韻，決不是「三遍後便同嚼蠟」。至於說杜甫的七絕「實從三百篇來」，則是一種封建文人的老生常談，沒有搔到癢處。其實杜甫這類七絕是從四川民歌得到啓發的。明李東陽《懷麓堂詩話》說：「杜子美〈漫興〉諸絕句有古『竹枝』意，跌宕奇古，超出詩人蹊徑。」這才是高明的見解。

杜甫這類七絕直開宋元詩人寫景抒情絕句的家數。讀陸游、范成大、楊萬里、元好問那些描寫尋常小景或田園風光的小詩，不是淸淸楚楚看得到杜甫這類七絕的影子嗎？楊萬里的著名的「活法」是否也從此得到過一些啓發呢？我看很有可能。

杜甫「別開異徑」的另一類七絕是以敍事、議論爲主的組詩，例如〈三絕句〉（「前年渝州殺刺史」）、〈承聞河北諸節度入朝歡喜口號絕句十二首〉、〈喜聞盜賊總退口號五首〉。杜甫喜用組詩來反映複雜的事物，這一點，不少研究者都已指出來了。同時的作者，李白有〈永王東巡歌〉十一首，岑參有〈獻封大夫破播仙凱歌〉六首，也是組詩，但杜甫對這種形式用得最多，用得最好，用得最熟練，最大限度地發揮了這種形式的作用，提供了更多的藝術經驗。對杜甫這一類七絶僅指出其爲組詩因而具備一般組詩的特點是不夠的，這一類七絶在藝術風格上的最大特色乃是以作古風之法作絶句，完全不取傳統絶句那種含蓄、悠遠、委婉，而是像古風一樣，氣勢浩大、章法森嚴、句式挺拔。

首先，這些組詩雖是由若干首絶句組成，每首絶句也各有其一定的獨立性，但每一組詩在章法上卻是一個完整的整體，它的內容和氣勢都是一貫而下，不是各不相關或斷斷續續的。什麼地方開頭，什麼地方結尾，怎樣承接，怎樣轉折，怎樣宕開，怎樣收回，作者都經過精心的安排，而其結構的方法一如杜甫的古風。杜甫古風的特點是氣雄筆粗，堂廡闊大；錯綜變化，窮極筆力；而脈絡分明，法度森嚴；又每每夾敍夾議，頓挫沉鬱。杜甫七絶中評論時事的組詩也大都具備上述特色。

例如〈喜聞盜賊總退口號五首〉

蕭關隴水入官軍，青海黃河卷塞雲。
北極轉深龍虎氣，西戎休縱犬羊羣。

贊普多敎使入秦，數通和好止烟塵。

朝廷忽用哥舒將，殺伐虛悲公主親。

崆峒西極過昆崙，駝馬由來擁國門。

逆氣數年吹路斷，蕃人聞道漸星奔。

勅律天西采玉河，堅昆碧盌最來多。

舊隨漢使千堆寶，小答胡王萬匹羅。

今春喜氣滿乾坤，南北東西拱至尊。

大曆三年調玉燭，玄元皇帝聖雲孫。

此詩作於大曆三年春，蓋爲大曆二年冬吐蕃兵退而作。吐蕃騷擾唐西部邊境若干年，是安史亂後唐王朝一大心腹患。此時兵退，當然是唐王朝一大喜事，時時不忘國家人民的詩人很興奮地寫下了這一組詩章。第一首寫官軍深入蕩寇，點題作開頭。第二首追述開釁之由，說吐蕃同唐的關係本來不壞，因爲唐王朝舉措失策，才引起吐蕃入寇，含有不忘歷史教訓之意。第三首承第二首，略述吐蕃由歸順到寇邊到奔散的經過。第四首描述昔時吐蕃和唐友好往來的情況，看似與二、三首意同。其實是承第三首「奔散」而來，言外之意是說現在吐蕃兵退了，從今以後當友好如初，不可再開邊釁，正是告誡唐朝廷要對回夷採取羈縻之策，不要貪邊黷武。第五首收回到題目上來，寫得喜氣洋洋。「南北東西拱至尊」正應首章「北極轉深龍虎氣」；「玄元皇帝聖雲孫」是說唐王朝源遠流長，根基深厚；兩句合起來正是「北極朝廷終不改，西山寇盜莫相侵」(〈登樓〉)和「煌煌太宗業，樹立甚宏達」(〈北征〉)之意，回應首章「西戎休縱犬羊羣」，立言非常得體。全詩首尾完整，脈絡分明；敍事層次井然，而議論亦含其中，有歡喜，有諫誡，有希冀；不以含蓄、唱嘆見長，而以雄深、詳明出色，仇兆鰲評此詩說：「詩以絕句記事，原委詳明，此唐絕句中，另闢手眼者。」很對。

又如〈承聞河北諸節度入朝歡喜口號絕句十二首〉也是如此，而氣勢更闊大，層次更豐富，開闔跌宕，極沉鬱頓挫之致，浦起龍評曰：「十二首竟是一大篇議論夾敍事之文、與紀傳論贊相表裏，錢氏所謂敦厚雋永，來龍透而結脈深是也。若章章而求，句句而摘，半爲土飯塵羹矣。」

浦氏最後一語很值得注意。這類詩正因爲章法如古風，一氣貫注，所以只能當一首詩來讀。如果仍作若干首獨立的絕句看，勢必弄得支離滅裂，看不出原作的好處。就每個單篇來說，這些詩並不一定怎樣好，它們的好處正在若干首只如一首上。這若干首聯合起來，便能起到與古風相同的作用，而又比古風靈活。這便是杜甫的獨創。現在不少杜詩選本每每從這類組詩中摘出若干首以饗讀者，意圖雖好，竊以爲並不可取。

這些組詩不僅氣勢、章法似古風，句法也似古風。例如「前年渝州殺刺史」、「今年開州殺刺史」、「二十一家同入蜀，惟殘一人出駱谷」、「殿前兵馬雖驍雄，縱暴略與羌渾同」、「祿山作逆降天誅，更有思明亦已無」、「社稷蒼生計必安，蠻夷雜種錯相干」、「擁兵相學干戈銳，使者徒勞百萬回」、「英雄見事若通神，聖哲爲心小一身」、「贊普多敎使入秦，數通和好止烟塵」、「崆峒西極過昆侖，駝馬由來擁國門」、「勃律天西采玉河，堅昆碧盌最來多」，這些詩句與其說像絕句，不如說更像古風。它們敍事實，語氣直、措辭硬，少宛轉之態，少唱嘆之音。放在篇幅短小的絕句裏，就會顯得槎枒難安，直露而不含蓄；但如果放在篇幅較長的古風裏，驅之以盛大的氣勢，便容易妥貼就範，而平實硬直也一變而爲優點，使詩篇有挺拔沉雄之氣。

對杜甫的七絕，貶之者說它「槎枒粗硬」、「散漫潦倒」，譽之者說它「輪囷奇矯，不可名狀」❺，雙方所着眼的大概都是上述一類句法。前者批評它背離了絕句句法的共性，後者則贊美它具有獨特的個性。誰對呢？我看後者對。或許有人要說：各種文學體裁都有自己的藝術規定性，把絕句寫得像古風一樣，難道是值得贊揚的嗎？我要回答：誠然，絕句應當有自己的藝術特色。就單篇的絕句而論，我也贊成以含蓄悠遠、風神搖曳爲上。因爲單篇的絕句篇幅短小，容量有限，不論寫得多麼精煉，都只能容納那麼多內容。所以寫單篇的絕句就不能只着眼於篇內，而必

❺ 葉燮《原詩》卷四外篇下：「杜七絕輪囷奇矯，不可名狀，在杜集中，另是一格，宋人大概學之。」

須在篇外打主意。篇內與其字字重，句句實，不如乾脆寫得悠游一些，縱容一些，而把讀者的注意力、聯想都引到篇外無窮的空間去。所謂「意不可盡，以不盡盡之❻。」即是此意。但是，聯篇的組詩就不同了，它雖由若干首絕句組成，但卻是圍繞一個主題的新整體。它在篇幅上、亦即在表達內容上打破了絕句的局限，因而也就可以而且應當在藝術上突破絕句的傳統要求，而形成新的特色。杜甫正是非常成功地做到了這一點。

杜甫這類詩篇對後世也有很大影響。宋元以後，盛行一種「紀事詩」（例如劉子翬《汴京記事》二十首），大多是七絕組詩，無疑就是繼承杜甫這類詩的傳統。

顯然，這種古風式的七絕組詩用以評述重大時事，夾述夾議，是很好的；但如果用以寫風景、咏情懷、記屑屑小事，就不適宜了。尤不宜用古風的句法作單篇的絕句。事實上，杜甫自己寫景、咏懷、投贈，就並不採取此種風格。這也是內容決定形式吧。清錢謙益評註〈承聞河北諸節度入朝歡喜口號絕句十二首〉時說：「本朝弘正間，學杜者專法此等詩，模擬其槎枒突兀，粗皮老幹，以為形似，而不知其敦厚隽永、來龍遠而結脈深之若是也。今人懲生吞活剝之病，並此詩與〈秋興〉、〈諸將〉而嗤點之，則又矮人觀場之見，豈足道哉！」這裏批評了當時人對待杜甫這類七絕的兩種錯誤傾向，一種是生吞活剝、但求形似的模擬，結果勢必是畫虎類狗；一種則是

❻ 見劉熙載《藝概・詩概》。

矯枉過正，隨聲附和，妄加否定。這兩種傾向看似相反，其實根源倒是一樣的：就是都沒有讀懂杜甫詩，都不懂這類七絕組詩的好處究竟在哪裏。

以上兩類詩代表着杜甫七絕「別開異徑」的主要方面。總括說來，用類似民歌式的絕句寫尋常生活小景，不以立意、琢句取勝，而以風韻、情趣動人；用作古風之法作絕句組詩，來反映重大題材，不以含蓄、唱嘆見長，而以挺拔、沉雄出色：這些，便是杜甫在七絕這種詩體上向後人提供的新鮮的藝術經驗。

杜甫七絕中，還有一類談藝論文的組詩，如〈戲爲六絕句〉、〈解悶十二首〉，對後世也有很大影響，仿作者代不乏人，也可說是杜甫七絕「別開異徑」的一個方面。但這些組詩主要是在題材的開拓上給了後代詩人以啓發，在藝術經驗上所提供的東西則不如前述兩類七絕多。

此外，杜甫七絕中，也有一些言近旨遠、風神搖曳的單篇，如〈贈花卿〉、〈江南逢李龜年〉，是各派詩論家公認爲佳作而沒有異辭的。這證明杜甫並非不能作傳統的標準的絕句，足以駁倒那些認爲杜甫「於絕句無所解」的批評。盡管幾乎所有的杜詩選本都選了這兩首詩，這兩首詩卻並不代表杜甫七絕的風格。標誌杜甫在七絕方面的藝術業績和獨特貢獻的無疑應當是前述那些「別開異徑」的作品。

作爲一個文學家，繼承傳統固然重要，而尤其重要的是要有獨創精神。在中國詩歌史上，杜甫不僅是一個集大成的偉大作家，而且是一個創造力極強的傑出詩人，幾乎在他所涉筆的每種體裁上他都有獨到的建樹。前人說杜甫各體皆佳，獨有絕句不是當行出色❼，現代有些研究者也認爲杜甫的絕句是一個薄弱環節，從上面的分析可以看出，至少對於七絕來說，這個結論是不妥當的。

寫於一九八〇年五月

載《學術月刊》（廣州）一九八一年第二期

❼ 謂杜甫於絕句非當行者，除上引胡應麟、申涵光、施補華諸家外，他如明楊愼亦云：「唐樂府本自古詩而意反近，絕句本自近體而意反遠，蓋唐人偏長獨至，而後人力追莫嗣者也。擅場則王江寧，偏至則李彰明，羽翼則劉中山，遺響則杜樊川。少陵雖號大家，不能兼美。近世愛忘其醜者，並取效之，過矣。」（見《詩藪》內編卷六引，胡震亨《唐音癸籤》卷十亦載此語，而字句略異。）清沈德潛云：「唐人詩無論大家名家，不能諸體兼善，如少陵絕句，少唱嘆之音。」（《唐詩別裁》凡例）又云：「少陵直抒胸臆，自是大家氣度，然以爲正聲，則未也。宋人不善學之，往往流於粗率，楊廉夫謂學杜須從絕句入，眞欺人語。」（《唐詩別裁》七絕下評）

遠去筆墨畦徑

——試論李賀詩的章法特色

關於李賀詩歌的藝術特色，朱熹曾經有一個很簡要的評語，說：「賀詩巧。」（《朱子語類》）對此，清朝的王琦評論說：「人皆以賀詩爲怪，獨朱子以賀詩爲巧，讀此數章（按指〈馬詩二十三首〉），知朱子論詩眞有卓見。」應當說，拈出一兩個字來概括一個詩人的藝術風格，並不是科學的方法，一個「巧」字，無疑不足以盡李賀之詩；但是，我們也應當承認，如果這一二字拈得準確，它也常常能指出一個詩人的主要創作傾向，給我們一個提綱挈領的印象。說李賀詩歌藝術風格的重要特色之一是「巧」，這無疑是準確的。

「巧」的目的是求「新」，即獨闢蹊徑，不落俗套、不落前人窠臼。李維楨說「長吉務去陳言」、「隻字片語、必新必奇、若古人所未經道」（〈昌谷詩解序〉）；王琦說他「下筆務爲勁拔，不屑作經人道過語」，都是此意。但太求新巧的結果便免不了有些「怪」，或者說依常識看來總覺得有些「怪」。宋周紫芝說「李長吉語奇而入怪」（〈古今諸家樂府序〉），朱熹在另一處也說「李賀較怪得些子，不如太白自在」，便是指的這一方面了。

總的說來，李賀詩在藝術特色上給人的突出印象是「新巧險怪」，其中的核心、靈魂和精華則是「巧」。

李賀詩的「巧」幾乎表現在所有的方面：構思（或說思路）巧，章法布局巧，修辭琢句巧。這裏面起統帥作用的當然是構思，而最引人注目的是修辭，論李賀詩者也就往往偏重於這兩方面。但我以爲李賀詩最不易爲人理解的，或說最易產生誤解、最不好懂的卻是章法。使李賀的詩在風格上顯得戛戛獨造、異乎流俗、或者如前人所說的「離絕凡近、遠去筆墨畦徑」（《唐詩品彙》本·杜牧序）的，章法顯然是一個重要的因素。李賀詩之引起人們爭論，特別是所謂「欠理」與否，其核心問題似乎也是章法。遺憾的是，這一非常重要的方面恰恰爲一般論者所忽略了。

古人中明確提到李賀詩的章法的，只有清朝的黎簡，他說：「昌谷於章法每不大理會，然亦有井然者，須細心尋繹始見。」他這裏所說的「章法」如果指尋常的、常見的章法，那麼他的話是對的，李賀對於尋常的章法確實「不大理會」；但如果這話是說李賀的詩不注意章法，甚至沒有章法，只有少數篇章「井然」，那麼這話就值得商榷了。其實李賀的詩決非沒有章法，或不注意章法；恰恰相反，李賀是非常注意章法的，不過，他在章法上也同他在其他方面的作風一樣，力求新巧、力求獨創、力求不凡、力求不落前人窠臼。因而他的章法便不同一般，便有些「怪」

的地方，須「細心尋繹」才能掌握。但我們一旦習慣了李賀獨特的章法，就會對他理解得更深刻些。同時，對李賀詩歌的章法特色認眞作一番研究，對現代新詩的創作無疑也會有良好的借鑒作用。

本文卽擬就這個問題談些粗淺的看法，以期引起更多的討論和研究。

李賀詩在章法上最突出的特色是跳躍性極強，跳躍性本是所有詩歌的共性，是詩歌區別於散文的重要特徵之一。但是李賀詩在這一方面顯得特別強烈，特別與衆不同。李賀詩不喜敍事，某些本來帶有故事性的詩，在李賀的筆下也不採取敍述的方式，其情節往往是大幅度跳躍式地、交疊式地向前推移。李賀的詩可以毫不費力地突然從一個時間躍向另一個時間，從一個地點飛向另一個地點，從一件事跳到另一件事，從一個人轉到另一個人。尤其奇特的是在這種轉折的地方，別人總多少要用一些敍述性的，說明性的或交代性的語言，而李賀卻全然不用。李賀詩的脈絡是在內部，表現在思路上、意義上、情理上的某種必然聯繫，而不是在外部，卽在文字上加以點明。這一方面是爲了求巧求新，不蹈尋常蹊徑；另一方面或許是更重要的方面，則在於貫徹一種語言的經濟原則，卽最大限度地節省文字，最大限度地在小體積中獲得大容量。

例如〈公莫舞歌〉：

方花古礎排九楹，刺豹淋血盛銀甖。

華筵鼓吹無桐竹，長刀直立割鳴箏。
橫楣粗錦生紅緯，日炙錦嫣王未醉。
腰下三看寶玦光，項莊掉箾攔前起。
材官小臣公莫舞，座上真人赤龍子。
芒碭雲瑞抱天迴，咸陽王氣清如水。
鐵樞鐵楗重束關，大旗五丈撞雙鐶。
漢王今日須秦印，絕臏刳腸臣不論！

這首詩的題材是著名的鴻門宴，本事出《史記》。司馬遷以他「雄深雅健」的文筆精彩生動地描述了劉項之爭中這一極富戲劇性的故事，原文六百餘字，應當說是十分精煉的。而李賀以詩的形式進行了再創造，向我們重現了這一風浪橫生、動人心魄的場面，總共不過百餘字。首六句鋪敍宴會的豪華威武，透出一種森嚴的氣氛。以下十句七十字才是正面講述故事本身的。在這樣短的篇幅裏，作者只選取了范增舉玦與項莊舞劍兩個重要情節，然後迅即轉入全詩的重點——樊噲此時的心理活動。而劉邦赴宴，范增與項莊計議，項伯與項莊對舞以翼蔽劉邦，張良召樊噲商量、樊噲進帳、項羽斥問等次要情節則一概略去，值得注意的是作者在他所選取刻畫的幾個情節之間未加任何說明與聯繫的文字，甚至變換主語的地方也未點明。如「腰下」句的主語顯然是范增；「材官」以下八句則全是樊噲的內心獨白（包括追敘劉邦早年及入關的故事）。但這些作者都不點明，而由熟悉鴻門宴故事（作者是這樣假定的）的讀者自己去揣摩、想象、補充。讀着這首詩，我們只看到一個個形象鮮明的畫面在我們面前跳躍着出現，很象現代電影的蒙太奇手法：情節迅速地在鏡頭交疊中前進，汰除一切冗長拖沓的敍述，留給觀衆充分想象的餘地，旣經濟又含蓄。詩的脈絡也很分明，這脈絡卽鴻門宴故事本身，它是內在的而非外在的，它雖不具備文字的外殼但同樣有着眞實的本質。因爲不具備文字的外殼，我們要把握它就比較不容易，這正是李賀詩難懂的地方，也正是李賀詩「離絕凡近，遠去筆墨畦徑」的地方。

我們再來看一首〈官街鼓〉：

曉聲隆隆催轉日，暮聲隆隆催月出。
漢城黃柳映新簾，柏陵飛燕埋香骨。
磓捽千年日長白，孝武秦皇聽不得。
從君翠髮蘆花色，獨共南山守中國。
幾回天上葬神仙，漏聲相將無斷絕。

這首詩沒有一個故事作背景，同前首不同。但章法上有類似的地方：日升、月出、漢城、飛燕、秦皇、漢武、翠髮、南山、神仙、更漏：一個個形象鮮明而時、地、人、事都不同的鏡頭在我們面前交迭地、跳躍地推出，其間看不到敍述性的連接文字，乍看起來好像是章法零亂、互不連繫。然而仔細一琢磨，就不難發現這首詩的章法其實是相當嚴謹的，它的內在聯繫是十分緊密的。在這裏，貫穿全詩的脈絡是作者在官街鼓聲中的思路，頗類今人所說的「意識流」，它同樣不具備文字的外殼卻有着眞實的本質。讓我們來把這脈絡勾繪一下：淸晨，作者在隆隆的官街鼓聲中看着太陽升起；入暮，又在隆隆的鼓聲中看着月亮出來，一天就這樣過去了。於是作者不禁想起，從古到今、千百年來，歲月就在這鼓聲中消磨過去，新王登基，老王下葬，歷史在這鼓聲中無休止地上演着它的悲喜劇。哪一個能夠長生不老？秦皇漢武都曾經幻想能永遠聽着這鼓聲，如今安在呢？任憑你年青時一頭青絲，到老來還不是如蘆花般的滿頭白髮，只有這鼓聲同南山是永存的。有人說神仙不死，我看卽使眞有神仙，在這漫長的歲月中，他們也一定死過好多回了；只有這鼓聲同漏聲相應，它們才是眞正不死的、永恒的。你看這脈絡不是十分淸楚嗎？章法不是非常謹嚴嗎？但我們如果不「細心尋繹」，不發揮自己的想像來塡補這些跳動的畫面之間的空白，那就難免望而卻步，入寶山而空返了。

在李賀集中，類似章法結構的詩還很多，其顯者如〈李憑箜篌引〉、〈申胡子觱栗歌〉、〈黃家洞〉、〈猛虎行〉、〈夢天〉、〈長歌續短歌〉、〈春晝〉等篇都是。

對比也是一種跳躍，是從此端突然跳到相反的一端。對比也是詩人常用的手法，但李賀的對比也有自己的特色。比如〈堂堂〉：

堂堂復堂堂，紅脫梅灰香。十年粉蠹生畫梁，饑蟲不食堆碎黃。蕙花已老桃葉長，禁院懸帘隔御光。華清源中礬石湯，徘徊百鳳隨君王。

這首詩前六句極力形容久不行幸的離宮那種荒涼殘破的情景，而後兩句突然筆鋒一轉，寫華清宮的熱鬧，隨從宮女之盛如百鳳隨王，兩者形成鮮明的對比，進一步反襯出離宮的冷落。這使人想起李白的〈越中覽古〉：「越王句踐破吳歸，戰士還家盡錦衣，宮女如花滿春殿，只今唯有鷓鴣飛。」兩詩的章法結構極相似，但李白詩中尚有「只今」的字樣表明時間的轉移，而李賀詩從離宮跳到華清池，中間並沒有任何說明性的文字。

又如〈屏風曲〉：

蝶棲石竹銀交關，水凝綠鴨琉璃錢。
團迴六曲抱膏蘭，將鬟鏡上擲金蟬。
沉香火暖茱萸煙，酒觥綰帶新承歡。
月風吹露屏外寒，城上烏啼楚女眠。

前六句寫新婚貴婦，後兩句突然轉到貧寒的楚女，形成強烈的對比。中間也沒有轉折性的文字，章法與〈堂堂〉完全一樣。此外如〈賈公閭貴壻曲〉、〈馮小憐〉、〈馬詩二十三首〉之十一、二十二等篇章法也與此類似。

李賀詩不僅篇中跳躍性大，有時一聯詩中也會出現很大的跳躍。例如〈有所思〉：「江上迢遞無休絕，淚眼看燈乍明滅。」前句寫牛郎織女（江指銀河），後句卻跳到女主人公身上來了，中間並無交代性文字。又如〈追賦畫江潭苑四首〉之二：「淚痕霑寢帳，勻粉照金鞍」，前句寫夜間的事，後句卻跳到第二天早晨了。這樣的地方讀時特別要注意，一不小心就會弄錯。有時甚至一句之中也會有跳躍，比如前面舉過的〈官街鼓〉中有一句：「從君翠髮蘆花色」，「翠髮」到「蘆花色」中間就有一個跳躍，「翠髮」指少時，「蘆花色」指老年。如果按照通常的句法來理解是難免要莫明其妙的。

李賀詩在章法上的另一特色是堆垛式。這是我杜撰的一個名詞，姑妄用之吧。李賀集中有相當一部分詩，特別是寫景詩，爲了給人以深刻生動的感受，往往從各個不同的角度攝取最典型的形象（或意象），依次堆疊在詩中。這有點像油畫的手法：把各種不同的顏色，團塊式地往畫布上堆疊，起初似乎是亂七八糟的，但畫成之後自然給你一種鮮明、深刻而調諧的印象（這同中國畫的線條式的勾勒有明顯的不同）。從橫的方面來看，這種章法也可稱之爲拼合式，它把經過精心選擇的若干畫面和諧地拼在一起，給人一種多樣而統一的美感。

比如〈南山田中行〉：

秋野明，秋風白，塘水漻漻蟲嘖嘖。雲根苔蘚山上石，冷紅泣露嬌啼色。荒畦九月稻叉牙，蟄螢低飛隴徑斜。石脈水流泉滴沙，鬼燈如漆點松花。

這首詩寫深秋荒野景物，如此鮮明、細膩，可謂歷歷如在目前。篇中一句一景，各各獨立（以上的標點是按傳統的標法標的，認眞說來，應當在每句後面都打上句號才對），但又統一、和諧，把深秋原野上那種幽冷的意趣極其生動、極其酣暢地表達了出來。李賀彷彿是一個攝影高手，他選擇了最適當的地點，最適當的角度，攝取了勝地的全部精華，把它奉獻給自己的讀者。

又如〈北中寒〉：

一方黑照三方紫，黃河氷合魚龍死。
三尺木皮斷文理，百石强車上河水。
霜花草上大如錢，揮刀不入迷濛天。
爭瀯海水飛凌喧，山瀑無聲玉虹懸。

這也是一句一景，八個典型的鏡頭組成一幅統一的畫面，把北方的嚴寒刻畫得入木三分，給人以強烈的感受。

他如〈江南弄〉、〈谿晚涼〉、〈新夏歌〉都是這種章法。又〈十二月樂辭〉各首差不多也都是這種章法，其中尤以〈正月〉、〈三月〉、〈九月〉等章最爲明顯。

堆垜式結構同跳躍式結構有類似的地方，就是它的各個形象（或意象、畫面）之間也沒有連接性的、說明性的語言。不同處則在於跳躍式是前進的、堆垜式是平列的。此外，這種結構完全沒有一般章法所講究的「起承轉合」，它甚至可以說無起無合、無轉無承。但它並不是一盤雜湊，一盤散沙，它自有內在的聯繫。這內在的聯繫便是同一時間，同一地點。如〈南山田中行〉時間是深秋，地點是原野；〈北中寒〉時間是隆冬，地點是極北。兩詩裏看來各自獨立的鏡頭便統一在這相同的時地中。如果我們再觀察得更深入一點，便不難發現，它們還有更深一層的、更本質的聯繫，就是：統一的情調、統一的意趣。這是無待煩言的。

這種堆垜式的或拼合式的，各各獨立，沒有起承轉合的特別結構自然會使一般讀者覺得很不習慣，前人說李賀「不大理會」章法，大概主要就是由這些詩篇引起的。說這些詩的章法不同於一般詩文的章法（卽「筆墨畦徑」）那當然不錯，但說它們完全沒有章法，那就未免膚淺了。這是一種特殊的章法。其他詩人的作品中雖不常見，但也並非完全沒有。例如杜甫的五絕：「遲日江山麗，春風花草香。泥融飛燕子，沙暖睡鴛鴦。」「日出籬東水，雲生舍北泥。竹高鳴翡翠，沙僻舞鵾鷄。」七絕：「兩個黃鸝鳴翠柳，一行白鷺上青天。窗含西嶺千秋雪，門泊東吳萬里船。」不正是這種章法嗎？李賀很有可能正是從杜甫這一類絕句的獨特章法中得到啓發而加以創造性的發展的。曾經有人據此竟說杜甫「於絕句無所解」❶，這同據此批評李賀不懂章法，同樣難免輕率之譏。

李賀還有一些寫人的詩，如〈李夫人〉、〈傷心行〉，其章法也多少與此類似，但不像上述寫景詩那麼明顯。

李賀詩在章法上的第三個特色是布局錯落、跌宕，盡量避免平鋪順敘。例如〈聽穎師彈琴歌〉：

別浦雲歸桂花渚，蜀國弦中雙鳳語。
芙蓉葉落秋鸞離，越王夜起遊天姥。
暗佩清臣敲水玉，渡海娥眉牽白鹿。
誰看挾劍赴長橋，誰看浸髮題春竹。

❶ 如明胡應麟《詩藪》內編卷六云：「子美於絕句無所解，不必法也。」又云：「杜之律、李之絕，皆天授神詣。然杜以律爲絕，如『窗含西嶺千秋雪，門泊東吳萬里船』等句，本七言律壯語，而以爲絕句，則斷錦裂繒類也。」

竺僧前立當吾門，梵宮真相眉稜尊。
古琴大軫長八尺，嶧陽老樹非桐孫。
涼館聞弦驚病容，藥囊暫別龍鬚席。
請歌直請卿相歌，奉禮官卑復何益。

前八句先寫彈琴，並借各種形象描繪琴聲的凄楚、超逸、清冷、縹緲、激昂、酣暢，九至十二句再倒敍出穎師携琴來訪。這樣布局便不落常規，章法顯得跌宕、矯健。如果改爲順敍，把竺僧當門放在前面說，結構就必然平衍鬆泛得多，味道也大不一樣了。李賀另一篇寫音樂的詩〈李憑箜篌引〉也是先寫彈奏，到第四句才點出「李憑中國彈箜篌」，黎簡評曰：「倒點題。」章法與此篇類似。

又如〈安樂宮〉：

深井桐烏起，尚復牽清水，未盥邵陵瓜，瓶中弄長翠。
新成安樂宮，宮如鳳凰翅。歌迴蠟板鳴，左悺提壺使。
綠繁悲水曲，茱萸別秋子。

這首詩前四句和末二句都是寫今日永安宮的破敗冷落，而「新成」四句則描述當年的盛況。不從過去寫到現在，也不從現在追到過去便作結，而是從眼前的景象想到當年，又從當年回到眼前來，章法便錯落有致了。需要留心的是，現在——過去——現在，這中間也是大幅度跳躍而沒有連接性的文字，稍一疏忽便不可解了。

還有一類，如〈石城曉〉，寫一個少女在情人離去之後的懷思，通篇都是烘托氣氛，直到詩末才逼出「春心」二字，章法空靈、布局新巧，得畫龍點睛之趣。又如〈春懷引〉，寫一個少女希望夢中和情人相會，全篇八句，前六句描寫她住處的景物和閨房的陳設，都是烘托，直到篇末才點明「阿侯繫錦覓周郎」，章法與〈石城曉〉一樣。

李賀詩歌章法的第四個特色表現在起結上。典型的「李賀式」的詩大多起得突兀、陡峭，收得斬截、峻潔，決不拖泥帶水。他似乎不大喜歡那種慢慢道來，緩緩帶住的作風，他喜歡劈空而來，屹然而止，給人一種「來龍去脈絕無有，突然一峰揷南斗」的強烈印象。顯然，這個特點同前面所說的追求布局的錯落、跌宕是相輔相成的。

例如〈浩歌〉，主旨是說人生不永，建功不易，當珍重少壯，奮勉有爲。但這首詩卻以這樣奇特的四句作開頭：「南風吹山作平地，帝遣天吳移海水。王母桃花千遍紅，彭祖巫咸幾回死？」着想奇闢，下筆突兀、氣勢雄偉，把一個「滄海桑田」的意思說得格外警巧聳聽，從而有力地襯出下文。篇末說：「羞見秋眉換新綠，二十男兒那刺促！」收得斬截之至，給人「四弦一聲如裂帛」的感覺。

又如〈春坊正字劍子歌〉，劈頭便說：「先輩匣中三尺水，曾入吳潭斬龍子。」結尾說：「提出西方白帝驚，嗷嗷鬼母西郊哭。」始終無一字涉及劍的來歷或劍以外的事，不僅起結陡峻，通篇都顯得峭潔。

再如〈崑崙使者〉，主題顯然是在嘲諷漢武求長生的虛妄和雄心霸圖的破滅，借以譏刺憲宗。一開頭就是這樣兩句：「崑崙使者無消息，茂陵烟樹生愁色。」說派往崑崙的使者還沒有回，武帝已經去世了。試想這筆勢何等奇崛！武帝企圖開道絕域，廣求珍異，希求長生，必然有許多心理活動，也是此詩題中應有之義，現在破空下筆，這許多話便都堵在篇外，留給讀者自己去領會。這樣，章法便自然峭而且深了。

有些詩，他不從本題寫起，但也能給人一種陡峭的感覺，並不讓人覺得是「遠遠兜來」。例如〈秦王飲酒〉，開頭不寫飲酒，卻說「秦王騎虎遊八極，劍光照空天自碧。羲和敲日玻璃聲，刼灰飛盡古今平。」由於想象的奇特，氣勢的雄偉，有如平地一聲雷，使人耳目皆驚，章法也自然顯得雄峻難及。

以上四點當然不能包括李賀詩在章法上的全部特色，我不過是舉其犖犖大者。這些特色在李賀的詩裏往往互相滲透，互相促成，互相配合，從而在章法布局上呈現出一種峯巒起伏，崢嶸奇峭的氣象。章法上的崢嶸奇峭又同構思與修辭上的追新求巧結合起來，這樣就形成了李賀詩新巧險怪的獨特風格。

中唐貞元、元和間，是中國詩歌史上一個百家爭鳴的黃金時代。許多不同風格流派的作家紛紛崛起。大致說來，這些作家又可分爲通俗詩派和奇峭詩派兩大陣營。前者以白居易、元稹爲代表，後者則以韓愈、李賀爲巨子。這兩大派的區別主要表現在語言上，這一點前人都注意到了。其實在章法布局上，這兩大派的作風也很不相同。如果我們拿李賀的詩同白居易的詩作一番比較，可能是很富啓發性的。比如同是描寫音樂的各篇，〈李憑箜篌引〉同〈琵琶行〉風格就有顯著的差異；同是譏刺當時富人賞花的瘋狂豪奢，而〈牡丹種曲〉和〈買花〉寫法也分明不同。除了語言有鍛煉雕鏤和通俗平易之分以外，難道章法布局上的一奇一正，一峭一平不也是形成它們風格上的巨大差異的重要原因嗎？

當然，李賀的詩在章法布局上也並不篇篇都是奇峭的，例如他的近體詩（約有四十首，占他全部作品的六分之一），就大都平正，和時風無大區別。他的樂府古風雖多半奇峭，但也有平正順暢的，例如〈苦篁調嘯引〉、〈箜篌引〉、〈神仙曲〉、〈感諷五首〉之一、〈走馬引〉等篇。不過，在章法方法最能代表李賀獨特作風的、最引人注目也是爭論最多的畢竟還是那些崢嶸奇峭的詩。

最後還有一點需要說明的是，指出並欣賞李賀詩章法上的特色，並不等於否定與他風格不同的作家。每種藝術風格，都有自己獨立的美學價値，有如百花園中的花，每一種花都自有其存在的理由。風格本身無所謂好壞，高下的判別取決於作家運用此種風格所達到的境界。而且，每種風格，如果運用得不好，或追求過了頭，都會走向自己的反面。事實上，李賀詩中由於過分追求新巧而產生的弊病也就不少。明王世貞批評李賀詩「奇過則凡，老過則稚」（《藝苑卮言》）是有一定道理的。以章法而言，有的地方跳躍太大，很不好懂，當我們各自以自己的想象來塡補那些跳躍之間的空白時，就很容易產生歧義或誤解。讀他的詩，精彩處固然令人目炫神搖，拍案叫好，而晦澀處也不免使人有「西崑雖好，可惜無人作鄭箋」之嘆。個別地方還有「欠理」之處，例如前文舉過的「從君翠髮蘆花色」一句，從文理上看就不大通。應該說，這樣的地方是不足爲訓的。此外，堆垜式或拼合式也容易帶來散亂的毛病，明李東陽說他的詩「通篇讀之，有山瓷藻梲無梁棟」（《麓堂詩話》），總的說來這批評並不正確，但移作個別篇章的評語，則未嘗不妥。不過，這些缺點在李賀詩中畢竟只占次要的地位，畢竟瑕不掩瑜，我們只須注意不要把瑕也當成瑜，一概加以贊揚就是了。

一九八〇年六月

思想解放與唐傳奇的繁榮

「小說亦如詩，至唐代而一變❶。」標誌着這個變化的是如下這些特徵：

一，從作者的創作動機來看，唐人開始有意識地進行小說創作。這裏一個重要的特色是：虛構。六朝雖然產生了很多志怪小說，但這些小說的作者本人並不懷疑故事的眞實性，頂多是「傳錄舛誤」罷了；而唐傳奇的作者卻大多是「作意好奇，假小說以寄筆端」的❷。

二，從作品內容上看，唐傳奇更切近現實人生。六朝小說的主流是「志怪」，而且所志的怪大都離現實人生較遠；唐人傳奇雖然也還沒有完全擺脫「搜奇記逸」的志怪遺風，有相當一部分作品是談鬼狐仙怪的，但較爲著名的作品寫的都是人間生活，主人公也是世間習見之人，像〈柳

---

❶ 見魯迅《中國小說史略》第八篇〈唐之傳奇文（上）〉。

❷ 明胡應麟《少室山房筆叢》云，「變異之談，盛於六朝，然多是傳錄舛誤，未必盡幻設語。至唐人乃作意好奇，假小說以寄筆端。」

氏傳〉、〈李娃傳〉、〈東城老父傳〉、〈鶯鶯傳〉、〈吳保安〉、〈虬髯客傳〉，這些名作幾乎已經沒有什麼志怪的痕跡了。

三，從文體和藝術技巧來看，唐傳奇大都文章很長，描寫曲折，文辭華艷，或爲叢集，或爲單篇，比六朝「粗陳梗概」的志怪小說或更早一點的「殘叢小語」大不一樣了。而且注意塑造人物形象，注意語言的表現力。

四，從作者的面來看，比六朝時廣得多了，特別是開元、天寶以後，「作者蔚起」，「從前看不起小說的，此時也來做小說了❸。」著名的歷史學家，如王度、沈既濟、陳鴻，著名的文學家，如元稹、韓愈、白行簡、沈亞之，著名的政治活動家，如張說、牛僧孺，都是有名的小說作者。

使得唐人小說終於成爲「一代之奇」的這些變化自然不僅是文學自身運動的結果，它必然同社會的經濟、政治及其他上層建築的狀況分不開。也就是說，必定有一定的經濟、政治與其他上層建築方面的原因才使得這些變化成爲可能。

問題是：這一定的經濟、政治與其他上層建築的原因究竟主要是哪些呢？

過去許多研究者都曾着重指出：唐代社會生產力的發展，造成城市經濟的繁榮，由此而來的社會關係的日趨複雜和廣大市民對文化娛樂的需要，推動了小說文學的發展。

❸ 見魯迅《中國小說的歷史變遷》第三講〈唐之傳奇文〉。

這誠然是不錯的。但這顯然不足以完全解釋唐傳奇繁榮的原因。而且這只是經濟基礎方面的原因，政治上的，上層建築其他方面的原因並沒有提及。我以爲有一點歷來被人們忽略了，那就是：由於政治上的開明，社會思潮的兼容並包以及上層建築的其他變動所帶來的精神解放乃是唐傳奇繁榮的重要原因（或者條件）之一。

現在讓我們嘗試來簡單鈎勒一個輪廓。

魏晉南北朝時期是中國歷史上一段較長較黑暗的分裂時期。在這段長達四百年的時期裏，中華民族經歷了無數的戰禍和各種各樣的災難。但也正是在血與火中，中華民族完成了一次巨大的種族融合和文化融合。邊疆少數民族（例如所謂「五胡」）融進了中原漢族，帶來了新的血液和活力。這無疑是一個積極的結果（我們評價這段歷史時，往往從消極方面看得多，對這積極的一面卻看得不夠）。

經過隋朝的短暫統一，在農民起義的硝烟中，唐王朝建立起來了。這個新建的王朝在先天上就帶着前一個時期種族融合和文化融合的痕跡。前人（如陳寅恪）已經指出過唐朝統治集團是關隴胡漢混合貴族集團❹。李淵之父李虎爲西魏八柱國之一，賜姓大野氏；母獨孤氏，妻竇氏，兒媳長孫氏（李世民妻）均爲鮮卑貴族；李唐王朝的胡化是明顯的。這一點本文不擬多說。這裏要

❹ 參見陳寅恪《唐代政治史述論稿》。

指出的是，李唐王朝的這種先天性的特點使它具備了較好的條件，能夠在國家空前統一強盛、生產力長足發展的背景下認眞對待東漢以來形成的門閥士族壟斷政治的傳統勢力，改變過分講究「禮法」的社會風氣，這樣就使得唐王朝比較能夠容納異端和外來事物，在政治、道德觀念和對待社會思潮上都顯得比以往任何一個朝代（甚至也比後來許多朝代）要開明得多，能夠兼容並包得多。同時，唐王朝的開創者，主要是唐太宗李世民，親眼看到農民起義的威力，總結了隋朝垮台的教訓，認識到「載舟覆舟」的基本道理，在政治上採取了一系列較爲開明的措施，減輕了對人民的壓迫和控制。所有這些，都使得當時各階層的人們，尤其是知識分子，在精神上得到一個大解放。

人的精神一解放，做起事來便比較地少顧忌，創造性才能發揮。文學活動是一項創造性極強的活動，思想不解放是不可能有文學的繁榮的。成爲「一代之奇」的唐傳奇的繁榮正是唐代人們，首先是知識分子精神解放的結果。

漢朝自武帝以後便罷黜百家，獨尊儒術，東漢光武以後，尤重經學，思想愈來愈僵化，人們的精神枷鎖愈來愈重，所以漢朝的文學便始終繁榮不起來，只有替統治者拍馬屁的辭賦曾經盛極一時。「子不語怪力亂神」❺，在漢朝，以志怪傳奇爲主要任務的小說自然就根本沒有產生的土

---

❺ 見《論語・述而》。

壞。事實上漢朝也的確沒有小說❻。一直到漢末，由於社會的大變動使得儒學的正統地位動搖了，異端興起了，人們的思想獲得解放，文學才開始繁榮起來，出現了「建安文學」這樣的黃金時代。同時，志怪小說也應運而生，一種新的文學樣式出現了。

到了唐朝，儒教雖然還處於正統地位，但也尊崇佛、老❼，基本上是三教並行。遇到國家重要的慶典、節日，經常詔三教講論於殿廷。此外，對於從西域傳入的景教、祆教、摩尼教和伊斯蘭教，唐統治者也聽任他們在國內傳布。這種在宗教、學術上兼容並包，不排斥異端和外來事物的社會氣氛，使得一部分知識分子能夠衝破正統的儒家教條的束縛，使他們敢於語「怪力亂神」，而且比六朝人更進一步，敢於「幻設」（即虛構），敢於「假小說以寄筆端」，用來表現自己的「文采與意想」了。我們從唐傳奇和其他史料中可以看出當時知識分子中有一種聚會時喜「徵異話奇」的習慣。如李公佐《古嶽瀆經》云：「貞元丁丑歲，隴西李公佐泛瀟湘蒼梧，偶遇徵南從

---

❻ 世傳漢人小說大抵是魏晉人所僞托，如《洞冥記》題郭憲撰，《神異傳》《十洲記》並題東方朔撰，《漢武故事》《漢武內傳》並題班固撰，《西京雜記》題劉歆撰，皆是。只有《燕丹子》一種有可能是漢人所作的。參看魯迅《中國小說史略》第四篇〈今所見漢之小說〉。

❼ 乾封元年追封老君爲太上元元皇帝，天寶二年加太上元元皇帝號爲大聖祖元元皇帝，八載加號爲大聖祖大道元元皇帝。十三載加號大聖高上大道金闕元元皇帝。見《唐會要》卷五十。天授元年，武則天即位，因爲後涼曇無讖所譯《大方等大雲經》中有女主威優天下的話，乃表揚此經，以合符命，次年三月，詔釋教在道教上。見任繼愈《漢唐佛教思想論文集》附錄〈漢唐佛教年表〉。

事弘農楊衡，泊舟古岸，淹留佛寺，江空月浮，徵異話奇。」〈廬江馮媼傳〉云：「元和六年夏五月，江淮從事李公佐使至京，回次漢南，與渤海高鉞，天水趙讚，河南宇文鼎會於傳舍，宵話徵異，各盡見聞。」沈既濟〈任氏傳〉云：「建中二年，既濟自左拾遺於金吾將軍裴冀，京兆少尹孫成，戶部郎中崔需，右拾遺陸淳，皆適居東南，自秦徂吳，水陸同道。時前拾遺朱放，因旅游而隨焉。浮潁涉淮，方舟沿流，晝讌夜話，各徵其異說。」白行簡〈李娃傳〉云：「貞元中，予與隴西李公佐話婦人操烈之品格，因遂述汧國之事。」元稹〈酬翰林白學士代書一百韻〉自注云：「樂天……嘗於新昌宅說一枝花話，自寅至巳，猶未畢詞也。」〈鶯鶯傳〉云：「貞元歲九月，執事李公垂宿於予靖安里第，語及於是。公垂卓然稱異」。陳鴻〈長恨歌傳〉云：「元和元年冬十二月，太原白樂天自校書郎尉於盩厔，鴻與瑯琊王質夫家於是邑，暇日相攜游仙游寺，話及此事，相與感嘆。」沈亞之《異夢錄》云：「元和十年，沈亞之以記室從隴西公軍涇州，而長安中賢士，皆來客之。五月十八日，隴西公與客期，宴於東池便館。既坐，隴西公曰：『余少從邢鳳游，得記其異，請語之。』」《太平廣記》一百二十八引《續玄怪錄·尼妙寂》云：「太和庚戌歲，隴西李復言游巴南，與進士沈田會於蓬州。田因話奇事。錄怪之日，遂纂於此。」從這些記載中，我們隱然感覺到他們把這些奇異的見聞記下來，大約還有一種爭奇鬪勝的意思在裏面，也就是要通過這種傳奇志異的文字來充分表現自己的文采與意想，以誇耀於時人。

同時，在宗教、學術上兼容並包，不排斥異端和外來事物的氣氛也使得社會能夠接受而且欣賞這種在正統派看來內容「不經」、文體「卑下」的新文學。開始時，這種新文學自然也受到某些正統派人物的指責，如韓愈作〈毛穎傳〉曾爲人們所非笑就是極典型的例子。但是這種指責並不能挽既倒之狂瀾，傳奇文終於風靡一時，不僅爲社會所接受，而且爲社會所喜愛。如范攄《雲溪友議》序云：「近代何自然續《笑林》，劉夢得撰《嘉話錄》，或偶爲編次，論者稱美。」李公佐〈南柯太守傳〉云：「輒編錄成傳，以資好事。」他如《唐闕史》序稱「資談笑」。《國史補》稱「助談笑」，《乾𦠆子》序稱「語怪說賓，猶甘饌悅口」（見《少室山房筆叢》引）等均可證。又不僅爲一般人所接受，且爲社會上層所接受。如宋趙彥衞《雲麓漫鈔》載唐世舉子以傳奇作投謁時的「行卷」、「溫卷」❽，足可證明當時社會上層對傳奇的態度。又如唐李肇《國史補》云：「沈既濟撰〈枕中記〉，莊子寓言之類。韓愈撰〈毛穎傳〉，其文猶高，不下史遷。二篇眞良史才也。」這證明到李肇時，文人們對〈枕中記〉、〈毛穎傳〉之類的傳奇評價已經很高了。宋明人就退了一步。如《后山詩話》云：「范文正公爲〈岳陽樓記〉，用對語說時景，世以爲奇，尹師魯讀之曰：『傳奇體耳。』」傳奇，唐裴鉶所著小說也。」從此可以窺見宋人對傳奇態度之一斑。又如明胡應麟《少室山房筆叢》云：「變異之談，盛於六朝，然多是傳錄舛訛，未必盡幻設語。至唐人乃作意好奇，假小說以寄筆端，如毛穎、南柯之類尚可，若東陽夜怪稱成自

---

❽ 趙彥衞《雲麓漫鈔》八：「唐世舉人，先藉當世顯人，以姓名達諸主司，然後投獻所業，逾數日又投，謂之『溫卷』，如《幽怪錄》俚奇比異，蓋此等文備衆體，可見史才、詩筆、議論。」

處，玄怪錄原無有，皆但可付之一笑，其文氣亦卑下亡足論。」這種情形說明宋明人的思想遠不如唐人之解放。其時因爲理學的盛行，社會思潮、社會氣氛比唐代要保守得多，因而對這種頗有點異端氣味的新文學就表示不能接受了。過去有人引趙彥衞「溫卷」說，以爲這是唐代傳奇繁榮的重要原因，實在是倒果爲因。試問如果社會不承認、不歡迎這種傳奇，舉子們還能用來作「行卷」、「溫卷」麼？設想舉子生當宋明理學盛行之時，拿了這種內容「不經」、文體「卑下」的傳奇去投謁尹師魯、胡應麟輩，會得到怎樣的結果呢？或者生當兩漢經學盛行之時，拿了這種東西去投謁當時的達官貴人或經學大師如馬融、鄭玄輩，又將如何呢？

從歷史記載來看，唐朝的政治是比較開明的。因爲國力強盛，唐朝的統治者比較自信，唐朝的皇帝較爲能夠聽取臣下的批評、諫諍。唐太宗對魏徵等人「從諫如流」一直傳爲歷史上的佳話；唐玄宗早年對姚崇、宋璟等人也基本上是言聽計從；就是武則天，雖說殘暴出名，但對於一些正直的大臣（如狄仁傑）的諫諍，也還聽得進去，並不因爲他們批評了自己而殺他們的頭，沒有後世統治者那種神經衰弱的迹象。最高統治者的這種態度給整個社會造成了一種言論比較自由、文禁比較鬆弛的空氣。我們看到唐代詩人寫下了大量揭露社會矛盾、同情人民疾苦的詩篇，他們對於由貴妃、權臣、貴宦以及各級官吏、差役所組成的統治機構的腐敗和罪惡，大膽加以揭露和譴責，有時甚至把矛頭直接指向皇帝。這種現象得以出現，同上述空氣是分不開的。唐傳奇反映現實的面比唐詩更廣泛。以題材言，歷史、公案、俠義、靈怪、婚姻戀愛，以及仙佛感化，海外冒險，變泰發迹等等，無不涉及；以人物而論，帝王將相、達官貴人、文人學士、豪士俠客、公子小姐、富商巨賈、奴婢工匠、妓女優伶、僧尼道士，應有盡有，作者們筆鋒所及，幾乎是無遠弗屆，無隱不發，很少顧忌。倘若是在一個思想專制、文禁森嚴的時代，這勢必處處犯忌，動輒得咎。但是在唐代，連〈長恨歌傳〉〈東城老父傳〉這種把矛頭直接指向最高統治集團的小說都可以在當代出現、流行，並不受到壓制、禁止，作者也並不害怕得罪。那麼，揭露社會其他方面隱微的作品當然更不必有什麼顧忌了。這正是唐傳奇能夠擺脫六朝小說「傳鬼神明因果而外無他意」❾的狀況而轉向廣闊的社會人生的重要條件。宋張洎《賈氏談錄》有一條談到唐傳奇〈周秦行紀〉事說：「世傳〈周秦行紀〉，非僧孺所作，是德裕門人韋瓘所撰。開成中，曾爲憲司所覈，文宗覽之，笑曰：『此必假名，僧孺是貞元中進士，豈敢呼德宗爲沈婆兒也？』事遂寢。」這是很能說明問題的一條資料❿。像〈周秦行紀〉這種無法無天、大逆不道的文章，如果要與文字獄的話，那實在是絕好題目，但唐文宗不過一笑了之，並不深究。說實在的，唐文宗即使不相信是牛僧孺寫的，也應該追查那個膽大妄爲的僞造者呀！唐文宗的態度眞可說是寬容大度到叫人難以相信的地步了。如果換在別一朝，比如明清，或許又要誅掉幾族吧。

唐人的思想解放還表現在道德觀念上，特別是婦女問題上。這自然也同王室的態度分不開。

---

❾ 見魯邊《中國小說史略》第八篇〈唐之傳奇〉(上)。

❿ 這裏所說的是否完全屬實，當然無法斷定，但〈周秦行紀〉在當時沒有引起什麼大風波，則是事實。

朱熹曾經說過：「唐源流出於夷狄，故閨門失禮之事不以爲異⑪。」武則天爲高宗之父妾，楊玉環爲玄宗之兒婦，這是盡人皆知的。唐朝公主改嫁的現象更是普通得很⑫。唐王室因爲出身於關隴胡漢混合集團，不像山東士族那樣注重「禮法」，而且自覺不自覺地同以「禮法」自尊並以「禮法」驕人的山東士族在政治上、感情上都處於某種對立的地位⑬。唐王室的這種態度影響到一般的社會風氣，使得一般人、尤其是知識分子中的道德觀念從舊時的禮法束縛中獲得了一定程度的解放。從歷史資料可以看出，唐朝婦女地位較其他朝代爲高，唐朝婦女在社會生活中出頭露面的機會較其他朝代爲多，裝束打扮也較其他朝代爲開化，貴婦人甚至會騎著馬在街上走⑭。唐朝士人，特別是新進士狎妓之風較其他朝代更爲普遍，一般文人都納妾、蓄妓、養歌女，連韓愈這樣以道統自任的人都不例外。唐人傳奇中出現了那麼多以婦女問題、婚姻問題、戀愛故事、妓女生活爲題材的作品，出現了那麼多各種各樣的可歌可泣可愛的女性形象，而且幾乎所有名篇都同女性有關，不能不說同這種風氣分不開。換在另外一個思想僵化、道學氣重、賤視婦女、把

⑪ 陳寅恪《唐代政治史述論稿》引《朱子語類》。

⑫ 據《唐會要》卷六載：高祖十五女（早薨除外，下同），四再嫁；太宗二十一女，六再嫁；高宗三女，一再嫁；中宗八女，兩再嫁，一三嫁；睿宗十一女，三再嫁；玄宗二十四女，七再嫁，一三嫁；肅宗七女，一再嫁，一三嫁；代宗十一女，一再嫁。德宗以後公主方少改嫁者。

⑬ 參看陳寅恪《唐代政治史述論稿》。

⑭ 如《明皇雜錄》載「虢國夫人常乘驄馬入禁行」。

⑮ 見〈李娃傳〉〈長恨傳〉等篇。

男女問題看得非常神秘的社會裏，這些作品怕都不可能出現吧！果然，宋元明清的戲劇小說中塑造的婦女形象，除繼承唐人題材者外，一般都不如唐傳奇中女性形象那樣豐富多彩。就是繼承唐人題材的，一般也沒有多大發展，有時還倒退了。比如我們讀《西廂記》，就會發現鶯鶯的母親在〈鶯鶯傳〉中是一個不太管束女兒的較爲開明的形象，到《西廂記》中卻變成了封建禮教的代表，這便是時代風氣使然。

最後，從傳奇作者的出身、黨派分野、政治態度上我們也可以窺見思想解放與傳奇繁榮的關係。我們知道，唐朝地主階級的歷史任務在於消滅南北朝以來門閥士族的殘餘勢力，團結全國更廣大範圍的封建地主階級知識分子，不斷選拔、吸收他們中間有文武才幹的人參加中央政權。這選拔吸收的方式便是「開科取士」。特別是武則天改變科舉考試內容，實行新的辦法之後，進士科改試詩詞雜文，並且不限階級地域，均可投試，政治的大門，向地主階級各個階層打開，逐漸打破了南北朝以來門閥士族把持政權的局面。這由進士科舉出身的新興階層，大抵放蕩而不拘守禮法，思想和作風都比較解放。而山東舊日士族則以守禮法擅經術自傲驕人，思想和作風都比較保守，二者形成鮮明的對比。這兩大集團的矛盾幾乎與有唐一代相始終，在憲宗朝則釀成歷史上著名的牛李黨爭。唐朝文學史上的革新派，如貞元、元和間進行古文運動的韓柳和進行新樂府運動的元白及其追隨者，大都是新興的由進士科舉進身的集團中的人物。而貞元、元和間從事傳奇創作並且取得巨大成就的作者恰恰也都是與上述集團有關的人物。限於篇幅，本文不能對作者一一詳考，但我們不妨粗略地指出如下事實，卽李公佐、白行簡、陳鴻、元稹、白居易、李紳顯然都是過從甚密、常在一起「徵異話奇」的朋友⑮，而沈亞之則顯然同韓愈關係密切⑯。在憲宗朝後，作傳奇者多半是牛黨或政治態度傾向於牛黨的人，李黨中人則很少有涉筆於此的。這道理很簡單，李黨要人都厭惡進士科的「浮薄」，李德裕甚至「家不置文選」⑰，他們紛紛要求廢除詩詞科，設立經學、訂定流品（卽恢復九品制），自然瞧不起、更不會作這種內容「不經」、文體「卑下」的傳奇了⑱。順便說一句，從前有的論者根據某些傳奇作者同古文運動有密切關係這一事實斷定古文運動是促進傳奇發展的重要原因，顯然並不準確。其實這些作者之所以既是古文運動的參加者，又是傳奇的作者，都是因爲他們思想較解放的緣故，並不是因爲古文運動和傳奇之間存在著什麼必然的聯繫。

最後需要指出的是，綜觀中外文學史，思想解放乃是一切時代文學繁榮尤其是文學革新的共

---

⑯ 沈亞之「嘗遊韓愈門」，見晁公武《郡齋讀書志》及《唐才子傳》。

⑰ 《新唐書》卷三十四選舉志：「（李）德裕曰：……臣祖天寶末，以仕進無他歧，勉強隨計，一舉登第，自後家不置文選。」

⑱ 當然問題並不總是這樣簡單，有些人是由進士科舉出身而在政治鬪爭中傾向李黨的，也有出身山東高門而在政治態度上傾向牛黨的，自然，李黨中也有思想作風比較解放通脫的，牛黨中也有思想作風比較保守持重的。這要作具體分析。但大致的分野總是一個不容否認的事實。

同條件，不獨唐傳奇爲然。我這裏所闡述的正是這一普遍規律在特定對象上的體現。

寫於一九七九年七月

載《武漢師範大學漢口分部校刊》一九八〇年二期

讀〈霍小玉傳〉，兼論〈鶯鶯傳〉及〈李娃傳〉

一

宋洪邁認爲可與詩律並稱爲「一代之奇」的唐人小說，實在是中國古典文學寶庫中一顆燦爛奪目的明珠。許多名篇，至今仍未失去它們誘人的魅力。其中尤以描寫男女戀情的若干篇什最爲膾炙人口，千餘年來傳誦弗衰。

在這些「凄婉欲絕」（洪邁語）的愛情小說中，流傳最廣，對後世文學影響最深的大概莫過於元稹的〈鶯鶯傳〉（一名〈會眞記〉）、陳鴻的〈長恨歌傳〉（附白居易〈長恨歌〉）、李朝威的〈柳毅傳〉（一名〈洞庭靈姻〉）、白行簡的〈李娃傳〉（一名〈汧國夫人傳〉）和蔣防的〈霍小玉傳〉等五篇了。這五篇中又以〈鶯鶯傳〉、〈李娃傳〉和〈霍小玉傳〉最爲切近現實人生。因爲〈長恨歌傳〉述帝王后妃之事，〈柳毅傳〉寫人神之戀，畢竟離一般的人生稍遠了一些。

在這三篇描寫現實人生的唐人愛情小說中，知名度最高的自然是元稹的《鶯鶯傳》。但元作其實是三篇中最次的，我個人認爲，三篇中最有思想深度，藝術上也最成功的是〈霍小玉傳〉。

二

婚姻問題和戀愛問題從古到今都是重大的社會問題。在中國古代，封建禮教在男女問題上表現得異常森嚴。所謂「嚴男女之大防」不僅表現爲一種思想要求和道德教條，而且表現爲一種實踐法則和社會規範。婚姻必須奉父母之命，經媒妁之言。它明白地表現爲一種社會的行爲，完全摒除了男女雙方的感情因素。在下層階級，婚姻是經濟關係的結合；在上層階級，婚姻則是經濟關係再加上政治關係的結合。所謂「門當戶對」亦卽雙方家庭在經濟和政治上屬於同一階層就成了這種婚姻必要的，也幾乎是唯一的條件。自由戀愛幾乎是不可能的，由戀愛而導致婚姻的結合則更是極其罕有的事，尤其是在士大夫這個階層內。在某些非常偶然的情形下，也會發生一些男女羅曼史，但由於不可能由此導致婚姻，其結果便不可避免地演成悲劇。而由於封建社會同時又是以男性爲中心的、男尊女卑的社會，所以在這種悲劇中倒霉的總是女方，「始亂之，終棄之」便是這種悲劇的通常內容。究其原因，並不在於「天下男子皆薄幸」，而是社會制度和封建禮教有以致之。

從歷史記載看來，李唐王朝是中國封建王朝中政治較爲開明、思想較爲解放的朝代❶，但在

---

❶ 參看〈思想解放與唐傳奇的繁榮〉一文。

婚姻和戀愛問題上並沒有，也不可能越出上面所論的封建社會的總情形。到是由於某些特殊背景，使得這個問題更形錯綜複雜。

我們知道，李唐王朝的統治者曾經採取一系列措施來抑制南北朝以來形成的門閥士族的勢力，改造東漢以來伴隨門閥士族的興起而形成的過分拘守禮法的社會風氣。其中一個重要的措施是以「開科取士」的方式不斷選拔、吸收一般地主階級中（而不僅是門閥士族）有文武才幹的知識分子參加政權。這樣就形成了一個由進士科舉出身的新興階層，同統治階級中另一個集團——北朝門閥士族後身的山東士族集團處於對立的局面。山東士族出身累世高門，以儒素德業自矜，守禮法，擅經術；新興階層多出身於一般之家，大抵放蕩而不拘守禮法，以能詩善文相標榜。統治階級中這兩大集團的鬪爭幾乎共有唐一代相始終，在憲宗朝則釀成著名的牛李黨爭。由於王室的提倡與支持，新興的進士階層在當時是很風光的，爲社會所艷美的階層，所謂「進士爲士林華選，四方觀聽，希其風采❷。」「縉紳雖位極人臣，不由進士者，終不爲美。以至歲貢常八、九百人。其推重謂之『白衣公卿』，又曰『一品白衫』❸。」但是山東士族集團的潛在社會影響和

❷ 杜佑《通典》卷十五〈選擧典·歷代制〉下。

❸ 王定保《唐摭言》卷一〈散序進士〉。

社會勢力卻很大。他們以優美的家風高自標置，互通婚姻，連王室都不大瞧得起❹。這兩大勢力既互相鬬爭又互相滲透、影響。大致說來，一個士人，要在政治上謀求發展，則以從進士出身爲可靠而榮耀；而要在社會習慣上受人敬重，則宜系出世代舊族。所以最理想的情形是『仕』則由進士，『婚』則與高門。因爲婚宦二端自南北朝以來就是判別人物流品高下的主要標準，唐朝承此風習不改。劉𫗧《隋唐嘉話》載：「薛中書元超謂所親曰：『吾不才，富貴過分，平生有三恨：始不以進士擢第，娶五姓女，不得修國史。』」（按進士擢第，仕之榮也；娶五姓女，婚之榮也；修國史，文章之榮也）薛元超的話很能代表當時士林的風尙❺。同時，唐王朝還明文規定

---

❹下面幾條資料可以證明這一點：

《新唐書》九十五〈高儉傳〉：

「（高宗）又詔後魏隴西李寶，太原王瓊，榮陽鄭溫，範陽盧子遷、盧澤、盧輔，清河崔宗伯、崔元孫，前燕博陵崔懿，晉趙郡李楷，凡七姓十家，不得自爲婚……其後天下衰宗落譜，昭穆所不齒者，皆稱「禁婚家」，益自貴，凡男女潛相聘娶，天子不能禁，世以爲敝云。」

《新唐書》一一九〈白敏中傳〉：

「初，帝（宣宗）愛萬壽公主，欲下嫁士人。時鄭顥（山東高門）擢進士第，有閥閱，敏中以充選。顥與盧氏婚，將授室而罷，銜之。」

《太平廣記》一八四〈氏族類．莊恪太子妃〉：

「文宗爲莊恪選妃，朝臣家子女者，悉被進名，士庶爲之不安。帝知之，謂宰臣曰：朕欲爲太子婚娶，本求汝鄭門衣冠子女爲新婦，聞在外朝臣皆不願共朕作情親，何也？」

❺關於唐代統治階級中兩大集團的鬬爭及士林風尙，可參考陳寅恪《唐代政治史論述稿》中篇〈政治革命及黨派分野〉。

士人不得與其他階級的人婚配。《唐六典一九·通制》條云：「凡官戶奴婢，男女成人，先以本色媲偶。」很能說明問題的是《新唐書》卷一八一〈李紳傳〉中所載吳湘一案：

> 會昌時……部人訟（吳）湘受贓狼藉，身娶民顏悅女，（李）紳使觀察判官魏鉶鞫湘罪，明白論報殺之……宣宗立，德裕去位，紳已卒……（吳）汝納（吳湘之兄）為湘訟言……，顏悅故士族，湘罪皆不當死，紳枉殺之。

士人吳湘因爲娶「民女」爲妻居然構成大罪，爲被殺的原因之一。所以，從婚姻這個角度來看，一個唐朝的知識分子，如果想在功名上求進取，他最好是聯姻高門，至低限度，他不能娶士族階級以外的女子，否則無異於自毀前程。

但是婚姻以外的性關係在唐朝卻較其他王朝爲開放。這當然首先同唐王室本身的作風有關。朱熹說：「唐源流出於夷狄，故閨門失禮之事不以爲異。」❻武后爲高宗之父妾，楊妃爲玄宗之兒媳，這是盡人皆知的事實。由於王室作風的影響，一般的社會風氣也就較爲放蕩。少女偷情的事在唐代並不太希罕，白居易〈新樂府〉中〈井底引銀瓶〉一詩下注道「止淫奔也」，可證。而

---

❻《朱子語類》一一六〈歷代類〉三。

士人狎妓之風則更是普遍。孫棨《北里志・序》裏說：

> 自大中皇帝好儒術，特重科第……故進士自此尤盛，曠古無儔……僕馬豪華，宴游崇侈。以同年俊少者為兩街探花使，鼓扇輕浮，仍歲滋甚。……京中飲妓，籍屬教坊……舉子、新及第進士、三司幕府，但未通朝籍、未直館殿者，咸可就諸，如不吝所費，則下車水陸備矣。

唐王朝這種錯綜複雜的社會背景造成了婚姻戀愛問題上的錯綜複雜的狀況。一方面，社會上，尤其是文人圈子裏，風流韻事比其他時代更多；另一方面，由於婚姻的限制和要求，在這些風流韻事中如果產生了眞正的戀愛，其結果仍就只能以悲劇告終。這正是我們在唐傳奇中能夠看到許多愛情故事而這些愛情故事又大多表現爲悲劇的社會原因。

〈霍小玉傳〉所描寫的正是在上述唐代社會這種典型環境中所產生的一個典型的愛情悲劇。

三

封建社會的妓女們，雖然肉體被當作商品來買賣，但她們的感情卻反較一般婦女爲自由。當她們眞心地愛上某一個男人的時候，那一定是有眞正感情作基礎的，因爲這並非出於父母之命或媒妁之言。而霍小玉又還跟一般的妓女有所不同。她是霍王的女兒，只是由於母親是婢女，才跟着母親被諸弟兄「遣居於外」，成了娼家。她還沒有忘卻郡主的嬌貴，她美麗而多才，她喜歡詩，喜歡「才子」。她雖然已淪爲娼女，但對純摯的愛情還是懷着一個少女所應有的美好的憧憬，所以當她一有機會碰上了少年登第的才子李益，便眞誠地愛上了他。但另一方面，她生長在一個等級森嚴的社會，她自己之所以淪爲娼女，正是殘酷的階級歧視的結果。她當然懂得了這一點，所以她也清楚地意識到，她這樣的人不可能成爲「才子」們的正式妻子。在與李益結合的第一夜，她便預料到了這場愛情的悲劇性結局：

中宵之夜，玉忽流涕觀生曰：「妾本娼家，自知非匹。今以色愛，托其仁賢。但慮一旦色衰，恩移情替，使女蘿無托，秋扇見捐。極歡之際，不覺悲至。」

即使在李益「引諭山河，指誠日月」，信誓旦旦之後，她仍然不敢對正常的婚姻抱有任何奢望。在兩年後李益赴官，將要離別的前夕，文中有一段描寫：

時春物尚餘，夏景初麗，酒闌賓散，離思縈懷。玉謂生曰：「以君才地名聲，人多景慕，願結婚媾，固亦衆矣。況堂有嚴親，室無冢婦，君之此去，必就佳姻。盟約之言，徒虛語耳。然妾有短願，欲輒指陳，永委君心，復能聽否？」生驚怪曰：「有何罪過，忽發此辭？試說所言，必當敬奉。」玉曰：「妾年始十八，君才二十有二，迨君壯室之秋，猶有八歲。一生歡愛，願畢此期。然後妙選高門，以諧秦晉，亦未爲晚。妾便捨棄人事，剪髮披緇，夙昔之願，於此足矣。」

沉痛的話語包含着一種高尙的自我犧牲的愛，千載之後，讀來仍催人淚下。小玉對社會現實是淸醒的，但她不甘心屈服於僅供男性玩弄的命運，她渴望着憧憬着眞正的愛情。但是她哪裏料得到，連她這樣一點起碼的微小希望都不可能達到。在那樣一個社會裏，是沒有她的愛情的任何地位的。

但是小玉還是固執地追求着。在李益「大愆回期，寂不知聞」，而且「虛辭詭說，日日不同」的時候，她還是「想望不移」；甚至在她已經得到李益結婚的確切消息後，她還「恨嘆曰：『天下豈有是事乎！』」她似乎不能相信這樣殘酷的現實。是的，小玉還看得不透；但這「看不透」，正是她性格中燦爛的光輝，不僅表現出她對愛情的眞誠、執着；尤其表現出她對現實的反抗——在不可能讓她保有理想的現實裏，她仍然固執地尋求着理想。小玉的形象是崇高的。

李益自然是一個負心漢。但這個形象，並不是「負心」二字可以完全概括的。李益對小玉完全沒有眞實的感情嗎？不是，他的那些「引諭山河，指誠日月」的誓言固然浮誇而虛僞，但小玉死後，他「旦夕哭泣甚哀」，娶了盧氏以後也「傷情感物，鬱鬱不樂」，可見他對小玉不能忘情。他的負心並不是喜新厭舊，他的負心是別有原因。這原因便是我們前述的唐代的社會環境和社會觀念。李益「門族清華」，而又年少登第，春風得意，他不是也不可能是一個淡泊功名的人。但是同小玉的愛情與在當時的社會裏求宦達對李益來說卻是魚與熊掌二者不可得兼。他沒有勇氣反抗那個社會的偏見而娶小玉為妻，這不僅會斷送他畢生的功名，而且還得冒獲罪的危險——這不是過甚其詞，有前引吳湘案作證。按理，他可以等小玉八年。可是他回家之時，他的「嚴毅」的母親已為他聘了屬於「甲族」的盧氏表妹（按隴西李氏、范陽盧氏均為當時第一流高門），他豈敢抗命，又豈能抗命？他有勇氣把自己和小玉的故事講給母親和那些「高門」親族們聽嗎？他能夠拒絕同出身高門的盧氏表妹結婚而忠實於出身卑賤的小玉嗎？他本身的性格和當時的社會都不允許他這樣做。那麼，李益無罪嗎？不，李益是有罪的，他的罪在於他明知自己沒有勇氣和決心反抗那個社會的偏見卻又給小玉以虛偽的誓言，讓小玉產生對於愛情的幻想，而最後這幻想的破滅終於斷送了小玉的生命。李益是罪無可逭的。但是當我們從另一個角度深入地看時，也應當指出，李益的負心也是社會壓迫的結果，「生自以愆期負約，又知玉疾候沉綿，慚恥忍割，終不肯往。晨出暮歸，欲以回避。」可見他也背著良心責備的重荷。總之，李益這個形象不是簡單的負心漢、紈袴子，這個形象是複雜的。但惟其複雜，而且是來源於生活的複雜，所以是可信的。

讀〈霍小玉傳〉，我們不能不爲這個愛情悲劇所深深感動。我們痛恨李益的薄倖，我們爲美麗、深情而又剛烈的小玉一掬同情之淚。同時，我們也禁不住會掩卷沉思，究竟是什麼東西使得李益負心？而純潔、貞摯的小玉要承受這樣慘酷的命運？小玉死了，她固然是死於李益的負心，但是更本質地說，她不是死於那個不人道的、不公平的社會及其一整套與之相適應的社會觀念的壓迫嗎？

當然，〈霍小玉傳〉的作者蔣防並沒有這樣深刻的思想。但他忠於現實，他眞實地、細致地、形象地刻畫了故事的主人公，而沒有作有意的諱飾和歪曲❼，他也眞實地敍述了這個悲劇的始末，顯得合情合理，因而我們就能夠在這個悲劇故事的後面發現它的社會意義。作者愈是強烈地譴責李益的負心，贊美小玉的痴情，我們愈是感到造成李益負心和小玉悲劇的社會制度和社會觀念之可惡。

相比之下，〈鶯鶯傳〉就差得多了。

鶯鶯是一個美麗、溫柔而又深情的女性。在她身上，也有一些叛逆的因素。她以一個貴族少女的身分，竟半夜主動地向張生表示愛情，不能不說是反抗封建禮教的一個大膽行動。但是她有由於家庭教養而帶來的軟弱的一面。她對張生一往情深，可是在面臨被拋棄的命運時，她卻只一

❼ 雖然有些研究者指出本篇是挾怨攻訐之作，但很難坐實。就算是挾怨攻訐之作，也不必然同藝術眞實相矛盾。參見王夢鷗《唐人小說研究》二集第二編・三，〈霍小玉傳之作者及故事背景〉。

味地哀怨：「始亂之，終棄之，固其宜矣。愚不敢恨。必也君亂之，君終之，君之惠也。則沒身之誓，其有終矣。」「倘仁人用心，俯遂幽眇，雖死之日，猶生之年；如或達士略情，舍小從大，以先配爲醜行，以要盟爲可欺，則當骨化形銷，丹誠不泯，因風委露，猶托淸塵。」這裏也有責怨，但何其薄弱！儒教所謂「溫柔敦厚」，「怨而不怒」在鶯鶯身上得到了完滿的體現。當張生另娶以後，鶯鶯也委身他人，賦詩曰：「棄置今何道，當時且自親。還將舊時意，憐取眼前人。」她完全向命運屈服了，向禮教馴服了，昔時那一星叛逆的火花至此也消失淨盡。

張生是一個眞正的薄倖漢，殘忍的負心人。他對於鶯鶯的始亂終棄，除了卑鄙自私，以女性爲玩物之外找不出任何其他理由可以解釋。鶯鶯是貴族小姐❽，並不象小玉那樣出身賤庶，張生和她結合無損於他的仕宦前途，也無損於他的社會名聲。然而他始則貪戀鶯鶯的美色，顯得如此情急：「行忘止，食忘飽，恐不能逾旦暮。」而後來又拋棄得那樣絕情，還把鶯鶯贈給他的情書拿來向朋友們炫耀，最後竟發出那一段殘忍而荒謬的「忍情」之說來爲自己的醜行辯護，把一切責任推到鶯鶯身上，大罵她是誘惑人的「尤物」、「妖孽」。他之拋棄鶯鶯無非是玩夠了，因而

❽ 關於張生和鶯鶯的原型，古今研究者作過許多考證。一般認爲張生卽元稹本人，而鶯鶯有人認爲是元稹之表妹，崔鵬之女，有人（例如陳寅恪）認爲是一出身低微之女子。但是我們對小說的藝術分析只能讓作品中塑造的藝術形象本身說話。文中說：「崔氏之家，財產甚厚，多奴僕。」當然是貴族而非平民了。參看陳寅恪《元白詩箋證稿》第四章附〈讀鶯鶯傳〉。

也就看不出他有任何後悔、自責的表示，反而洋洋自得，擺出一幅爲而不惑的樣子，顯得格外可惡。如果說李益薄倖的話，則張生的薄倖實在超出李益許多倍，也惡劣許多倍。

〈鶯鶯傳〉只是炫耀了一段封建文人的艷史。在它的背後，我們除了看到一個以男性爲中心的社會裏女性之易被玩弄以外，實在看不出其它的社會意義。尤其不可原諒的是，作者對負心薄倖、玩弄女性的張生採取了一種欣賞、辯護，甚至贊美的態度。他借時人之口稱張生爲「善補過者」，又說自己寫作本篇的目的是「使知者不爲，爲之者不惑」。但全篇既在敍述張生的艷史，那麼作者眞正的重點顯然還是使「爲之者不惑」，這豈不是明明白白地鼓勵其他人去玩弄女性，而且在玩弄之後還應當加以拋棄嗎？由此推之，我們不難發現，作者把鶯鶯寫得那樣溫柔敦厚、怨而不怒，那樣屈從命運，甚至把被玩弄的責任主動承擔起來，說什麼「有自獻之羞」，「始亂之，終棄之，固其宜矣」等等，不正是爲張生開脫罪責，而且爲男性玩弄女性掃除顧慮嗎？試想，一個男人在玩弄了女性又加以拋棄之後，既不受對方的痛恨，又不受自己良心的譴責，也不遭到輿論的抨擊，反而還受到贊揚，那麼何懼而不爲，又何樂而不爲？這樣看來〈霍小玉傳〉裏寫霍小玉那樣剛烈的性格，能愛能恨，死後還要化爲厲鬼使負心的李益家室不安，就不僅表明作者愛憎的鮮明，而且也隱約透露出作者對等級森嚴的封建制度的不滿和對於社會道德的責任心及正義感。

在思想光彩方面，〈李娃傳〉也同樣遜於〈霍小玉傳〉。

〈李娃傳〉寫一個貴族子弟某生和長安娼女李娃之間的曲折離奇的愛情故事，敍述宛曲生動，人物形象鮮明，戲劇性很強，讀來引人入勝。但是〈李娃傳〉給了我們一個不可信的大團圓式的結局，把本來應當是悲劇的故事變成了喜劇。雖然這種結局給讀者帶來某種滿足，閃爍著一種理想主義的光輝，反映人們希望突破門閥界限的美好願望，但這種結局在當時的社會條件下是不可能實現的。故事的後半部說：

> 生應直言極諫科，策名第一，授成都府參軍。三事以降，皆其友也。將之官，娃謂生曰：「今之復子本軀，某不相負也。願以殘年，歸養老姥。君當結媛鼎族，以奉蒸嘗。中外婚媾，無自黷也。勉思自愛。某從此去矣。」生泣曰：「子若棄我，當自剄以就死。」娃固辭不從，生勤請彌懇。娃曰：「送子涉江，至於劍門，當令我回。」生許諾。月餘，至劍門。未及發而除書至，生父由常州詔入，拜成都尹，兼劍南採訪使。浹辰，父到。生因投刺，謁於郵亭。父不敢認，見其祖父官諱，方大驚，命登階，撫背慟哭移時，曰：「吾與爾父子如初。」因詰其由，具陳本末。大奇之，詰娃安在。曰：「送某至此，當令復還。」父曰：「不可。」翌日，命駕與生先之成都，留娃於劍門，築別館以處之。明日，命媒氏通二姓之好，備六禮以迎之，遂如秦晉之偶。

李娃的話是合乎她的身份，也合乎當時的社會背景的。「君當結媛鼎族，以奉蒸嘗，中外婚媾，勿目黷也。」這正是那一時代某生這一類人應守的婚姻法則。某生在經過一番生死大變之後，感激李娃的恩愛，說出「子若棄我，當自剄以就死」的話，也是自然的。當我們讀到滎陽公見到兒子時，「撫背慟哭移時，曰：『吾與爾父子如初』」，雖不免覺得有點滑稽：怎麼先前要把他打死，現在又如此慈祥了呢？但仔細想想，也覺得還合乎邏輯。因爲滎陽公原本望子成龍，光宗耀祖，滿以爲他會「一戰而霸」，結果這個不爭氣的兒子卻淪爲凶肆的唱歌挽郎，嚴重損害了世家門第和禮教的尊嚴，「志行若此，汚辱吾門」，自然要鞭之至死了。而此刻意外地發現兒子榮登上第，拜受命官，自然又要「吾與爾父子如初」了。可是當我們繼續讀下去，讀到某生說要讓李娃回去，而滎陽公卻斷然說出「不可」二字時，就覺得不可理解了。這樣一個把世家門第、封建禮教看得比兒子的生命還重要的人，怎麼會主動要兒子娶一個妓女爲妻呢？盡管這個妓女對自己的兒子有恩德，可是當年使兒子淪爲挽郎的不也是她嗎？何況，這樣的事盡人皆知，將來怎樣向士林交待？向自己的家族（不要忘記他們一家是滎陽巨族，五姓高門之一）作交待？大概作者本人也覺得讓一個妓女作命婦實在是太離常譜的，所以他緊接著寫道：

娃旣備禮，歲時伏臘，婦道甚修，治家嚴謹，極為親所眷。向後數歲，生父母偕沒，持孝甚至。有靈芝產於倚廬，一穗三秀，本道上聞。又有白燕數十，巢其層甍。天子異之，寵錫加等。終制，累遷清顯之任。十年間，至數郡。娃封汧國夫人。

讓李娃謹守封建禮教——婦道、孝道；又用祥瑞、皇帝的寵錫等等來加強李娃的地位，改變她曾經是長安娼女的形象。但無論如何，總還是不大能令人信服。對比作者白行簡的朋友李紳親自判決的吳湘一案，這豈不是「天方夜譚」嗎？

與其叫人們順應醜惡的現實，從中取利或苟延殘喘，或者用美麗的幻想把醜惡的現實掩蓋起來，給人們一點虛僞的溫暖與安慰，倒不如把這醜惡的現實揭開來，讓人們正視，雖然這並不愉快。〈霍小玉傳〉在思想上較之〈鶯鶯傳〉和〈李娃傳〉更有光彩，其原因蓋在於此。

四

從藝術上看，這三篇小說都是唐傳奇中的上乘之作。環肥燕瘦，各盡其妙。但細細評來，最完美最成功的還是〈霍小玉傳〉。

讓我們先來看〈鶯鶯傳〉和〈李娃傳〉。

大體說來，〈鶯鶯傳〉長於描寫，特別是靜態性的細節描寫，而敍事稍次；〈李娃傳〉長於敍事，長於動態的刻畫，而靜態描寫則平平。〈鶯鶯傳〉抒情意味濃，把兒女之情的纏綿悱惻寫得淋漓盡致；〈李娃傳〉則故事性強，充滿傳奇性和戲劇性。在人物形象的塑造上則各有其成功之處，但也各有不足。

〈鶯鶯傳〉中有許多細節描寫是非常精彩的，例如寫張生初見鶯鶯和張崔首次幽會兩段都非常生動而有特色：

久之，乃至。常服晬容，不加新飾，垂鬟接黛，雙臉銷紅而已。顏色艷異，光輝動人。張驚，為之禮。因坐鄭旁，以鄭之抑而見之也，凝睇怨絕，若不勝其體者。

俄而紅娘捧崔氏而至。至，則嬌羞融冶，力不能運支體，曩時端莊，不復同矣。是夕，旬有八日也。斜月晶瑩，幽輝半床。張生飄飄然，且疑神仙之徒，不謂從人間至矣。有頃，寺鐘鳴，天將曉。紅娘促去。崔氏嬌啼宛轉，紅娘又捧之而去，終夕無一言。張生辨色而興，自疑曰：「豈其夢邪？」及明，睹妝在臂，香在衣，淚光熒熒然，猶瑩於茵席而已。

前一段寫鶯鶯的容貌舉止，寥寥幾筆，就把一個美麗、沉靜、嬌羞的少女寫得如見其人，而且跟鶯鶯的身份以及下文所顯示的性格是統一的。後一段寫兒女之情，纏綿而艷麗，讀來有銷魂之感。尤其是中間插入「斜月晶瑩，幽輝半床」兩句寫景，把張生那種因初戀而引起的幸福滿足，恍若夢寐的心情襯托出來，同時也使整個氣氛籠罩上一層神秘幽美的色彩，令人拍案叫好。

相形之下，〈李娃傳〉這樣的描寫就比較少，也較爲遜色。例如篇中描寫李娃第一次在門前露面和第一次在家裏見某生時情景爲：

至鳴珂曲，見一宅，門庭不甚廣，而室宇嚴邃。闔一扉，有娃方憑一雙鬟青衣立，妖姿要妙，絕代未有。

(姥)乃命娃出。明眸皓腕，舉步艷冶。生遽驚起，莫敢仰視。

這裏對於李娃外貌的描摹就顯得平平，沒有特色。「明眸皓腕」、「絕代未有」之類的用語都落於俗套，不能同〈鶯鶯傳〉中前引那兩段相比。但是當作者一寫到動態，帶著敍事的意味時，筆致就立刻飛動起來。例如某生第一次訪李娃的情景，作者是這樣寫的：

他日，乃潔其衣服，盛賓從，而往扣其門。俄有侍兒啓扉。生曰：「此誰之第也？」侍兒不答，馳走大呼曰：「前時遺策郎也！」娃大悅曰：「爾姑止之。吾當整妝易服而出。」生聞之私喜。

這樣的地方正是作者之所長。他在動態的敍述中把某生、李娃、侍兒的心情、情態都恰如其分地刻畫出來了。某生盛裝扣門、明知故問以及聽到李娃語後的竊喜都很合乎一個初出茅廬的青年去會心上人的喜悅而又有點膽怯的心理狀態。侍兒不答，轉身向房裏跑，邊跑邊叫：「前時遣策郎也！」從側面襯托出李娃渴望、期待某生來訪之情的熱烈。而李娃壓著心頭的喜悅，整裝易服而出，顯出她的老練、沉著，正好切合她作爲一個名妓，已經諳於情場的身分，既不同於鶯鶯的嬌羞，也不同於小玉的稚嫩。又如寫某生乞食爲李娃所聞的那一段：

一旦大雪，生為凍餒所驅，冒雪而出，乞食之聲甚苦。聞見者莫不凄惻。時雪方甚，人家外戶多不發。至安邑東門，循里垣北轉第七八，有一門獨啓左扉，卽娃之第也。生不知之，遂連聲疾呼：「飢凍之甚！」音響凄切，所不忍聽。娃自閣中聞之，謂侍兒曰：「此必生也，我辨其音矣。」連步而出。見生枯瘠疥厲，殆非人狀。娃意感焉，乃謂曰：「豈非某郎也？」生憤懣絕倒，口不能言，頷頤而已。娃前拉其頸，以綉襦擁而歸於西廂。失聲長慟曰：「令子一朝至此，我之罪也！」絕而復蘇。

也是從動態的敍述中來寫人的。

總觀《李娃傳》敍述某生與李娃的離合悲歡，中經中計、病倒、淪爲挽郎、賽歌、爲僕人認出、被父親鞭打幾死、乞食、再遇李娃、苦學、登科、父子如初等等情節，無不曲折淋漓，筆致飛動。相形之下，〈鶯鶯傳〉的敍述就沒有這樣活潑，尤其行文中插入大段的書信、詩歌，更加重了文章的板滯。

但《鶯鶯傳〉善言兒女之情，例如寫張生和鶯鶯分別的那一夜：

> 張生俄以文調及期，又當西去。當去之夕，不復自言其情，愁嘆於崔氏之側。崔已陰知將訣矣，恭貌怡聲，徐謂張曰：「始亂之，終棄之，固其宜矣。愚不敢恨。必也君亂之，君終之，君之惠也。則沒身之誓，其有終矣，又何必深感於此行？然而君既不懌，無以奉寧。君嘗謂我善鼓琴，向時羞顏，所不能及。今且往矣，既君此誠。」因命拂琴，鼓《霓裳羽衣》序，不數聲，哀音怨亂，不復知其是曲也。左右皆欷歔。崔亦遽止之，投琴，泣下流連，趨歸鄭所，遂不復至。

眞是纏綿淒惻，令人讀之淚下。特別是「崔亦遽止之，投琴，泣下流連，趨歸鄭所，遂不復至」數語，短句急節，聲情哀迫，生動如畫，感人至深。〈李娃傳〉中這樣的描寫則不易找到。

在人物的塑造上，〈鶯鶯傳〉中的鶯鶯的形象是成功的。這個外表端莊、嫻靜、沉默寡言的貴族出身的少女，在封建家庭的長期教養下長成，而內心又燃燒着愛情的火焰。這就決定了她在追求愛情的過程中只能由被動、矜持逐漸走向大膽、熱烈。而面臨被拋棄的命運時只能怨而不怒，最終只有接受命運和禮教的安排。文中寫鶯鶯第一次因迫於母命而出見張生時「凝睇怨絕，若不勝其體者」；借紅娘的口說她「往往沉吟章句，怨慕者久之」；寫詩約張生會面，結果臨時變卦，「端服嚴容」，把張生「大數」了一通；後來卻又半夜自至，「嬌羞融冶」，但「終夕無一言」；張生第一次和她分別的時候，她「宛無難辭，然而愁怨之容動人矣」；第二次分離，她「陰知將訣」，卻「恭貌怡聲」，委曲地道出內心的願望，盼能對張生有所感動，又爲張鼓琴，但終於止不住感情的爆發，「投琴，泣下流連，趨歸鄭所」；接到張生的信後，她寫了一封那樣纏綿、哀怨、懇切、深情的信，希望能挽回張生之心；甚至最後，當張生另娶，她自己也委身於人之後，還不忍責備張生，反而勸張生「還將舊時意，憐取眼前人」。所有這一切發生在鶯鶯的身上是合乎邏輯的，眞實可信的。鶯鶯的形象是感人的。但張生這個形象則令人覺得有前後不一的感覺。小說一開始就說張生「內秉堅孤，非禮不可入」，但後來故事的發展證明他什麼非禮的事都幹得出來。張生曾經自己聲明「余眞好色者」，「大凡物之尤者，未嘗不留連於心」，後來對紅娘卻說：「余始自孩提，性不苟合，或時紈綺閑居，曾莫流盼。」這豈不自相矛盾？張生說自己「非忘情者」，的確，他見了鶯鶯之後「幾不自持」、「行忘止、食忘飽，恐不能逾旦暮」，似乎是多情的，可是事情的發展卻反復證明他的寡情。試看前引鶯鶯鼓琴那一段，鶯鶯那樣悲痛，「左右皆歔欷」，而作爲當事人的張生卻始終無一言。鶯鶯的信那樣哀惻動人，而張生竟無反應，卻「發其書於所知」。他的朋友們聽說此事「莫不聳異之」，但他自己卻「志亦絕矣」。而崔氏委身於人之後，他又跑去「求以外兄見」。所有這些，總使人覺得作者對張生這個人的描寫是不可信的。這原因蓋在於張生本是一個該譴責的角色而作者卻千方百計要加以袒護，因而就不能不自相矛盾了。

〈李娃傳〉中，李娃的形象是豐富飽滿的，大體說來，也是成功的。但作者所塑造的李娃的形象看來是俠骨多於柔情，令人讀後敬多於愛。這也許正是作者的寫作動機，從文末「話婦人操烈之品格」一語可見。但作爲一篇愛情小說，仍多少令人有點欠缺之感。李娃把某生從風雪凍餒中扶回家以後，同姥有段對話：

> 姥遽曰：「當逐之。奈何令至此？」娃斂容却睇曰：「不然。此良家子也。當昔驅高車，持金裝，至某之室，不逾期而蕩盡。且互設詭計，舍而逐之，殆非人。令其失志，不得齒於人倫。父子之道，天性也，使其情絕，殺而棄之。又困躓若此。天下之人盡知為某也。生親戚滿朝，一旦當權者熟察其本末，禍將及矣。況欺天負人，鬼神不祐，無自貽其殃也。某為姥子，迨今有二十歲矣。計其資，不啻直千金。今姥年六十餘，願計二十年衣食之用以贖身，當與此子別卜所詣。所詣非遙，晨昏得以溫凊，某願足矣。」

這固然可以看出李娃的善良、正直和勇敢，但愛情在這裏幾乎沒有位置。而其中「天下之人盡知爲某也。生親戚滿朝，一旦當權者熟察其本末，禍將及矣」一語，雖然可以理解爲爲了說服姥而作的說辭，但總令人讀來有不太舒服的感覺。試問，倘某生不是「良家子」，沒有「親戚滿朝」，情形將如何呢？這段話這樣周詳，這樣合乎封建倫理之敎，與其說出自李娃之口，不如說只是作者的設想。此外，作爲一個名妓出身的李娃，後來竟表現得比一個書香之家出身的婦女還要更懂得封建禮教那一套，也是不大合乎邏輯的。倒是作者無意多寫的滎陽公，三筆兩筆就活畫出一個典型的封建禮教衞道者的嘴臉，顯得很生動。

同〈鶯鶯傳〉和〈李娃傳〉比較起來，〈霍小玉傳〉的優點就看得很淸楚了。它掩有二者之長，卻沒有那些不足之處。試讀下面一段：

> 鮑旣去，生便備行計，遂令家僮秋鴻，於從兄京兆參軍尚公處假青驪駒，黃金勒。其夕，生浣衣沐浴，修飾容儀，喜躍交並，通夕不寐。遲明，巾幘，引鏡自照，惟懼不諧也。徘徊之間，至於亭午，遂命駕疾驅，直抵勝業。至約之所，果見青衣立候，迎問曰：「莫是李十郎否？」卽下馬，令牽入屋底，急急鎖門。見鮑從內出來，遙笑曰：「何等兒郎，造次入此？」

把這段描敍同《李娃傳》中某生初訪李娃那一段同讀，不是有異曲同工之妙嗎？又如：

遂命酒饌，卽令小玉自堂東閤子中而出。生卽拜迎。但覺一室之中，若瓊林玉樹，互相照曜，轉盼精彩射人。既而遂坐母側。母謂曰：「汝嘗愛念『開簾風動竹，疑是故人來。』卽此十郎詩也。爾終日吟想，何如一見。」玉乃低鬟微笑，細語曰：「見面不如聞名。才子豈能無貌？」

這段描寫一點也不遜於《鶯鶯傳》中張生同鶯鶯初次見面的那段描寫。再如：

玉沉綿日久，轉側需人。忽聞生來，欻然自起，更衣而出，恍若有神。遂與生相見，含怒凝視，不復有言。羸質嬌姿，如不勝致，時復掩袂，返顧李生。感物傷人，座皆欷歔。頃之，有酒肴數十盤，自外而來。一座驚視，遽問其故，悉是豪士之所致也。因遂陳設，相就而坐。玉乃側身轉面，斜視生良久，遂舉杯酒，酬地曰：「我為女子，薄命如斯。君是丈夫，負心若此。韶顏稚齒，飲恨而終。慈母在堂，不能供養。綺羅弦管，從此永休。徵痛黃泉，皆君所致。李君李君，今當永訣！我死之後，必為厲鬼，使君妻妾，終日不安！」乃引左手握生臂，擲杯於地，長慟號哭數聲而絕。

試取與張生離別之文，鶯鶯鼓琴那一段同讀，其情致固然不同，但其筆力則有過之而無不及。字字血淚，眞令人不忍卒讀。

在人物形象的塑造上，〈霍小玉傳〉的男女主人公都顯得性格鮮明，突出，而且可信，各自合乎他們的社會地位及性格本身發展的邏輯。這在前節中已有論述，這裏就不重複了。

在主題的表現上，〈霍小玉傳〉更見出色。作者先寫李益如何三番兩次信誓旦旦，而一別之後卻「孤負盟約」、「寂不知聞」；寫小玉如何把愛情的要求一再降低，而最後終至落空；寫輿論對李益的指責，好友對李益的勸告，黃衫客的打抱不平，玉工對霍小玉的同情、傷感，乃至小玉死後化爲厲鬼使李益家室不安等等，從各個角度烘雲托月，步步進逼，有力地把譴責李益負心這一主題淋漓酣暢地表達了出來。〈鶯鶯傳〉在主題的表達上基本上是失敗的。因爲作者想要贊美的張生讀來只覺得虛僞、自私、卑鄙，作品的客觀效果同作者的主觀意圖完全相反了。〈李娃傳〉在主題的表現上固然是成功的，但似乎也不及〈霍小玉傳〉那樣酣暢和緊湊。某些情節，如東西二肆賽歌，文雖生動，但所占篇幅太多，不免使人有枝蔓之感。

最後還有一點應當提到的是，這三篇小說在人物語言的個性化上都作了某些努力，而〈霍小玉傳〉中寫鮑十一娘之語，如：「蘇姑子作好夢也未？有一仙人，謫在下界，不邀財貨，但慕風流。如此色目，共十郎相當矣。」及：「何等兒郎，造次入此？」皆有聲口畢肖之妙。以文言寫人物對白而要有個性，這本是不易做到的事，唐傳奇在這一點上並沒有很突出的表現，只有在清代蒲松齡的《聊齋志異》裏，我們才看到這方面的長足發展，但那已超出本篇的討論範圍了。

一九八二年十二月於美國哥倫比亞大學載《文學遺產》（北京）一九八三年三期

重讀《楊家將》

——試論有關作者、版本諸問題

論在民間流傳之廣和改編成戲劇之多，楊家將故事在中國古代小說中，怕要算數一數二的了。在舊時代的下層人民中間，沒有多少人知道《紅樓夢》、《金瓶梅》爲何物，對《西遊記》、《水滸傳》亦不甚了了，但三國故事和楊家將故事卻往往耳熟能詳。至於由楊家將故事而改編成的傳統劇目，僅據陶君起編著的《京劇劇目初探》一書所載，就有三十六種之多。其著者如《李陵碑》、《金沙灘》、《四郎探母》、《穆柯寨》、《轅門斬子》、《孟良盜馬》、《三岔口》《洪羊洞》等幾乎是京劇愛好者們歷歷可數的「家珍」。這還只是傳統京劇，如果加上地方劇和新編劇，則那數目大概會接近一百吧。

但老實說，這書實在寫得很差。

記得還是上初中的時候讀過楊家將，那時候讀得津津有味。蹲在教室走廊的牆根底下，就着昏黃的燈光，看楊業如何英雄，結果卻遭奸臣暗算，一頭撞死在李陵碑下；楊家兄弟如何了得，幽州一戰，死的死，擒的擒，出家的出家，好不淒慘；孟良如何忠義，每次搬救兵都是他去；焦贊如何魯莽，把謝金吾一家殺得好痛快；穆桂英如何武藝高強，連楊宗保都敵不過她……彷彿看戲臺上武打，紅紅綠綠，殺進殺出，好不熱鬧。不料這次取來重讀一遍之後，小時的好印象幾乎徹底給破壞了。就好像在暗中撿到一顆閃閃發亮的珍珠，拿到外面一看，原來只是一塊很平常的玻璃片，心裏的失望不言可知。甚至後悔不該重讀這麼一遍。反不如讓那假珍珠躺在口袋深處，時不時用手悄悄地摸一摸，倒還保存着一份竊喜呢。

一

正如中國大多數傳統小說一樣，楊家將故事也有一個由民間口頭傳說到說書人話本、雜劇，再到文人加工成小說的過程。

楊業與其子延昭、孫文廣本是歷史上實有的人物，傳見《宋史》卷二百七十二。什麼時候，他們變成了民間故事中的傳奇性人物了呢？已故著名學者余嘉錫先生在〈楊家將故事考信錄〉一文中說。

余以為楊業父子之名，在北宋本不甚著，今流俗之所傳說，必起於南渡之後。時經喪敗，民不聊生，恨胡虜之亂華，痛國耻之不復，追惟靖康之禍，始於徽宗之約金攻遼，開門揖盜。因念當太宗之時，國家强盛，儻能重用楊無敵以取燕雲，則女真蕞爾小夷，遠隔塞外，何敢侵陵上國。由是謳歌思慕，播在人口，而令公六郎父子之名，遂盛傳於民間❶。

這推斷大抵是正確的。事實上，楊家將故事之開始在民間流傳，可能還要早一點。歐陽修〈供備副使楊君墓志銘〉云：「繼業（即楊業）有子延昭，……父子皆爲名將，其智勇號稱無敵，至今天下之士，至於里兒野豎，皆能道之❷。」按此文作於一〇五一年，離楊業父子之死不過數十年，而文廣尚在世❸。到南宋時，楊家將故事已經流傳如此之廣，以致於開始有說唱藝人把它編成了話本。宋末羅燁所撰《醉翁談錄》甲集卷一〈舌耕敍引、小說開闢〉所列南宋話本中已有《楊令公》、《五郎爲僧》兩目。又宋末元初人徐大焯《燼餘錄》甲編已提到楊業及諸子奮死救駕之事，並說楊業長子名淵平、四子名延朗、七子名延嗣，延昭子名宗保，世稱楊家將等，與後世的楊家將小說相合，而漸漸與史實相離了❹。

至於元明雜劇中演楊家將故事之劇目，現存者有《謝金吾詐拆清風府》、《昊天塔孟良盜

❶ 見《余嘉錫論學雜著》下册頁四二一（北京，中華書局，一九六三年一月）。
❷ 見《歐陽文忠公集、居士集》卷二十九。
❸ 楊業死於公元九八六年，楊延昭死於公元一〇一四年，楊文廣死於公元一〇七四年。
❹ 見《余嘉錫論學雜著》下册頁四二二—四二三。

骨》、《八大王開詔救忠臣》、《焦光贊活拏蕭天佑》、《楊六郎調兵破天陣》等五本。《謝金吾》、《昊天塔》二劇皆見臧懋循《元曲選》❺。《昊天塔》之作者爲朱凱，《謝金吾》之作者爲王仲元❻。朱、王二人都是《錄鬼簿》的作者鍾嗣成的朋輩，元至順間在世。其餘三本皆見也是園《孤本元明雜劇》卷二十二。王季烈先生爲該書所作之〈提要〉說這三本雜劇皆明抄本❼。其寫作時間大約晚於前二本，但不會晚於我們現在所見到之楊家將小說之後。看來，元明之際應有相當數目之楊家將雜劇產生出來，以上五本不過是有幸傳世者罷了。

至於楊家將小說，到底有多少種不得而知，現在流傳下來的則有兩種，一爲《楊家府世代忠勇演義志傳》，一爲《北宋志傳》。爲便於說明問題起見，玆將上述五本雜劇及兩本小說中的主要人物列表作一個比較。

❺見《元曲選》（北京，一九六一）頁五九六及頁八二七。

❻王仲元曾作《私下三關》雜劇，見鍾嗣成《錄鬼簿》卷下（曹楝亭本），北京一九六一年新版《錄鬼簿（外四種）》頁九一，而《謝金吾》一名《私下三關》，見《元曲選》附目註。朱凱作《孟良盜骨殖》，亦見鍾書卷下，新版頁九〇。一部分學者認爲王仲元是否作了《私下三關》或所作之《私下三關》是否爲別一本尚不能完全確定。對於《昊天塔》的作者朱凱，亦有同樣情形。關於這個問題可參看王國維《宋元戲曲考》頁九七、九九（香港，一九六四年四月），嚴敦易《元劇斟疑》頁一三六—一三七，頁六五五—六五七，（上海，中華書局，一九六〇），羅錦堂《元雜劇本事考》頁八九，頁六二（臺北，一九七六）。

❼見上海涵芬樓所印行之《孤本元明雜劇》（線裝本）第一卷〈提要〉四十一、四十二頁之九三、九四、九五等條。

有關楊家將故事的七本雜劇、小說主要人物對照表

《謝金吾》	《昊天塔》	《開詔救忠》	《活拏蕭天佑》	《破天陣》	《楊家府世代忠勇演義志傳》	《北宋志傳》
楊令公（金刀教頭）	同上（金刀無敵大總管）	楊繼業（父滾）	楊令公（金刀教首）		楊繼業（原姓劉）	楊業（令公）
佘太君	同上				令婆（佘氏）	令婆
楊景（字彥明，人稱六郎）	同上	六郎	楊景（字彥朗，人稱六郎）	楊景（六郎）	楊延昭（賜名景，稱六郎）	楊延昭（六郎）
楊業七子：平、定、光、昭、朗、景、嗣	同上	平、定、光、煇、昭、朗、嗣	同上		淵平、延廣、延慶、延朗、延德、延昭、延嗣	淵平、延定、延輝、延朗、延德、延昭、延嗣
王欽若（原名賀驢兒）			王欽若（賀驢兒）	同上	王欽（字招吉）	同上（文中偶作王欽若）
謝金吾				謝金吾	同上	同上
岳　勝	同上		岳勝	同上	同上	同上
孟　良	同上		孟良	同上	同上	同上
焦贊（光贊）	同上	同上	同上	同上	同上	同上
韓延壽	同上	同上	同上	同上	同上	同上
長國姑（六郎岳母）						

蕭太后（六		蕭太后			蕭太后	同上
	潘仁美	同上		同上	潘仁美	同上
		八大王（趙德芳）	同上		八大王（趙德崇，又稱八王）	八大王
		賀懷簡			賀懷	
		劉君期			劉均期	劉君其
		呼延贊			呼延贊（呼又作胡）	同上
		土金宿		土金宿	土金秀	同上
		陳林柴敢（潘仁美部將）			陳林柴敢（本仁美部將後歸六郎）	陳林柴敢（六郎部下）
		黨彥進	同上		黨進	
		寇準（萊公）	同上	同上	同上	
		苗士安		苗士安		
		劉 達				
		林尚書				
			李瑜	同上	劉超	同上

			張蓋	同上	同上	同上
			耶律灰	同上		
			耶律馬			
			蕭天佑	同上		
				呼延必顯	胡必顯	呼延顯
				蕭天佐	同上	同上
				都骨林		
				忽里歹		
				蕭虎		
				蕭彪		
				楊宗保	同上	同上
				胡祥	張濟	張濟
				顏洞賓	呂洞賓	同上
					琪八娘	八娘

				瑛九妹	九妹
				穆桂英（木）	同上
				楊文廣（宗保子）	楊文廣（宗保弟）
				魏化	
				宣娘（宗保女）	
				儂智高	
				狄青	
				包拯	
				李高材（新羅國王）	
				張奉國（八臂鬼王）	
				夏雄	
				張茂	
				周王（神宗弟）	
				楊懷玉（文廣子）	

					十二寡婦（名略）	十二寡婦（名不同上）
						束天神
						百花女

根據上面這個表，我們可以作出如下分析：

第一，主角楊六郎和楊業七子之名字有四次變化。(1)六郎名景字彥明，七子爲平、定、光、昭、朗、景、嗣（《謝金吾》及《昊天塔》）；(2)六郎名景字彥朗，七子爲平、定、光、煇（或輝）、昭、朗、嗣（《開詔救忠》、《活拏蕭天佑》）；(3)六郎名延昭賜名景，七子爲淵平、延廣、延慶、延朗、延德、延昭、延嗣（《楊家府世代忠勇演義志傳》）；(4)六郎名延昭，七子爲淵平、延定、延輝、延朗、延德、延昭、延嗣（《北宋志傳》）。由此可以推定以上七部作品大約作於四個時期。

第二，其中(1)、(2)兩個時期，(3)、(4)兩個時期較爲接近，而(1)、(2)與(3)、(4)之間可能隔得較久，這從王欽若變而爲王欽這一情形可以看出；同時六郎及楊業七子的名字(1)、(2)期與(3)、(4)期之間變化大於(1)與(2)及(3)與(4)之間的變化，也可作爲旁證。

第三，主角楊六郎在雜劇中名景，在小說中名延昭，由此可以推斷五本雜劇的成書年代當早於兩本小說。因爲雜劇是片斷，小說較系統，若雜劇在小說之後，則情節通常取自小說而人名當保持一致；反之，若小說在雜劇之後，則需補充許多情節，人名也就可能改動了。

第四，中國古代戲劇一般本於史書或話本小說，或民間傳說，憑空杜撰者絕少。現在這五本雜劇中楊氏七子之名既不同於宋史❽，又不同於前面提過的宋末元初人徐大焯《燼餘錄》的記載，於此可見宋元之間必然尚有其他有關楊家將的傳說及話本存在。

第五，楊家將故事中的主要人物在雜劇中大都已經出現，可見楊家將故事的基本情節及大致輪廓宋元之際卽已成形。

二

由此，我們大致可以斷定，《楊家府世代忠勇演義志傳》與《北宋志傳》是在由宋末到明代中葉社會上大量流傳有關楊家將的民間傳說、筆記、話本和雜劇之基礎上加工而成的。

這兩本書的作者是誰，學術界迄今尚無定論。《楊家府世代忠勇演義志傳》現在可以看到的最早版本是明萬曆丙午（一六〇六）天德堂刊本❾，題「秦淮墨客校閱，烟波釣叟參訂」。書前有秦淮墨客序。從序後的印章可以推知秦淮墨客爲紀振倫字春華。紀振倫生卒年月及身世皆不

❽《宋史》載楊業七子爲延玉、延朗、延浦、延訓、延環、延貴、延彬，見卷二百七十二〈楊業傳〉。

❾此本原藏北京圖書館及北京大學圖書館，見孫楷第先生《中國通俗小說書目》卷二明清講史部。一九七一年臺北國立中央圖書館將其影印出版。

詳。校閱不等於編撰，且玩其序文語氣亦不像是作者。他說：「嗟嗟賢才，出處關國運盛衰，不佞於斯傳不（翼明按：「不」字疑衍）三致慨云！剞劂告成，敬掇俚語於簡首，以遺世之博古者⑩。」而無一語提到撰作之事，可見他的確只是一個「校閱」者而已。臺北國立中央圖書館影印本竟徑題作「明、秦淮墨客撰」，實在太魯莽了一點。

《北宋志傳》較早的版本，現在知道的有三種：⑴明萬曆年間建陽余氏三台館刊本，《南宋志傳》與《北宋志傳》合刊，二十卷，不標回數，其總名爲《全像按鑒演義南北兩宋志傳》。⑵明萬曆二十一年（一五九三）綉谷唐氏世德堂刊本，《南宋志傳》和《北宋志傳》分刊，各十卷，五十回，其全名分別爲《新刊出像補訂參采史鑒南宋志傳通俗演義題評》和《新刊出像補訂參采史鑒北宋志傳通俗演義題評》。⑶明萬曆四十六年（一六一八）金閶葉崐池刊本，《南宋志傳》與《北宋志傳》合刊，各十卷，五十回，其總名爲《新刻玉茗堂批點綉像南北宋傳》。後世通行之本，都是從葉崐池本翻刻的。三台館本卷首有三台館主人的序，其中說：「昔大本先生，建邑之博洽士也，偏(遍)覽羣書，涉獵諸史，乃綜核宋事，滙爲一書，名曰《南北宋兩傳演義》。」大本爲大木之誤。大木姓熊，號鍾谷，福建建陽人，約生於明嘉靖年間，以編著和刊行通俗小說而知名。除此書外，尚編有《全漢志傳》、《唐書志傳》和《大宋中興通俗演義》。據此，則

⑩ 見臺北國立中央圖書館影印本正文第七—八頁。

《北宋志傳》的作者爲熊大木似乎沒有問題，現在通行的幾種文學史都取此說。唯孫楷第先生，在《中國通俗小說書目》中說：「按此書南宋演太祖事，北宋演宋初及眞仁二朝事⑪，命名至爲不通。疑其書本名《宋傳》及《宋傳續集》（說詳拙著〈日本東京所見小說書目〉）。《續集》據世德堂、葉崐池本第一回按語，謂收集楊家府等傳參入史鑑年月編定，恐非熊大木所作⑫。」

孫先生的意思可作兩層解釋。第一，既然《北宋志傳》是在《楊家府》等傳的基礎上參入史鑑年月而編定的，那麼熊大木頂多是個編訂者，原作者應是《楊家府》傳的作者；第二，熊大木只作了《宋傳》，而《續集》（即《北宋志傳》）乃是後人收集《楊家府》等傳，參入史鑑年月而編定的⑬，那麼，熊大木連編訂者都不是了。

孫先生的話是很有見地的。爲了說明問題，我把世德堂本第一回前的按語全抄如下：

謹按是傳，前集紀一十卷，起於唐明宗天成元年石敬瑭出身，至宋太祖平定諸國止。今續後集一十卷。起宋太祖再下河東至仁宗止。收集楊家府等傳，總成二十卷。取其揭始要終之意。並依原成本，參入史鑑年月編定，四方君子覽者，幸垂藻鑒。

⑪ 翼明按：原書敍至眞宗止，未及仁宗。孫先生失考。
⑫ 見該書（北京，一九五七年一月）頁四八。並參看《日本東京所見中國小說書目》頁六九—七〇。
⑬ 見孫楷第《日本東京所見中國小說書目》頁七〇（上海，一九五三）。

後出之葉崐池本亦有此段按語，只是文字修飾得稍簡潔點⑭。

這顯然不是原作者的話，而是評釋者的話。世德堂本題「姑孰陳氏尺蠖齋評釋」。可見這段話是尺蠖齋（姓陳）說的。從「並依原成本，參入史鑑年月編定」一語看來，每卷前面的「起……至……，首尾凡……年事實」之類的話也是他加的。但他既不是前集的作者，也不是後集的作者，因爲「原成本」放在最後講，且前有「並依」字樣，顯然是包括了前後集在內的。但「今續……。收集……，總成……。取其……之意」，這語氣又頗像是續作者的一個簡短說明。我因此懷疑此書或許還有更早的版本，其按語可能與上述按語的前半相同，而無「並依」以後數語。這裏還有一個小問題，即《北宋志傳》敍事是至眞宗止，並不到仁宗，按語中說：「到仁宗止」是錯誤的。哪有作者本人把自已小說的起止時間弄錯的道理呢？這個只有待更早的版本發現時來解決了。

假定上述按語的前半的確是續作者的說明，則續作者與前集的作者必不是同一人，否則這種說明就顯得多餘了。當然也許是前集成書若干年並已出版流傳之後，作者重新執筆作續集，因而略加說明也是可能的。但既是「收集楊家府等傳」而成，則無論哪種情形，原作者都應是《楊家

---

⑭ 原文爲：「按前集起於唐明宗天成元年石敬瑭出身，至宋太祖平定諸國止。玆後集起宋太祖再下河東，至仁宗止，收集楊家府等傳，參入史鑑年月編定，蓋取其揭始要終之意云。」

府》傳的作者，而不可能是熊大木了。

那末，《楊家府傳》的作者是誰？「楊家府等傳」是否即指秦淮墨客所校閱的《楊家府世代忠勇演義志傳》？前面已經說過《楊家府世代忠勇演義志傳》現在所看到的最早版本是明萬曆丙午（一六〇六）天德堂刊本，而《北宋志傳》的世德堂本（一五九三）尚在此以前。因此孫楷第先生推測也許《楊家府世代忠勇演義志傳》另有我們現在未見過的萬曆丙午以前的舊刻本⑮，柳存仁先生也同意這個意見⑯。可是，孫、柳二先生的推測實際上暗含着一個前提，即按語中的「楊家府等傳」即《楊家府世代忠勇演義志傳》。事實上，「楊家府等傳」並不一定指（雖然也可能包括）《楊家府世代忠勇演義志傳》。我們前面已經分析過，楊家將故事的基本情節和大致輪廓早已成形，那末，除了《楊家府世代忠勇演義志傳》以外，能說一定沒有別的楊家府傳麼？何況按語中的「等傳」實際上已經暗示了別的楊家府傳的存在呢。

退一步講，即使按語中的「楊家府等傳」指的就是（或許說「主要是」比較穩妥）《楊家府世代忠勇演義志傳》，《北宋志傳》的眞正作者是誰這個問題仍然沒有解決，因爲前者的作者問題也是烟霧一團。

看來，在沒有新的資料加以證實以前，《楊家府世代忠勇演義志傳》和《北宋志傳》二書的

⑮ 見《日本東京所見中國小說書目》頁七〇。

⑯ 見《倫敦所見中國小說書錄》頁二六九。(Hong Kong, 1967)

作者最好還是暫付「闕疑」爲妥。

此外，關於《南北兩宋志傳》（或《南北宋傳》，或《南北宋兩傳演義》）的名字問題，誠如孫楷第先生所批評的，「命名至爲不通」。孫先生因而推測其書名本是《宋傳》及《宋傳續集》，其主要根據即是我前面已引錄的《北宋志傳》世德堂本第一回前的按語和《殘唐五代傳》的結尾那句話：

> 餘見宋傳，此編不多錄也。

但這仍然是有問題的。首先應當指出的是，孫先生在抄錄世德堂本那段按語時，「謹按是傳」之後抄掉了「前集」二字⑰，又把「續後集」三字連讀如「續集」，因而造成一種「正傳」和「續傳」的錯覺。其次是《殘唐五代傳》中「餘見宋傳」之「宋傳」，不過是宋代傳志之泛稱，很難斷定是書名。且《殘唐五代傳》傳爲羅貫中作，則成書時代當在元末明初，其時《南北兩宋志傳》尚未產生，作者何以能預定其名呢？當然，《殘唐五代傳》也累經後人「評點」、「校閱」，那句話也可能是後人加的，但畢竟不能算作一條堅強的證據吧。何況此書前集起於唐明宗

---

⑰ 參看《日本東京所見中國小說書目》頁六六—六八。世德堂本藏日本內閣文庫，美國哥倫比亞大學東亞圖書館藏有該書之微縮膠卷。其按語原文即我所抄錄於正文中者。

天成元年石敬塘出身，至宋太祖平定諸國止，幾乎包羅五代，說是《宋傳》，也很勉強。

余嘉錫先生則提出另外一種看法，他說：

是書前集起於唐明宗天成元年石敬瑭出身，至宋太祖平定諸國止，幾乎包羅五代，但闕朱梁及唐莊宗二十一年之事耳，而名為南宋志傳，絕不可能。作者雖非通人，亦不應荒謬至此。及取書細審之，凡每卷大題及逐葉書口之南宋字，皆與上下文大小不一律，卽序末玉茗堂三字亦特大。復讀其序曰：「史載宋太祖行事，頗多儒行翩翩，五代以來誼主，及攬五代傳志，於正史乃不盡符云。」不覺恍然大悟。蓋此書舊版本作五代志傳，後為書賈剜改為南宋字，以與北宋志傳相配，而不知其不可通。織里畸人自稱書於某地，亦改為玉茗堂，欲與後集之序，並託湯顯祖之名以行。無知妄作，一至於此，可謂心勞日拙者矣。

此說很有說服力。尤其當我們把《北宋志傳》的序（按此二序的作者爲泛雪齋，作於癸巳長至日⑱）拿來同讀時，這種感覺更強烈：

⑱ 世德堂本《南宋志傳通俗演義題評》前有：「敍鍥南宋傳志演義」，落款爲「旹（卽時）癸巳長至泛雪齋敍」。其《北宋志傳通俗演義題評》前有「敍鍥北宋傳志演義」，落款爲「旹癸巳長至日敍」。「癸巳」一般學者認爲卽萬曆二十一年（一五九三）。葉崐池本兩序同此，而異其署題。南宋序署「織里畸人書於玉茗堂」，不記年月；北宋序署「萬曆戊午中秋日玉茗主人題。」參看孫楷第《日本東京所見中國書目》頁六八－六九。

北宋太祖旣沒，神武遂微。傳志所言，則盡楊氏之事，而宋政大非，其然，豈其然乎？

這段話的行文語氣和結構都跟前集的序（見前頁余嘉錫文中所引）一樣，都是首先提出本事，再及此書，而指其與正史不合，然後展開議論。這裏「傳志」即《北宋志傳》，因前面已提出「北宋」二字，故不再重復（前序中前面雖已出現「五代」字樣，但起首說的是「宋太祖行事」，若只說「及攬傳志」，容易使人誤會爲「太祖傳志」，故該處「五代傳志」之「五代」不省）。

若此說能成立，則《南北兩宋志傳》原名應是《五代志傳》和《北宋志傳》二書，因爲年代相接，書賈取而合刊，並易其名。但余嘉錫先生的書賈剜改說卻不能成立，因爲我仔細檢查過世德堂本原刊，並無剜改痕迹，而世德堂本年代早於葉崐池本，余先生看到的本子旣有「織里畸人書於玉茗堂」的字樣，則無疑是葉崐池本的翻刻本，年代要晚得多了。葉崐池原本今藏日本宮內省圖書寮，在中國是看不到的。

這樣說來，關於《南北兩宋志傳》的書名問題，我們現在所確知的仍然只是「命名至爲不通」一點，至於原名是什麼，在沒有更新的發現以前，爲審愼起見，仍以暫付「闕疑」爲佳。一九七九年上海辭書出版社出版的新版《辭海》中「熊大木」條逕取孫楷第先生之說，言熊大木編有《宋傳》及《宋傳續集》，我以爲也失之魯莽。

三

《楊家府世代忠勇演義志傳》和《北宋志傳》二書的關係之密切是顯而易見的事。《北宋志傳》名不副實，「所言則盡楊氏之事」，按語中也坦承「收集楊家府等傳」，參入史鑑年月編定。所以後世某些《北宋志傳》的翻刻本乾脆以《楊家將演義》作書題，裏面則仍保持《北宋志傳》的序、目錄及內容不變。例如柳存仁先生《倫敦所見中國小說書目提要》中所提到的英國博物院藏、小酉山房梓行本即是一例⑲。總而言之，不管二者之間有無先後傳承關係，至少它們的故事背景是一致的，而這故事又已經以種種形式流傳了數百年之久，那末二書的基本情節大同小異也就是必然的了。

不過，我們若由此斷定說：「後者是在前者的基礎上改編而成的⑳。」卻又有武斷之嫌。我上文已經說過，《北宋志傳》第一回前按語中的「收集楊家府等傳」，並不能作為堅強的理由說明《北宋志傳》的作者是根據《楊家府世代忠勇演義志傳》來進行改編的。

事實上，這裏存在着三種可能性：(1)如目前為大家所默認的流行看法，《北宋志傳》乃是在《楊家府世代忠勇演義志傳》的基礎上改編而成的。(2)剛好相反，《楊家府世代忠勇演義志傳》

⑲ 見該書頁二七一。
⑳ 見北京寶文堂一九八〇年十二月出版的《楊家將演義》裴效維所作的《前言》，頁三。

是在《北宋志傳》的基礎上改編而成的。這並非不可能，因爲從現存版本看來，《北宋志傳》的最早版本（世德堂本，一五九三）比《楊家府世代忠勇演義志傳》的最早版本（丙午本，一六〇六）更早。⑶二書之間沒有關係，各自根據當時流傳的資料（傳說、筆記、話本、雜劇、小說等）獨立寫成。

最好的鑑別方法莫若把這兩本書從頭至尾仔細加以對照，指出其異同並加以分析。限於篇幅，我只能作一個簡要的考察。

兩書差別最大的地方是開頭和結尾。《楊家府世代忠勇演義志傳》起於宋太祖登基，止於仁宗時楊懷玉（楊宗保之孫，楊文廣之子）舉家上太行。《北宋志傳》起於北漢主逐忠臣呼延廷（呼延贊之父），止於眞宗時楊宗保平定西夏。具體地說，《楊家府世代忠勇演義志傳》開頭第一則「趙太祖受禪登基」《北宋志傳》沒有，但多了三回講述呼延贊的故事（第一回至第三回）。《楊家府世代忠勇演義志傳》從第六卷第六則「邕州儂智高叛宋」至書末，共十八則，講述楊文廣的故事，《北宋志傳》沒有，但多了五回（第四十六回至五十回）講楊宗保平定西夏的事。這種開頭和結尾的差別與上述三種可能性都不發生衝突。我們固然可以說，《北宋志傳》的編者爲了避免與《南宋志傳》重覆而刪去了「趙太祖受禪登基」一節，但又何嘗不可以說《楊家府世代忠勇演義志傳》的作者爲了突出和集中楊家將，因而刪去了呼延贊的那三回？我們固然可以說《北宋志傳》的作者因爲不滿意《楊家府世代忠勇演義志傳》後十八回之神怪荒誕而加以刪創，我們更有理由推測《楊家府世代忠勇演義志傳》的作者不滿意《北宋志傳》只講到楊宗保平定西夏而不及楊文廣的傳奇經歷，覺得非常遺憾，因而提筆補作了十八回。但無論哪一說都有點疑問：既然《北宋志傳》以「北宋」爲題，爲什麼只寫到眞宗卽止？如果他是在《楊家府世代忠勇演義志傳》的基礎上改寫，卽使嫌後十八回荒誕不經，何不就其梗概加以改作，這樣至少也到神宗時代了？《楊家府世代忠勇演義志傳》既然集中寫楊家將，爲何不保留楊宗保平西夏那五回，如果他是在《北宋志傳》的基礎上改作的話？如果說這兩本書原是各自獨立寫成，這些疑問當然就不存在了，因爲各人所獲得的資料不同而其取捨亦異也。

《楊家府世代忠勇演義志傳》第二則到第四十則（按原書沒有第幾則或第幾回字樣）的故事與《北宋志傳》第四回到四十五回的故事基本相同。但是如果把兩書細細對讀，不難發現如下數點。

第一、同中有異。

例如楊六郎在《楊傳》（《楊家府世代忠勇演義志傳》，下同）中名延昭，賜名景；在《北傳》（《北宋志傳》，下同）中只名延昭。二郎、三郎在《楊傳》中爲延廣、延慶；在《北傳》中名延定、延輝。王欽若在《楊傳》中原名賀驢兒，是遼左賢王賀魯達之嫡子，自願入宋爲細作，臨行前蕭后恐日後難認，在他左脚心刺了「賀驢兒」三個字，後來被楊四郎揭發處死；《北傳》則只說是蕭后細作而無原名賀驢兒等節。《楊傳》中楊文廣爲楊宗保之子；《北傳》中文廣則爲宗保之弟，爲柴郡馬在天門陣中所生㉑。

又如宋太宗招降楊業父子一節，二書有很大不同。《楊傳》中楊業堅持抵抗到底，最後一戰因病未能參加。漢主投降後，宋太宗三番兩次派人去招降，他仍執意不從。最後要宋主答應三事之後才作有條件的投降。令婆在戰場上也有英勇表現。《北傳》則是太宗使用反間計，並以富貴相誘，而五郎、八娘、九妹爲貪戀富貴，一同慫恿令婆勸令公投降。結果是楊業背棄漢主先降太宗，終使漢主城破爲虜㉒。

又如幽州大戰，楊業長子淵平及二郎、三郎戰死，四郎被擒，五郎落荒，二書大致相同。但《楊傳》中扮太宗的是四郎延朗，《北傳》中則是淵平㉓。

再如楊業死後，六郎進京告御狀，《北傳》寫得很簡單，先由傅鼎臣鞫問，潘妃黃夫人行賄鼎臣，被八大王揭破，乃改由李濟推審，結果將潘仁美罷職爲民。《楊傳》則寫得十分詳盡，篇幅爲《北傳》的三倍，情節亦不同。先是由黨進、楊靜先往潘仁美營寨，設計取得帥印，將潘押

㉑ 看《楊家府世代忠勇演義志傳》（一九七一，臺北影印本）頁九六、二九、一二六、五四〇、五八八及《楊家將演義》（北京寶文堂，一九八〇年十二月，按此書係《北京志傳》重印，內容上未作刪改，見該書前言）頁八六、一〇一、一九七。

㉒ 看《楊家府世代忠勇演義志傳》第一卷「太祖傳位與太宗」及「太宗招降令公」兩節，《楊家將演義》第十回、十一回。

㉓ 看《楊家府世代忠勇演義志傳》第一卷「太宗駕幸昊天寺」一節，《楊家將演義》第十六回。

赴太原；再由寇準出面，以舊僚身份與潘飲酒，套得口供，判以死罪，但因潘妃故免死，六郎含寃不服，八大王乃設計先行取得太宗獨角赦，六郎於是殺死潘仁美等三人，終報父仇㉔。按《楊傳》此節完全取自雜劇《開詔救忠》，《北傳》則不知何所本。

楊六郎收伏岳勝、孟良的情節二書完全一致。但收焦贊時，《楊傳》是孟良出馬，焦贊不理，最後用火攻燒了焦贊山寨，活捉了焦贊，焦贊乃降。《北傳》中卻是六郎親往招降，結果被焦贊捉住要殺，忽然六郎頭上冒出黑氣，黑氣中現出白額虎，焦贊驚爲神人，於是歸降㉕。

類似情形還不少，限於篇幅，不能盡舉。

第二、情節雖同，語句不同。

情節不同之處固不論，卽使二書中情節相同之處，字句並不雷同。

焦贊夜殺謝金吾一家也許可以作爲一個典型的例子：細節儘管一一吻合，遣詞造句卻處處有點兒不一樣。現照抄二書中該節如下，以便對勘。

《楊家府世代忠勇演義志傳》（臺北影印本，頁二六六—頁二七四）：

㉔ 看《楊家將演義》第二十回；《楊家府世代忠勇演義志傳》第二卷「寇準勘問潘仁美」及「八王設計斬仁美」兩節。

㉕ 看《楊家府世代忠勇演義志傳》第二卷「兄妹晉陽比試《後半》及《六郎三擒孟良》一節；《楊家將演義》第二十二回下半及二十三回。

時焦贊路途心苦，到府兩日，亦不覺得。連住了幾日，拘禁得慌，與軍校言曰：「我跟本官來京，止望遍城遊翫景致，早曉這等監守，何似當初不來。汝等肯引我入城觀看一番，多買酒食相謝。」軍校曰：「放汝出去，只恐你們生事，那時連累我等，怎生了得。」焦贊曰：「好哥哥，帶我出去，三生不忘，且我不生事便罷。」於是軍校，暗開後門，瞞着六郎，引焦贊入城遊翫。果見一座好城，有詩為證：

虎踞龍蟠地有靈，長安自古帝王城。紅雲日擁黃金闕，紫氣春融白玉京。孔雀徐開金扇迥，麒麟高噴御香清。皇圖鞏固齊天地，四海黎元樂太平。

又後人歎息汴梁，作詩一首：

三百餘年宋祚遐，平原千里挹嵩華，黃袍昔照陳橋柳，翠袖今埋故苑花。南渡一龍能立國，北行雙馬不還家，傷心謾寫興亡恨，汴水東流日夜斜。

焦贊與軍校進了仁和門，只見人如蟻聚，貨似山積，焦贊言曰：「若非老哥放出時節，怎麼見得這般熱鬧去所。」軍校驚曰：「汝好大膽，倘人聽見，盤詰究出是三關逃軍，拿去問罪，却不連累本官。」贊笑曰：「道這一聲便有何害。」忽行到酒館面前，聞得作樂歌唱，殽饌馨香，贊曰：「可進裏面，沽飲三盃而去。」軍校曰：「這裏鬧紛紛的，我等難以從容飲酒，當往城東望高樓，偏僻去處，飲之可也。」焦贊聞他這話，遂邀軍校，徑往望高樓飲酒，飲至日色將闌，軍校催贊回府。贊曰：「此地難再得到，望老哥多飲兩杯，今晚只在此店歇宿，明日回去也罷。」軍校曰：「明日本官見責，我等怎生分理？」贊曰：「無妨，我自分解，不致罪加汝等。」軍校見其性急，恐嚷鬧被人知覺，只得依隨，直飲酒至更盡方罷。焦贊不肯歇息，邀軍校乘着月色，東蕩西游。游到謝副使門首，聽得裏面，大吹細擂，作樂飲酒，焦贊曰：「這個人戶，好快活也。」軍校笑曰：「你不消說他，此正謝金吾之家，是汝本官對頭，乃當朝第一倖臣，最有威勢。今領着旨，來拆滴水天波樓，汝本官回來，為着這些事情。」焦贊先未知謝金吾之家，也自罷了，此時一知，殺心頓生，謂軍校曰：「汝二人，在此等着，待我進去，結果了這賊出來。」軍校嚇得戰戰兢兢，渾身麻了，言曰：「汝生事出來，連累我等，可速轉店安歇。明早回去，本官還不知覺。不然我先回去，報知本官，定行重責。」焦贊怒曰：「汝二人要去只管去，我今定要這般行也。」二人拖焦贊，轉至後面墻角邊，焦贊說聲撒手，湧身一躍，跳過其墻，裏面乃後花園也。俏地進到廚房，家人俱在堂上，伏事飲酒，止有一個了頭在廚房，整備酒殽。焦贊抽出短刀，向前殺了，提頭走出堂中。只見金吾居中坐着，樂工歌童，列於兩傍。焦贊將那顆頭，照金吾臉上打去，金吾大驚，撲得滿面是血，大叫：「有賊，衆人快拿。」焦贊走向前，罵曰：「奸佞賊，你認得焦爺麼？」言罷，望金吾項下一刀，砍落其頭，衆人見了，各自逃生。焦贊恨怒不息，一門不分老幼，盡皆殺之，並未走脫一人。有詩為證：

靜中察天道，天道好循環，妄意將人害，全家一劍餐。

時夜三更，焦贊將筵中美酒佳殽，飽恣一餐。臨行思忖：「謝金吾一家，被我殺了，他乃朝廷寵臣，肯干休罷了？必竟貽累街坊受禍，不如留下數句，與人猜詳，庶不貽害他人也。」即將血大書四句於壁。詩曰：

四水星連家下流，二仙並立背峯頭，明明寫出真名姓，仔細參詳莫浪求。

題罷，復從後園跳出，去尋軍校，不見。乃躲於城坳，過了一晚。次日清晨，逃回楊府去了。

《北宋志傳》（用一九八〇年十二月北京寶文堂重印本，題《楊家將演義》，頁一四五—頁一四七）：

時焦贊初到，亦且過得。一連數日，便坐臥不住，與軍校議曰：「我隨本官到此，正待看汴京風景。今着人監守於我，莫若不來，猶得散誕。汝等若肯帶我向城中游玩，多買酒食相謝。」軍校曰：「去且無妨，只恐你生面，被人識破，那時連累着本官也。」贊曰：「自有方略，決不與人識破。」軍校乃背了六使，開後門，與焦贊出得無佞府，大踏步望汴京而來。果然好一座城廓，有西江月詞為證：

堪羡京師形勝，朱門十萬人家。汴京自古最繁華，弦管高歌月夜。市列珠璣錦繡，風流人物豪奢。菁葱雲樹繞堤沙，真是堪描堪畫。

焦贊轉過仁和門，但見車馬往來，人烟輳集，不覺失口曰：「若非本官挾帶，安得見此光景？」軍校驚曰：「汝膽好大！此處乃京城地面，緝訪軍家無數，鬧出禍來，誰人來救？」焦贊笑曰：「便道一聲何妨？」言罷，行到歌管巷，見酒館中擺列齊整，贊曰：「相與進裏面，沽飲三杯而去。」軍校曰：「此間不是我等飲酒處。往城東望高樓飲玩。」日色將晚，軍校催促回去。贊曰：「難得來此，只在城中尋店安下，明日回去未遲。」從人見他性急，只得依從。近一更時分，焦贊尚未安歇，乘月下，與軍校閑走。偶經過謝金吾門首，聽得府中樂聲嘹亮，歌音不歇。焦贊問曰：「此是那個家中？風送歌音，如此清亮。」軍校笑曰：「速行，休問此處。我本官正因其人要拆毀滴水天波樓，才下三關。正是當朝寵臣謝副使府中，想必正在歡飲，樂人未散，故有此樂音也。」焦贊初未知謝金吾家，則全然無事，聽說是本官對頭，便怒從心上起，惡向膽邊生，謂軍校曰：「汝二人只在外面等候，我入府中察訪消息便來。」軍校嚇得渾身酥麻，叫苦曰：「汝生出事節，我等定遭連累。可急轉店中，明日侵早回去，本官亦弗覺。不然，我先走去報知。」焦贊怒曰：「任汝二人去，定要依我行也。」徑別了軍校，閃進謝府後門而去。二軍慌忙各自逃奔。不提。

却說焦贊抹過東牆，見不甚高，遂攀援而登，踴身跳於後花園內，竄進廚下。家人俱各在堂上服侍謝金吾，只有小使女在灶前燒火。焦贊於皮靴中取出利刀，先將使女殺了。提着死人頭，走向堂上。只見謝金吾當席而飲，樂工歌童列於庭側，徑將人頭對面擲去。謝金吾吃着一驚，滿面是血，即喊：「有賊！衆人何在？」焦贊踏進前罵曰：「弄權奸佞！今日認得焦贊麼？」言罷，一刀從項下而過，謝金吾頭已落地。衆人看見，四散逃走。焦贊殺得手活，搶入房中，不分老幼，盡皆屠戮。可憐謝金吾一家，並遭焦贊所害。後人有詩為證：

起意陷人終自陷，且看今日謝金吾。
誰憐恃富當朝相？老幼全家被所屠。

將近三更，焦贊取筵中美味恣食一餐。臨行自思曰：「謝金吾一家，被我殺死。他是朝廷顯官，若知此事，豈不連累地方？不如留下數字，使人知是我殺，庶不禍及他人也。」即蘸鮮血，大書二行於門曰：「天上有六丁六甲，地下有金神七煞。若問殺者是誰？來尋焦七焦八。」題罷，復越墻，打從後墻門而出。待尋二軍校，不知走往何處。因在城坳邊躲過一夜。次日侵早，逃歸楊府去了。

第三、兩書不同的地方各有千秋，並非一本都好，一本都壞。

例如上面引的焦贊夜殺謝金吾一家，二書文字差不多，但描寫汴梁城時，《楊傳》引詩不倫不類，第一首寫的是「長安」，第二首是嘆兩宋興亡，都不貼切；《北傳》所引西江月詞就貼切得多了。焦贊殺人後所題之詩，《楊傳》中的象字謎，既不切合焦贊的性格，也不適於當時的氣氛；《北傳》中焦贊的題詩就好得多了。又如《楊傳》中王欽原名賀驢兒，爲左賢王之子，腳心刻字等節顯然不近情理。細想如果情形如此，楊四郎爲何不早一點暗通消息給宋朝，而讓王欽做了那麼多壞事以後才加以揭發？

以上兩例是《北傳》優於《楊傳》之處，然《楊傳》亦有優於《北傳》之處。例如招降楊業一節，《楊傳》就遠勝《北傳》。《北傳》寫楊業及其家人貪戀富貴因而背漢降宋，這就大大損害了楊家將的形象，並使得他們的性格前後不一致。《楊傳》寫楊業堅持抵抗，最後才被迫有條件投降，使人覺得這才是眞正的令公本色，而後來撞死李陵碑，誓不降遼正是這一性格的發展。又如楊六郎招降焦贊時，《楊傳》寫孟良以焦贊的朋友身份出馬，顯然也比《北傳》中楊六郎冒失失地親自跑去要合情理得多。

以上這個極其粗略的考察，至少令我們對這兩本書中一本是在另一本的基礎上改編而成的，這一說法產生懷疑。如果這兩本書中，眞有一本是原本，一本是改本，那末改本一般要比原本好，尤其不應當把明顯的佳處改掉，而換上比原文還差的東西。同時改本一定會保留原本不少的章節，犯不着每句都去改動一下。

因而我的初步結論是，這兩本書是各自根據當時流傳的楊家將有關資料獨立寫成的。

四

無論是《楊家府世代忠勇演義志傳》，或是《北宋志傳》，從藝術這個角度看，都是很差的作品。

余嘉錫先生在〈楊家將故事考信錄〉中說：

> 楊家將事不如三國之多，故僅有三分實事，七分純出於虛構。其人文學遠不如羅貫中，故其運用史傳，不能融會貫通，憑空構造，不能切合情理。元雜劇中之事，此兩本皆有之，而鄙俚又甚焉。自大破天門陣以下（天門陣事《楊家將演義》在卷四，《北宋志傳》名南天陣在卷七），牛鬼蛇神，無理取鬧，閱之令人作三日惡。其詞句雖頗明順，然文言與白話並用，亦復雅俗不侔，固當等之自鄶，不欲多所論列[26]。

這批評並不過分。在我看來，這兩本書只是在《三國》、《水滸》、《西遊》的影響下產生

---

[26] 見《余嘉錫論學雜著》下冊頁四二七。

出來的一個雜揉的、粗糙的、沒有才氣的四流作品。就其演述國家大事、多談戰伐，借史實加以生發等特徵而言，它頗像《三國》；但遠不如《三國》那樣敍事細密、條理清晰、合情合理，而且氣勢磅礴。就其寫呼延贊、孟良、焦贊等人的落草爲寇、佔山爲王、渺視國法以及楊懷玉的逼上太行而言，又顯然有《水滸》的影子；但遠不如《水滸》那樣筆酣墨飽，潑辣生動，摹人寫情，入木三分。就其摻雜迷信、時出鬼怪而言，又使人想起《西遊》與《封神》。尤其是在破天門陣（《北宋志傳》名南天陣）一節及《楊傳》後十八回，眞所謂「牛鬼蛇神，無理取鬧」。楊文廣、宣娘、八臂鬼王等人不僅呼風喚雨，還能上天入地、變來化去。但一點也不能喚起讀者的興味，如看《西遊》時欣賞作者的詼諧浪漫、設想奇特、筆力恣肆，反令人可憐作者的心勞力絀和想像力的貧乏，正應了民間那句俗話：「故事不夠，鬼神來湊」。

讀畢掩卷，使人覺得全書從頭至尾充滿着一種令人無法忍受的淺薄。語言淺薄，刻畫人物淺薄，描寫世態淺薄，連主題都淺薄。《水滸》中林冲雪夜上梁山、武松景陽岡打虎那樣壯烈、生動的場景，武松殺潘金蓮那樣深刻細膩的人情探討，或者《三國》中三顧茅蘆、赤壁之戰那種或機智婉曲，或壯濶繁複的章節，在《楊傳》、《宋傳》中實在連一小段都找不到。人物中除焦贊、孟良尚有性格，稍具生氣以外，其餘找不出一個有稜有角、性格鮮明、感情豐富的人。作者着力頌揚的楊家父子，只見殺來殺去、報仇報寃，好像是作者筆下的傀儡，而不像有血有肉的人物。試問楊業是個什麼性格？楊六郎是個什麼性格？他們有什麼樣的喜怒哀樂？除了「忠君」

（同「報國」攪在一起）、打仗，彷彿什麼人情世故都不懂，也不管，他們全部的生活目的是「博個青史留名」。連無佞府中那一羣無辜的寡婦也只是雌性的戰爭動物，好像連一點活人——活女人——的慾望都沒有，看了叫人可憐。

忠奸之爭、夷夏之辨是二書的主題——大概也是絕大部分中國古代講史小說的主題，這自然是由南宋至明末社會政治的反映。事實上，一部中國的二十五史，從頭至尾貫串着的似乎也就只有這兩大主題。而這兩大主題都跟君王與政權有關，——老實說，同普通小老百姓並無太大的切身利害關係，不像某些大人物所強調的那樣。但楊家將故事以及由楊家將改編的戲劇不僅在宮廷內大行其道——這只要看清代宮廷演出的《昭代簫韶》㉗就好了，而且在細民中也享有廣大的讀者和觀衆。在人只是作爲帝王及其統治集團的奴僕和所謂「國家」、政權的卒子的時代，這大概也是不可避免的現象吧。什麼時候，人們能夠擁有眞正的自我，而不必以統治者的興趣爲興趣呢？寫到這裏，我不禁要爲《楊家府世代忠勇演義志傳》最後出現的那個高蹈遠舉、飄然不戀爵祿，率領全家人毅然上太行的眞正的平民的英雄楊懷玉喝一聲響亮的彩！他對周王所說的那一番話也有不少可圈可點。尤其那句沉痛的告白：「若以理論，非臣等負朝廷，乃朝廷負臣家也」，

㉗《昭代簫韶》是清廷內務府編撰的一部以楊家將故事爲題材的宮廷大戲，全劇十本，每本二十四出，共二百四十齣。據王藏章《升平署志略》載，此劇在清宮內曾演出過四次，每演一次，歷時達一年零七、八個月乃至更久。

令人想起當代作家白樺《苦戀》中的名句：「您愛這個國家，可這個國家愛您嗎？」眞是異曲同工、異代同調；二十世紀七十年代的中國人民還與一千年前的楊家子孫同一感嘆，令我欲放聲一哭！嗚呼楊家將，嗚呼中國！

一九八四年五月十八日於美國哥倫比亞大學

論《長生殿》的主題及其矛盾問題

一

《長生殿》的基本主題是李隆基和楊玉環二人生死不渝的愛情，亦卽作者在「例言」中所說的「釵盒情緣」，這大概是不會有什麼異議的吧。其開場第一曲〈滿江紅〉便說道：

> 今古情場，問誰個真心到底？但果有精誠不散，終成連理。萬里何愁南共北，兩心那論生和死。笑人間兒女悵緣慳，無情耳。感金石，回天地；昭白日，垂青史。看臣忠子孝，總由情至。先聖不曾刪鄭衛，吾儕取義翻宮徵。借太真外傳譜新詞，情而已❶。

---

❶《長生殿》，人民文學出版社，北京，一九五八年，頁一。

結尾一曲〈尾聲〉說：

舊霓裳，新翻弄，唱與知音心自懂，要使情留萬古無窮❷。

整部《長生殿》，都圍繞這個主題。「或用虛筆，或用反筆，或用側筆、閑筆，錯落出之，以寫兩人生死深情，各極其致」❸。

但由於李、楊二人的特定身份，他們的愛情不可避免地要和政治連繫在一起。在他們愛情的發展過程中，一些政治事件發生了，其中最主要的是「安史之亂」。這些政治事件部分地導因於他們的愛情，又反過來推動着與影響着他們愛情的命運。愛情和政治，二者互為因果，緊緊地糾纏在一起。從這個角度看，我們也不妨說，愛情加政治構成了這部偉大著作的二重奏式的主旋律。

二

其實，古今中外的偉大名著，絕大部分都是以愛情加政治為其主旋律的。政治，是人類社會行為最集中最高度的表現形式，而愛情則是人類情感中最強烈最密集的一種。二者交互摩蕩，自然會產生出最聳心動耳的音響、最絢爛奪目的光彩和最變異百出的花樣。

❷ 同上頁二二四。
❸ 見徐麟為《長生殿》所作的序言，同上，頁二二五。

與《長生殿》同時代而稍晚的另一部名劇《桃花扇》也以愛情加政治爲主題，正是一個最順手的例子。

但《桃花扇》與《長生殿》畢竟不同。在《桃花扇》的二重奏中，政治是高音部，愛情是低音部。作者在「試一齣先聲」中借老贊禮的口說這劇本是「借離合之情，寫興亡之感」。「興亡」爲主，「離合」爲賓，一個「借」字明顯地透露出這個消息。作者在〈本末〉中又說：「南朝興亡，遂繫之桃花扇底。」可見演南明一代史事是作者的主要目的，而侯、李愛情只是用來作線索，便於把那些龐雜零亂的史事「繫」在一起罷了。

但在《長生殿》中，愛情和政治二者的情形正好相反。李、楊二人的悲歡離合是主，而當時的政治事件（主要是安史之亂）則是賓。這不僅因爲李、楊二人的愛情故事貫串始終，所佔篇幅最大，而且更重要的是，作者在處理二者的關係時，是以政治來從屬愛情的——這只要看全劇的後半部對安祿山死後安慶緒、史思明、史朝義相繼叛變等大事一筆不提就可以知道了。

三

《長生殿》與《桃花扇》都以過去發生的事爲題材。因此其中政治部分便是歷史，愛情部分便是軼事。歷史除了細節部分之外是不可以改鑄的，軼事則雖亦有已成的形式，但畢竟非信史，且往往衆說不一，因而大有改裝打扮的餘地。所以，如果爲了表達主題的需要而不能不作某些調整的話，當然只有讓軼事去遷就歷史，而不便叫歷史去俯就軼事。

於是我們看到，儘管事實上的侯、李，一別之後就沒有再見，但爲了盡到「桃花扇」這根線索的作用，孔尚任還是讓他們在白雲庵裏重聚了。同樣，在《長生殿》中，爲了減輕李、楊二人在安史之亂中應負的政治責任，洪昇讓他們因懺悔而得赦，終於死後同居「忉利天」，永爲夫婦。這完全是作者的「生花妙筆」，連歷來的傳說中都沒有的。

但在這裏，洪、孔二人所面臨的形勢又不盡同。

首先，在《桃花扇》中，愛情主題與政治主題的方向是一致的，作者惋惜南明的滅亡與歌頌侯李的愛情，二者可以並行不悖，因爲侯李的愛情有相當大的成份（雖然這成份被作者誇大了）就建立在痛恨權奸誤國的基礎上。但在《長生殿》中，愛情主題與政治主題卻很難取得一致。歌頌李楊愛情，與批判當時的政治，二者方向正好相反。這是因爲李、楊二人在當時政治中所佔的特殊地位而決定的。至少表面情形看來是這樣：李楊二人愈沉溺於熾熱的愛情中，當時的政治情形就會愈糟糕。其次，兩劇雖然都是搬演歷史故事，但《桃花扇》所演者爲新近的歷史，前面沒有什麼現成的作品，作者所受的束縛較少，尤其是侯李的愛情傳說，可供塑造的程度較大；而《長生殿》所演故事已經流傳了上千年，從中唐以至清初，作品累帙盈箱，作者卽使想要有所改削，遊刃的餘地也不多。何況他既以歌頌李楊愛情爲其主要的主題，也就沒有理由去降主從賓、移岸就船。

且讓我們從兩劇中各舉一例來看看。

桃花扇是侯、李二人定情訂盟之物，後來又是香君尋找朝宗的信使，那上面有香君爲忠於自己的愛情而灑上的鮮血，蘇崑生帶着它，萬里尋侯，幾乎在亂流中丟掉了生命。這樣一件被侯、李、蘇看作比性命還要珍貴的東西，竟在劇末〈入道〉一齣中被張道士一把撕得粉碎，而侯、李曾無一言表示自己的憤怒。我們讀至此，不能不感到非常突兀而且驚訝。再讀下去，看到苦苦相憶，萬里相尋的侯、李二人正喜亂後重逢、可諧連理的時候，忽然被張道士一頓臭罵便冷汗淋漓、憬然大悟，雙雙棲眞入道去了，我們的驚訝又增加了一倍。顯然，作者爲了加強悲劇氣氛和戲劇效果，狠心地「修剪」甚至犧牲了侯李的愛情。雖然這種修剪看來既背於軼聞，又不合乎常情，但這種安排卻能被讀者接受，甚至還受到了批評家們的一致喝采，認爲是「突破了當時傳奇家的公式與濫套」❹，「實具極大見識」❺。原因何在？就在於《桃花扇》的主題是以政治爲主、愛情爲賓，賓主又不相悖。移賓就主，不大費力，且頗自然。試看張道士對侯、李二人那幾句「當頭棒喝」：

呵呸！兩個癡蟲，你看國在那裏，家在那裏，君在那裏，父在那裏？偏偏這點花月情根，

---

❹ 見王季思爲《桃花扇》注本所寫的〈前言〉。《桃花扇》，人民文學出版社，北京，一九五九年，頁二一。

❺ 周貽白《中國戲劇史》下册，中華書局，上海，一九五三年，頁五〇七。

割他不斷麼?❻

在國破家亡、君死臣辱之後，兒女痴情便不應該再有存生的餘地——這種邏輯，在現代人看來，當然近乎荒謬，在歷史上也並非事實(否則「遺民」們早該絕後了)，但在孔孟倫理的理論上，在以寫興亡之感爲主要目的的《桃花扇》的自我系統中，卻是可以成立的，甚至是順理成章的。

可是《長生殿》卻無法像《桃花扇》那樣順當、那樣隨心所欲地來處理愛情和政治的關係。比方說，既然李、楊的愛情要或直接或間接地爲當時的腐敗政治及安史之亂負責，那麼可不可以讓唐明皇在馬嵬坡兵變之後也來一個憬然大悟呢?從前的確有人這樣想過，例如經後人動過手腳的鄭畋的〈馬嵬〉詩云：

玄宗回馬楊妃死，
雲雨雖亡日月新。
終是聖明天子事，
景陽宮井又何人?❼

---

❻《桃花扇》，頁二五一。

❼關於此詩曾經後人改易的情形，參看陳寅恪《元白詩箋證稿》，廣州，一九五〇年，第一章頁一五。

這正是稱贊玄宗能當機立斷、犧牲楊妃以挽救社稷、終不愧為「聖明天子」。但這樣一來，歌頌李、楊愛情的主題就要改變，李、楊的形象就要面目全非，與歷來的傳說也要大相逕庭。這當然是作者所不能取也不願取的。怎麼辦？作者的辦法是折中，他不讓玄宗生前大悟，卻讓男女主人公死後去懺悔，並且「嘉其敗而能悔」❽，讓他們在天宮團圓。這樣既保留了李、楊二人的堅貞愛情，又沖淡了他們生前應負的政治責任，使讀者對歌頌李楊愛情與批判當時政治這兩個主題之間的矛盾不再感到那麼尖銳。

作者所能作的僅此而已，他還能做些什麼呢？就是這一點，他也作得並不成功。〈情悔〉一齣中寫楊玉環的自我懺悔道：

> 咳，我楊玉環，生遭慘毒，死抱沉冤。或者能悔前愆，得有超拔之日，也未可知。且住，只想我在生所為，那一樁不是罪案？況且弟兄姊妹，挾勢弄權，罪惡滔天，總皆由我，如何懺悔得盡❾！

楊玉環究竟有什麼「罪案」？作者說不出，我們也說不出。她痴情，她忠於愛情，臨危時她勇於

---

❽ 見洪昇自序，《長生殿》，頁一。

❾ 《長生殿》，頁一三六。

捐軀以保護自己所愛的人，難道這些都是罪麼？至於「弟兄姊妹、挾勢弄權」，難道應當由她來擔罪？事實上，作者也並不認爲她有罪，如果眞認爲她有罪，就當說「死有餘辜」，而不會說她「死抱沉冤」了。在〈神訴〉一齣中作者甚至借馬嵬土地神之口，說她是「爲國捐軀」，有「再造皇圖」之功：

當日個鬧鑊鐸，激變羽林徒，把驛庭四面來圍住。若不是慷慨佳人將難輕赴，怎能够保無虞，扈君王直向西川路，使普天下人心悅服？今日裏中興重覩，兀的不是再造了這皇圖⑩？

不過，作者在〈自序〉中卻又說：「玉環傾國，卒至隕身；死而有知，情悔何極？」則似乎楊玉環又還是有罪的。到底有罪無罪？看來連作者也鬧不清。

四

正因爲愛情與政治二大主題之間的關係不易處理，所以在《長生殿》中我們常常會發現一些

⑩ 同書，頁一四八。

看來自相矛盾的地方。

〈埋玉〉一齣寫馬嵬之變，作者寫出了士兵的激動情緒，肯定了他們的正義要求，而在〈哭像〉一齣，作者又帶着同情的筆調，讓李隆基痛心疾首地說：「今日呵，恨不誅他肆逆三軍衆，祭汝含酸一國殤。」「雨夢」一齣甚至寫出李隆基在夢中殺掉陳玄禮，罵他是「亂臣賊子」。

〈看襪〉一齣，作者通過李謩和郭從謹說出兩種完全對立的意見。李謩認爲貴妃之死是「絕代佳人絕代寃」，而郭從謹說：「我想天寶皇帝，只爲寵愛了貴妃娘娘，朝歡暮樂，弄壞朝綱，致使干戈四起，生民塗炭。」李謩把貴妃的錦襪看作是「千古芳踪千古傳」，而郭從謹說：「這等遺臭之物，要他何用？」郭和李都是作者筆下的正面人物，說不出他究竟同意哪一個的意見。

〈彈詞〉一齣，對安史之亂的起因，同爲正面人物的李謩和李龜年也發表了不同的意見。李龜年說：「只可惜當日天子寵愛了貴妃，朝歡暮樂，致使漁陽兵起。說起來令人痛心也！」李謩說：「老丈，休只埋怨貴妃娘娘。當日只爲誤任邊將，委政權姦，以致廟謨顚倒，四海動搖。若使姚、宋猶存，那見得有此？」同一個李龜年在〈私祭〉一齣中又說：「恨殺六軍跋扈，生逼得君后分離，奇變驚天壤。」如果只按形式邏輯來推論，自然都不免有自相矛盾之嫌。

五

問題的關鍵是：究竟怎樣看待《長生殿》一劇中這種看來自相矛盾之處？讓我們先引兩位學

者的意見。

徐朔方在爲《長生殿》校註本所作的〈前言〉中說：

《長生殿》不僅把李、楊的愛情故事發展到前所未有的高度，同時也把李、楊故事的背景寫成真實的歷史劇的規模。它的愛情傳說和歷史主題兩者都有傑出的成就，然而在內容上是彼此矛盾的。歷史主題不能按照傳說的面貌來處理，反過來，李、楊愛情傳說和歷史真實也是不相容的。洪昇之所以不能完全解決這個矛盾，乃是受到題材本身的演變所限制⑪。

中國科學院文學研究所一九六二年版的《中國文學史》也表達了類似的意見：

李隆基和楊玉環在民間傳說中有着真摯的愛情，在歷史上他們沉溺於愛情生活的確又曾經對當時的政治起過壞的作用。這種矛盾要在一部完整的作品裏統一起來，本來是不容易的。……它在揭露李隆基和楊玉環的愛情悲劇的社會政治原因時，除了描寫他們的愛情和

⑪ 同書，〈前言〉頁一六。

人民的利益的矛盾而外，還描寫了統治階級內部的矛盾和腐化，如楊國忠的專權，安祿山的野心，楊家的驕奢，並且還歌頌了一些忠臣義士的行為，如雷海青的慷慨罵賊，郭子儀的堅決抗敵。這些描寫都很突出，也反映了一定的歷史真實，有些場面也確實寫得深刻動人，如〈疑讖〉、〈進果〉、〈罵賊〉等齣。這樣就和劇本歌頌愛情的基本主題的矛盾加深，以致互相削弱，互相抵銷。從暴露的角度來看，劇本中這些政治描寫是具有積極意義的；可是就整個劇本來看，它無疑地破壞了劇本歌頌真摯愛情的基本主題。作者歌頌李隆基和楊玉環的真情，顯得是在那裏維護自己的不應該維護的男女主人公，很難使人信服⑫。

這些意見指出《長生殿》一劇中愛情與政治的矛盾並沒有錯，但是它們的前提和結論都有問題。

首先，這些意見中都包含著這樣一個前提，即李、楊二人的眞摯愛情只是在民間傳說中才有，而在歷史上是並不存在的。換句話說，洪昇是按照傳說的面貌來描寫李、楊二人的愛情，而這個傳說的面貌是同歷史眞實不一致甚或相反的，這樣才造成了《長生殿》主題上的矛盾狀況。

⑫《中國文學史》，北京，一九六二年，頁一〇五二。

倘若按照歷史眞實來寫，這個矛盾就不會存在了。有人把這一觀點表達得更爲偏激，說「封建統治階級不可能有眞摯誠篤的愛情」，「《長生殿》中所表現的情，本非事實所固有，而是洪昇根據自己的思想所補充、強調和突出來的」，是「唯心論點的產物」⑬。

本文無意對歷史上的李、楊究竟有沒有眞正的愛情作一番考證，因爲這注定不會有什麼結果。且不說年代久遠，文獻不足，就是身邊的朋友，這種純屬二人世界的微妙情感也不是容易「考證」得清楚的。我只想指出，自一九四九年以來，大陸學術界（事實上不只是學術界，而是社會各界）在所謂毛澤東思想的階級及階級鬬爭理論的統治下，形成了一些風行的觀點，這些觀點被當作「不言而喻」的眞理爲人們所接受，而不再加以思索。例如把人類的一切優點都歸之於「被剝削、被壓迫階級」，而把一切罪惡與醜行都歸於「剝削階級」，就是其中之一。所以一個人只要被劃爲「剝削階級」，則一切美好的情操都與他無緣。如果有人竟寫出了他的美好品質，則一定會被指責爲「違反歷史眞實」、「唯心主義」、「美化剝削階級」。反過來，如果有人寫了被剝削階級的陰暗面，則必被斥爲「誣蔑勞動人民」、「醜化勞動人民」。這種似是而非的觀點不僅統治了文學批評，也深深地影響了文學創作。中國現代文學（甚至早在一九四九年前就已如此）的絕大多數作品都把自己的同情和贊美留給被壓迫階級，而對所謂剝削階級、統治階級則

⑬ 見袁世碩〈試論洪昇劇作長生殿的主題思想〉載《文史哲》雜誌一九五四年九月號。

一律給以嘲笑抨擊。毫無疑問，我們不能否認社會上的人們分成階級和集團，這些階級和集團有著不同的利益並爲著各自的利益而彼此鬪爭這一事實，我們也應該把自己的同情主要留給弱小的被壓迫和被剝削的階級與集團。但是我們同樣不應該忘記的是，這些不同的階級和集團都是由共同的人類所組成，他們也有共同的利益（這可能是更重要的）而需要合作，而且更重要的是，他們既然都是同一人類，則人類的情感、情操，無論是好的或不好的，他們也都一定共有。一個對人類命運懷有深刻關切的偉大作家，可以有也應當有一個超越階級與集團的悲天憫人的博大胸懷，對美予以歌頌，對醜加以鞭撻，對人們的悲劇命運寄予同情，而不論這些人們是屬於哪個階級或集團。如果堅持要站在某一階級的狹隘立場而對其他階級作帶有偏見性的描寫，最後大概總是免不了會走上如文革中大陸「樣板文學」那樣的死胡同，變成當時的統治者的御用工具的。

歷史上李、楊之間爲什麼就不能有眞摯的愛情？固然，帝王后妃之間，由於他們的特殊生活環境，痴情、鍾情的情形的確會較一般人之間更少產生的可能。作者洪昇何嘗不明白，他在〈例言〉中說：「念情之所鍾，在帝王家罕有。」但是「罕有」不等於沒有，既然李、楊也是人，那麼男女之間互訴鍾情的現象就不能說沒有可能發生在他們身上。

其實，問題的關鍵還不在此。我們退一步，就假定歷史上李、楊之間的確沒有什麼眞摯的愛情，有的只是互相利用、互相玩弄，那麼按照前述意見推論，如果作者按照這樣的「歷史眞實」寫了，則《長生殿》一劇的主題矛盾就不會存在了。然乎不然。因爲這裏隱含著另外一種似是而非的邏輯。讓我們一步一步地加以分析。

《長生殿》中，愛情和政治兩大主題可以有四種形式：㈠李、楊有眞情而政治腐敗；㈡李、楊有眞情而政治不腐敗；㈢李、楊無眞情而政治腐敗；㈣李、楊無眞情而政治不腐敗。第一種情形正是《長生殿》現在的情形，第三種情形則是持有上述意見者認爲應該有的情形，卽合乎歷史眞實，因而不會造成主題衝突的情形。

事實上，以上四種情形歷史上全有過。帝王后妃間的愛情和國家政治之間的關係雖然密切，但卻並沒有必然的規律。隋文帝未聞有內寵而政治清明，漢武帝多內寵而政治亦清明；陳後主、隋煬帝好女色而亡國，漢獻帝明崇禎未聞好色也一樣亡了國。如果我們一定要把帝王后妃之間的愛情同國家的政治說成有某種必然的聯繫，那大概十之八九要走到封建史學「女色亡國」論的老路上去。

既然愛情和政治之間沒有必然的規律可循，上述四種情形在歷史上都發生過，那麼一部作品描寫其中任何一種情形，便都不致於顯得不眞實，因而也談不上由此而引起主題矛盾的問題。再進一步考察，則甚至可以說，作爲悲劇的題材，第一種情形，卽《長生殿》所寫的情形其實是最合適的。眞摯的愛情是美的，腐敗的政治是醜的，醜的終於毀滅了美的，這就是悲劇；而這醜的在一定的程度上又正是由那美的自身所引發(不是必然造成)，這是更深一層的悲劇。《長生殿》正是牢牢地抓住了，並用生動的形象展現了圍繞李、楊愛情和安史之亂所發生的歷史事件的悲劇特色，從而收到了震撼人心的藝術效果。如果說《長生殿》中愛情和政治二大主題之間存在著矛盾（也許說「張力」更好），那麼這矛盾（或張力）正是構成這一悲劇所必需的。它們不會「互相削弱、互相抵消」，而只會加強其悲劇效果。因而它們是無須加以統一的。這一點不僅我們現在許多馬克思主義的文學批評家沒有看出，連作者洪昇自己也拿不準。前面已經說過，他試圖用男女主人公因懺悔而重圓來削弱這個矛盾的尖銳性。嚴格地說來，這實在是一個敗筆。如果沒有這一筆，《長生殿》的悲劇意味將會更濃。

六

也許有人會說，我們是說作者態度矛盾，既然批判當時政治的腐敗，就不應該歌頌李、楊的眞摯愛情。

爲什麼？爲什麼不可以既批判當時政治的腐敗，又歌頌李、楊的眞摯愛情？

如果李楊的愛情是建立在反對的黑暗政治的基礎上，那麼愛情和政治兩大主題的方向便取得了一致，有如《桃花扇》所寫的情形，那麼這個問題就不存在了（現在不少批評家認爲《桃花扇》高出《長生殿》，這是原因之一）。

但是，李、楊正是當時政治的主持人，腐敗的政治相當大一部分要由他們負責，而他們的愛情雖不必然導致腐敗的政治，但也不可否認事實上確曾對當時的政治起過壞的作用。於是，毛式的批評家要問了：你洪昇究竟站在什麼立場上？你要麼站在勞動人民的立場上批判反動的封建統治階級，要麼站在反動的封建統治階級的立場上敵視勞動人民，二者必居其一。你既在〈進果〉一場裏揭露了進荔枝一事給人民帶來的痛苦，表示你同情勞苦人民，爲什麼又在〈舞盤〉一場裏把享受荔枝的楊貴妃寫得萬種風情？你既不滿意李隆基和楊貴妃一起搞壞了國家，爲什麼又抱著欣賞和同情的態度描寫他們之間的眞摯愛情和悲劇命運？你豈不是立場混亂？

其實，這個問題我在前文已經部分地回答過了。一個對人類普遍命運懷有深刻關切的偉大作家，可以有也應該有一種超越階級與集團的悲天憫人的博大胸懷。他沒有必要站在一個特定的階級或集團的立場上，帶上有色眼鏡和過分鮮明的愛憎感情來描繪生活與世界。大陸「解放」三十多年來，沒有產生什麼震撼人心，博得世界聲譽的偉大作品，難道不正是因爲在毛的文藝路線的「指引」下，作者們的「無產階級立場」太堅定，共產黨的「黨性」太強，愛憎太鮮明，以致於愛之者欲其生，把他們寫得一切都好；恨之者欲其死，把他們寫得一切都壞，其結果是把眞實的世界與生活都給歪曲了，因而寫不出一部能引起廣大世界共鳴的作品來嗎？

洪昇幸而生得早，沒有受到這種「先進思想」的洗禮，他只是如實地寫出圍繞李、楊戀情而產生的一切矛盾與鬪爭及其對各階級各集團的影響和他們的不同反映，對他認爲好的、美的給以贊揚與同情，對他認爲壞的、醜的給以暴露與批判。他自然不會不受到他自己所屬階級及所受教育的局限，但是他至少沒有「自覺地」把自己局限在某一特定階級的立場上來判斷是非，而是力圖盡可能客觀地來反映他所看到的、認識到的生活與世界。他自己在書中顯露出來的某些矛盾或他筆下的正面人物的不同意見，只是事物本來的矛盾性和複雜性的反映，是不必奇怪也無庸去勉強加以統一的。而這些矛盾性與複雜性，將會引導聰明的讀者更深一步地去認識一千多年前那個與今天截然不同的社會及其紛繁擾攘的生活，更仔細地鑑賞和思索人類的歡樂與悲哀。

一九八五年五月於哥倫比亞大學

滄海叢刊書目

國學類

中國學術思想史論叢(一)～(八)	錢　穆　著
現代中國學術論衡	錢　穆　著
兩漢經學今古文平議	錢　穆　著
宋代理學三書隨劄	錢　穆　著
先秦諸子繫年	錢　穆　著
朱子學提綱	錢　穆　著
莊子纂箋	錢　穆　著
論語新解	錢　穆　著

哲學類

文化哲學講錄(一)～(五)	鄔昆如　著
哲學十大問題	鄔昆如　著
哲學的智慧與歷史的聰明	何秀煌　著
文化、哲學與方法	何秀煌　著
哲學與思想	王曉波　著
內心悅樂之源泉	吳經熊　著
知識、理性與生命	孫寶琛　著
語言哲學	劉福增　著
哲學演講錄	吳　怡　著
後設倫理學之基本問題	黃慧英　著
日本近代哲學思想史	江日新　譯
比較哲學與文化(一)(二)	吳　森　著
從西方哲學到禪佛教——哲學與宗教一集	傅偉勳　著
批判的繼承與創造的發展——哲學與宗教二集	傅偉勳　著
「文化中國」與中國文化——哲學與宗教三集	傅偉勳　著
從創造的詮釋學到大乘佛學——哲學與宗教四集	傅偉勳　著
中國哲學與懷德海	東海大學哲學研究所主編
人生十論	錢　穆　著
湖上閒思錄	錢　穆　著
晚學盲言(上)(下)	錢　穆　著
愛的哲學	蘇昌美　著
是與非	張身華　譯
邁向未來的哲學思考	項退結　著

現代藝術哲學	孫旗譯
現代美學及其他	趙天儀著
中國現代化的哲學省思	成中英著
不以規矩不能成方圓	劉君燦著
恕道與大同	張起鈞著
現代存在思想家	項退結著
中國思想通俗講話	錢穆著
中國哲學史話	吳怡、張起鈞著
中國百位哲學家	黎建球著
中國人的路	項退結著
中國哲學之路	項退結著
中國人性論	臺大哲學系主編
中國管理哲學	曾仕強著
孔子學說探微	林義正著
心學的現代詮釋	姜允明著
中庸誠的哲學	吳怡著
中庸形上思想	高柏園著
儒學的常與變	蔡仁厚著
智慧的老子	張起鈞著
老子的哲學	王邦雄著
逍遙的莊子	吳怡著
莊子新注（內篇）	陳冠學著
莊子的生命哲學	葉海煙著
墨家的哲學方法	鍾友聯著
韓非子析論	謝雲飛著
韓非子的哲學	王邦雄著
法家哲學	姚蒸民著
中國法家哲學	王讚源著
二程學管見	張永儁著
王陽明——中國十六世紀的唯心主義哲學家	張君勱原著、江日新中譯
王船山人性史哲學之研究	林安梧著
西洋百位哲學家	鄔昆如著
西洋哲學十二講	鄔昆如著
希臘哲學趣談	鄔昆如著
近代哲學趣談	鄔昆如著
現代哲學述評(一)	傅佩榮編譯

當代西方哲學與方法論	臺大哲學系主編
人性尊嚴的存在背景	項退結編著
理解的命運	殷鼎著
馬克斯・謝勒三論	阿弗德・休慈原著、江日新譯
懷海德哲學	楊士毅著
洛克悟性哲學	蔡信安著
伽利略・波柏・科學說明	林正弘著
宗教類	
天人之際	李杏邨著
佛學研究	周中一著
佛學思想新論	楊惠南著
現代佛學原理	鄭金德著
絕對與圓融——佛教思想論集	霍韜晦著
佛學研究指南	關世謙譯
當代學人談佛教	楊惠南編著
從傳統到現代——佛教倫理與現代社會	傅偉勳主編
簡明佛學概論	于凌波著
圓滿生命的實現（布施波羅密）	陳柏達著
薝蔔林・外集	陳慧劍著
維摩詰經今譯	陳慧劍譯註
龍樹與中觀哲學	楊惠南著
公案禪語	吳怡著
禪學講話	芝峯法師譯
禪骨詩心集	巴壺天著
中國禪宗史	關世謙著
魏晉南北朝時期的道教	湯一介著
社會科學類	
憲法論叢	鄭彥棻著
憲法論衡	荊知仁著
國家論	薩孟武譯
中國歷代政治得失	錢穆著
先秦政治思想史	梁啟超原著、賈馥茗標點
當代中國與民主	周陽山著
釣魚政治學	鄭赤琰著
政治與文化	吳俊才著
中國現代軍事史	劉馥著、梅寅生譯
世界局勢與中國文化	錢穆著

中華文化十二講	錢　穆　著
民族與文化	錢　穆　著
楚文化研究	文崇一　著
中國古文化	文崇一　著
社會、文化和知識分子	葉啟政　著
儒學傳統與文化創新	黃俊傑　著
歷史轉捩點上的反思	韋政通　著
中國人的價值觀	文崇一　著
紅樓夢與中國舊家庭	薩孟武　著
社會學與中國研究	蔡文輝　著
比較社會學	蔡文輝　著
我國社會的變遷與發展	朱岑樓主編
三十年來我國人文社會科學之回顧與展望	賴澤涵　編
社會學的滋味	蕭新煌　著
臺灣的社區權力結構	文崇一　著
臺灣居民的休閒生活	文崇一　著
臺灣的工業化與社會變遷	文崇一　著
臺灣社會的變遷與秩序(政治篇)(社會文化篇)	文崇一　著
臺灣的社會發展	席汝楫　著
透視大陸	政治大學新聞研究所主編
海峽兩岸社會之比較	蔡文輝　著
印度文化十八篇	糜文開　著
美國的公民教育	陳光輝　譯
美國社會與美國華僑	蔡文輝　著
文化與教育	錢　穆　著
開放社會的教育	葉學志　著
經營力的時代	青野豐作著、白龍芽　譯
大眾傳播的挑戰	石永貴　著
傳播研究補白	彭家發　著
「時代」的經驗	汪琪、彭家發　著
書法心理學	高尚仁　著

史地類

古史地理論叢	錢　穆　著
歷史與文化論叢	錢　穆　著
中國史學發微	錢　穆　著
中國歷史研究法	錢　穆　著
中國歷史精神	錢　穆　著

國史新論　錢　　穆　著
秦漢史　錢　　穆　著
秦漢史論稿　邢義田　著
與西方史家論中國史學　杜維運　著
中西古代史學比較　杜維運　著
中國人的故事　夏雨人　著
明朝酒文化　王春瑜　著
共產國際與中國革命　郭恒鈺　著
抗日戰史論集　劉鳳翰　著
盧溝橋事變　李雲漢　著
老臺灣　陳冠學　著
臺灣史與臺灣人　王曉波　著
變調的馬賽曲　蔡百銓　譯
黃帝　錢　　穆　著
孔子傳　錢　　穆　著
唐玄奘三藏傳史彙編　釋光中　編
一顆永不殞落的巨星　釋光中　著
當代佛門人物　陳慧劍編著
弘一大師傳　陳慧劍　著
杜魚庵學佛荒史　陳慧劍　著
蘇曼殊大師新傳　劉心皇　著
近代中國人物漫譚・續集　王覺源　著
魯迅這個人　劉心皇　著
三十年代作家論・續集　姜　　穆　著
沈從文傳　凌　　宇　著
當代臺灣作家論　何　　欣　著
師友風義　鄭彥棻　著
見賢集　鄭彥棻　著
懷聖集　鄭彥棻　著
我是依然苦鬥人　毛振翔　著
八十憶雙親、師友雜憶（合刊）　錢　　穆　著
新亞遺鐸　錢　　穆　著
困勉強狷八十年　陶百川　著
我的創造・倡建與服務　陳立夫　著
我生之旅　方　　治　著

語文類

中國文字學　潘重規　著

中國聲韻學	潘重規、陳紹棠 著
訓詁通論	吳孟復 著
翻譯新語	黃文範 著
詩經研讀指導	裴普賢 著
陶淵明評論	李辰冬 著
鍾嶸詩歌美學	羅立乾 著
杜甫作品繫年	李辰冬 著
杜詩品評	楊慧傑 著
詩中的李白	楊慧傑 著
司空圖新論	王潤華 著
詩情與幽境——唐代文人的園林生活	侯迺慧 著
唐宋詩詞選——詩選之部	巴壺天 編
唐宋詩詞選——詞選之部	巴壺天 編
四說論叢	羅盤 著
紅樓夢與中華文化	周汝昌 著
中國文學論叢	錢穆 著
品詩吟詩	邱燮友 著
談詩錄	方祖燊 著
情趣詩話	楊光治 著
歌鼓湘靈——楚詩詞藝術欣賞	李元洛 著
中國文學鑑賞舉隅	黃慶萱、許家鶯 著
中國文學縱橫論	黃維樑 著
蘇忍尼辛選集	劉安雲 譯
1984	GEORGE ORWELL原著、劉紹銘 譯
文學原理	趙滋蕃 著
文學欣賞的靈魂	劉述先 著
小說創作論	羅盤 著
借鏡與類比	何冠驥 著
鏡花水月	陳國球 著
文學因緣	鄭樹森 著
中西文學關係研究	王潤華 著
從比較神話到文學	古添洪、陳慧樺主編
神話即文學	陳炳良等譯
現代散文新風貌	楊昌年 著
現代散文欣賞	鄭明娳 著
世界短篇文學名著欣賞	蕭傳文 著
細讀現代小說	張素貞 著

現代詩學	蕭　蕭 著
詩美學	李元洛 著
詩學析論	張春榮 著
橫看成嶺側成峯	文曉村 著
大陸文藝論衡	周玉山 著
大陸當代文學掃瞄	葉穉英 著
走出傷痕——大陸新時期小說探論	張子樟 著
兒童文學	葉詠琍 著
兒童成長與文學	葉詠琍 著
增訂江皋集	吳俊升 著
野草詞總集	韋瀚章 著
李韶歌詞集	李　韶 著
石頭的研究	戴　天 著
留不住的航渡	葉維廉 著
三十年詩	葉維廉 著
讀書與生活	琦　君 著
城市筆記	也　斯 著
歐羅巴的蘆笛	葉維廉 著
一個中國的海	葉維廉 著
尋索：藝術與人生	葉維廉 著
山外有山	李英豪 著
葫蘆・再見	鄭明娳 著
一縷新綠	柴　扉 著
吳煦斌小說集	吳煦斌 著
日本歷史之旅	李希聖 著
鼓瑟集	幼　柏 著
耕心散文集	耕　心 著
女兵自傳	謝冰瑩 著
抗戰日記	謝冰瑩 著
給青年朋友的信(上)(下)	謝冰瑩 著
冰瑩書柬	謝冰瑩 著
我在日本	謝冰瑩 著
人生小語(一)～(四)	何秀煌 著
記憶裏有一個小窗	何秀煌 著
文學之旅	蕭傳文 著
文學邊緣	周玉山 著
種子落地	葉海煙 著

向未來交卷　葉海煙 著
不拿耳朵當眼睛　王讚源 著
古厝懷思　張文貫 著
關心茶——中國哲學的心　吳怡 著
放眼天下　陳新雄 著
生活健康　卜鍾元 著

美術類

樂圃長春　黃友棣 著
樂苑春回　黃友棣 著
樂風泱泱　黃友棣 著
談音論樂　林聲翕 著
戲劇編寫法　方寸 著
戲劇藝術之發展及其原理　趙如琳譯著
與當代藝術家的對話　葉維廉 著
藝術的興味　吳道文 著
根源之美　莊申 著
中國扇史　莊申 著
立體造型基本設計　張長傑 著
工藝材料　李鈞棫 著
裝飾工藝　張長傑 著
人體工學與安全　劉其偉 著
現代工藝概論　張長傑 著
色彩基礎　何耀宗 著
都市計畫概論　王紀鯤 著
建築基本畫　陳榮美、楊麗黛 著
建築鋼屋架結構設計　王萬雄 著
室內環境設計　李琬琬 著
雕塑技法　何恆雄 著
生命的倒影　侯淑姿 著
文物之美——與專業攝影技術　林傑人 著